五南圖書出版公司 印行

世界思潮

經典導讀

劉滄龍 主編

國立臺灣師範大學文學院 策畫

周樑楷、劉滄龍、沈志中
張旺山、陳惠馨、單德興 合著
王道還、吳叡人、鄧育仁

《經典七十‧世界思潮經典導讀》

　　「經典七十‧人文閱讀」係為配合本校創校70周年校慶,並推廣學生閱讀習慣所提出的計畫。本計畫透過課程規劃、經典閱讀演講、線上影片課程、活動和出版等管道推動人文經典閱讀。由文學院各系所提供「人文經典書單」,邀請校內委員討論後,選定七個主題、70本人文經典書單,並推薦適合導讀之學者。選定的七個主題依序為「世界思潮經典」、「歷史經典」、「臺灣經典」、「地理經典」、「文學經典㈠」、「文學經典㈡」以及「國學經典」導讀。由文學院邀請校內外具權威且精熟該書的導讀者進行導讀,並引導現場參與師生討論這些經典著作。

　　本書為第一大主題「世界思潮經典導讀」,共包含九本經典書籍的導讀內容,分別邀請周樑楷老師導讀《烏托邦》、劉滄龍老師導讀《查拉圖斯特拉如是說》、沈志中老師導讀《夢的解析》、張旺山老師導讀《基督新教倫理與資本主義精神》、陳惠馨老師導讀《第二性》、單德興老師導讀《東方主義》、王道還老師導讀《第三種黑猩猩》、吳叡人老師導讀《想像的共同體》以及鄧育仁老師導讀《自由四論》。

　　此次本院所挑選的書籍皆具時代意義,透過文學院辦理的經典導讀,可以讓正在閱讀或是已經閱讀過該書的讀者盡情體驗每個文字、每個句子、每個篇章的精華,探索不同經典之深厚內涵,培養自我的思辨能力,成為一個有生命厚度的現代人。此系列導讀活動意義深遠,而本書的出版,不但記錄了導讀時的精髓,也見證了每一位導讀者的用心及

專業。

　　在此要特別感謝規劃及參與此經典導讀計畫的所有老師、本書主編劉滄龍老師及協助整理資料的所有助理，因為你們的努力，才有這本書的出版。

國立臺灣師範大學文學院院長

陳弘南 謹誌

走入經典的世界　累積生命的穀倉

　　2014年8月，承蒙文學院同仁支持，我接任了院長工作。抬頭仰望師大文學院的第一任院長，是聞名中外的文學大師，集散文家、語言學家、翻譯學家、文學評論家於一身，同時又是華人世界第一位研究莎士比亞的權威梁實秋先生，內心不免感到千斤重擔壓肩頭，也自覺理應有使命感做點事。有了這個起心動念，我就一直在思索可以為我們社會做點什麼？透過推動經典閱讀，提升社會人文素養的構想，很快就浮現在我腦海中。我因而提出了「經典七十・人文閱讀」的計畫案，並向當時的張校長報告具體構想和提出經費需求。張校長對這個計畫，給予了百分之百的支持。這整個計畫能獲得實踐，當然要先感謝張校長的全力支持。

　　計畫內容要點包括：1.配合2016年的校慶七十週年，兩年內閱讀七十本經典，邀請最具代表性的專家進行演講導讀。2.將演講課程製作成MOOCs課程。3.為有效執行計畫，將七十本經典依據本院七個系所學科專長，區分為七大類，每一類十本。4.將七大類型經典，又依其屬性開設七門院共同課程。5.2016年配合校慶和經典閱讀成果，仿效法國哲學會考，舉辦「全國高中生經典會考」，透過高中生經典閱讀，希望提升整個社會的人文素養。6.所有經典演講分別獨立成冊出版，希望能持續向社會大眾推廣經典閱讀。

　　以上這些構想，在全院師長、同仁共同協助和努力下，都已經相繼完成。現在這本《世界思潮經典導讀》，就是這一系列構想的其中一項具體成果。

　　本書收錄的每篇文章，就是當時受邀經典導讀的專家學者的演講稿。「世界思潮」系列演講率先登場的是周梁楷教授「氣度恢弘的《烏

托邦》：二十一世紀全球化時代的觀點」，導讀湯瑪斯‧摩爾的《烏托邦》。周老師曾經在其大作〈激進壯美的烏托邦〉，將「激進」和「壯美」這兩個概念兜在一起，彰顯摩爾的生命意識和特質；這次演講，則從二十一世紀全球化時代談到氣度恢弘的《烏托邦》，可說將《烏托邦》的多面向意義，與時俱進的彰顯出來。周老師不僅提供非常多跨越時代的精彩觀點，深入淺出的指出《烏托邦》的時代意義與價值，還提醒大家《烏托邦》成書於1516年，2016年恰好是成書五百週年。正因如此，文學院也在2016年推出一系列「烏托邦成書五百週年學術活動」，包括與香港浸會大學共同合辦研討會，這部分成果也已出版。

本校國文系劉滄龍教授以「藝術與哲學之間──走鋼索的尼采」，導讀《查拉圖斯特拉如是說》。劉老師是德國洪堡大學哲學博士，原本就是研究尼采的專家，由他來導讀尼采和他的經典名著，不僅最具有代表性，而且最能引領讀者進入尼采的內心，從而快速了解哲學與當代生活的連繫，掌握《查拉圖斯特拉如是說》充滿戲仿新舊約《聖經》的筆法，詩意的篇章之中包含了大量的隱喻、反諷，讓思想流動在熠熠的意象與動人的敘事之中。講題用「走鋼索」的人，就是《查拉圖斯特拉如是說》的重要隱喻，劉老師從這個精彩隱喻，帶領讀者逐漸走入尼采的生命態度與精神世界。

政治大學法律系陳惠馨教授「《第二性》及其對於女性主義的意義」，導讀西蒙‧波娃《第二性》。陳老師作為法學專家，曾經擔任政大法學院院長，本身也是臺灣女性運動的先驅者與實踐者，在過去二十多年曾經透過法學專業參與各種婦女運動與性別平等運動。因此，她的演講除了分析《第二性》作為經典的意義及其內容、《第二性》一書的架構、心得與批判觀點之外，也從現實面闡述《第二性》一書對於臺灣婦女運動與性別平等運動歷史書寫的可能啟發，從而反思如何書寫臺灣

社會不同性別者的處境，引導讀者全方位思考性別議題的時代意義。

臺灣大學外文系沈志中教授「重返「經典」《夢的解析》」，導讀佛洛伊德《夢的解析》。沈老師首先指出《夢的解析》這本書百年來究竟如何被閱讀？藉著「追溯」它成為被遺忘的百年經典之路，釐清夢與夢的詮釋在今日精神生活中的重要性。他提到精神分析的歷史替《夢的解析》塑造了一段神話般的命運：孤寂的先知隨著精神分析的傳播而家喻戶曉。但這段神話歷史在1950年代便戛然而止，為何會在1950年代戛然而止？本導讀透過對佛洛伊德的夢的重新詮釋，試圖重現的是精神分析發現的歷程，以及如何在這個意義上重新估量作為經典的《夢的解析》所具有的劃時代與開創性的價值與意義？是這篇導讀最引人入勝之處。

清華大學哲學研究所張旺山教授「導讀韋伯的《基督新教的倫理與資本主義的精神》」，回到這部著作產生時的歷史脈絡、韋伯的個人生涯與思想發展、韋伯一生種種著作，從而回答幾個相關問題：韋伯為什麼要寫這部著作？這部著作所要處理的核心問題是什麼？韋伯是以什麼樣的方式處理此問題，又獲致了什麼樣的成果？張老師認為，要理解一部偉大的經典作品，不僅要讓作者活起來。甚至應該也要讓他生活於其中的那個時代、那個「世界」活起來，透過張老師的導讀，不僅可以了解這部世界級的社會學經典名著，而且可以走入韋伯的心靈以及他所處的世界。

中央研究院歐美研究所特聘研究員單德興教授「《東方主義》及其不滿」，導讀薩依德的《東方主義》。單老師提到《東方主義》不僅樹立了薩依德的國際聲譽，更在人文社會科學產生了典範轉移（paradigm shift）的效應，開拓新的研究領域，影響深遠。單老師和薩依德有過多次接觸，也頗有私交。他一向重視「讀書」、「知人」、「論世」，因

此他把這部著作放在作者的生平、學思脈絡與時代背景來談，並提醒讀者不僅認識這本書，也要認識作者和他的時代與關懷，有助於閱讀這部二十世紀的世界思潮經典。

自中研院史語所退休，並任職於臺灣大學共教中心的王道還老師「《第三種黑猩猩》——人與自然的連續與斷裂」，導讀賈德‧戴蒙的這本經典名著。該書中譯本就是由王老師向出版社推薦，並親自翻譯引入臺灣。王老師提到戴蒙是罕見的通才型知識分子：腸道生理學是實驗室科學、鳥類生態學是田野生物學，這兩種研究使用的方法、需要的技巧、甚至人格特質都不一樣。戴蒙的實驗室研究，足以讓他在醫學院當生理學教授；鳥類生態學的研究，又足以讓他當選國家科學院院士。由於他的調查基地是在紐幾內亞，所以他是先接觸到人類學的現象，再開始思考有關的問題；巧的是那些問題都是人類學家念茲在茲的。最後戴蒙超越了人類學，討論人類的大歷史，而《第三種黑猩猩》恰好就是集結了他這麼多豐富知識與關懷的產物，自然就顯現這本書的宏觀與壯闊。

中央研究院臺灣史研究所吳叡人教授「認同的重量：《想像的共同體》導讀」，吳老師談到這本書跨越的時間是五百年，空間是全世界，他試圖去尋找一個通則，來解釋民族主義是怎麼出來的？怎麼擴散到全世界的？安德森用的是一個比較大的觀點，去捕捉世界史裡面的一些脈絡，試圖在混亂的歷史現象找出一些規則。如果我們讀《想像的共同體》這樣的書的話，首先會讓我們感受到認同的重量，它不是被操作出來的，而是從歷史當中出現的一個真實的情感，我們應該要去學習、理解自己的過去與認同形成的過程，這是讀這本書時很自然浮現出來的要點。

中央研究院歐美研究所研究員鄧育仁教授「《自由四論》：集體美夢與自由之名」，導讀以賽亞‧伯林（Isaiah Berlin）的《自由四

論》，這本書談的就是伯林對積極自由的批判，以及對消極自由的說明跟闡述。講題中「集體美夢」是指二十世紀的時代，特別是社會主義與自由主義，或者說是共產主義與資本主義，或者是說以蘇聯為主導的集團，跟以美國為主導的集團，在全球競爭之下所形成的二十世紀對峙格局。他在那個格局之下所做的一種觀念史的反省，一種哲學見解和闡述。導讀內容大致上分兩部分：一是伯林怎麼看自由這件事。另一部分從二十一世紀的新情勢，特別是在臺灣的情況之下，看伯林對自由跟多元價值的觀點。

如果說「導讀」就是「誘讀」，就是引起或者觸動讀者的閱讀動機，我很確信以上這些導讀作到了這一點。如果沒有所有這些當代一流名家慨然俯允受邀演講，提供這麼精彩豐富而且具備當代意義與多元視角的演講內容，這本書自然不可能完成。本人再一次藉此機會向各位師長獻上最崇高的敬意與謝意。

「世界思潮經典導讀」不僅是經典系列率先推出的課程，更因為在本校國文系非常具有個人魅力與深厚哲學訓練的劉滄龍教授擔任課程教師，發揮了非常好的引導作用，也是在劉老師帶領下，「全國高中生經典會考」得以在各種壓力之下圓滿完成，並獲得各界高度肯定。本書能夠順利出版，首先最要感謝劉老師的全心投入，特別是劉老師還配合圖書館完成「世界思潮」的MOOCs課程，引起莫大回響，尤令人感佩。其次，本院現任陳院長秋蘭，兢兢業業，勇於承擔，在她督導之下，將經典導讀活動具體成果的出版工作繼續完成，在此也要向陳院長表達最高謝意。再者，文學院行政人員很少，但是要承擔這樣一個巨大的閱讀計畫，辦公室同仁都付出許多心血，都可說工作超時，我也只能在此對他們表示由衷感謝之意。不論是本項業務的當時承辦人吳麗冠小姐，或是一直從旁協助的文學院祕書陳莉菁小姐，以及本院張君川先生、洪惟

珊小姐，還有助理葉巧嵐小姐和現在的業務承辦人張婉婷小姐，對於本書的催生都發揮了重要作用，功不可沒，在此一併感謝。

義大利作家卡爾維諾（Italo Calvino, 1923～1985）的《為什麼要閱讀經典》（*Why Read the Classics?*）曾說：「經典之書能帶來特別的影響，無論是它們深深銘刻在我們想像之中難以忘卻，還是隱隱藏匿於層層記憶之下偽裝成個人或集體的無意識。」對於現代人而言，「閱讀經典」尤具有時代意義。透過經典閱讀，走入歷經文明淬鍊的精神世界，拓展更寬廣的視野，提升整體國家的人文素養，應該是一個具有深刻意義的心靈活動。特別是在這一個3C發達的時代，人們雖然吸收訊息快，卻容易陷入淺碟式思考。文學院基於這樣的理解，辦理經典系列導讀演講，就是希望透過專家學者的引導，讓我們一起走入經典的世界，培養具有厚度與深度的人文情懷，累積屬於自己的生命穀倉。

陈登武 謹誌

CONTENTS
目　錄

氣度恢弘的《烏托邦》——二十一世紀全球化時代的觀點

周樑楷

國立臺灣師範大學歷史系兼任教授

前言：全球化思潮中談《烏托邦》

　　1991年，我在《當代雜誌》（第61期）發表一篇文章，叫作〈激進壯美的烏托邦〉，算一算，事隔已經二十多年了。那個年代，在座很多同學還沒出生。再說，從那時候到現在，全世界變化非常快速。例如，網際網路（internet）在1993年問世。全球化（globalization）這個名詞和概念也剛出現，起初還不太普及，可是很快地對學術界和歷史界的衝擊，就越來越顯著了。

　　在〈激進壯美的烏托邦〉這篇文章裡，把「激進」和「壯美」這兩個概念兜在一起，主要是爲了彰顯湯瑪斯・摩爾（Thomas Moore, 1478-1535）的生命意識和特質。大家應該都知道，他最後慷慨就義，被處死的。在臺灣，有些人喜歡拿《烏托邦》（*Utopia*）和陶淵明的〈桃花源記〉類比。可是陶淵明和摩爾的生命型態完全不同，一位不願意爲五斗米而折腰，另一位是寧可上斷頭臺，這兩個人的生命型態難以類比。雖然表面上看起來，桃花源和烏托邦都描述「一個不存在的，卻又很美的世界」，但是這兩位作者的生命意識迥然不同。陶淵明以老莊哲學爲依歸，摩爾秉持基督宗教的信仰，抗逆專橫的王權。先不說這兩位作者孰高孰下，但總該分明他們之間的生命特質。

　　除了分辨摩爾與陶淵明，其實我寫那篇文章是被逼出來的。從1980

年代到90年代，全世界各地的學術氛圍盛行後現代主義（post-modernism）。在此思潮中，有股「反烏托邦」或批判烏托邦的論調。有人嘲笑「烏托邦」的概念純屬虛構，如同迷信宗教一般，早該拋棄，不值得一提。然而我覺得這種推理失之膚淺，而且「烏托邦」的概念在思想史上有存在的理由。所以在那篇文章裡，不只寫十六世紀的摩爾，還加上二十世紀著名的馬克思主義史家湯普森（E. P. Thompson, 1924-1993）。摩爾和湯普森都是英國人，前者抗拒絕對王權，後者批判資本主義體制，他們的言行都蘊涵「烏托邦」的概念。其實馬克思（Karl Marx, 1818-1883）的思想也不離「烏托邦」，他們的「烏托邦」不僅扣緊個人的生命意識，而且還落實在他們的現實意識（presentism）。實踐（praxis），或所謂的知行合一，更能展現他們生命主題的存在意義。在那篇文章的結語中，引用了王國維在《人間詞話》裡「壯美」之說。我想，王國維的「壯美」，應該可以對應英文的sublimation。英文裡的sublime，可以指任何壯大、令人震憾的自然景觀，或人為的大型活動及禍亂。當人們面臨這種情境而能突圍超越，叫作昇華（sublimation）。王國維解釋「壯美」，他說：「若其物直接不利於吾人之意志，而意志為之破裂，惟由知識冥想其理念者，謂之曰壯美之感情。」其次，我又說摩爾和湯普森是「激進」的，因為前者不惜犧牲生命，敢於衝撞帝王，後者走上街頭，著書立說，批判資本社會。他們不僅沒有淪為空談之輩，而且在行動上也相當激進。

　　相隔二十幾年，今天重新來談《烏托邦》這本書。我們現在已經越來越朝向全球化。這股全球化的浪潮和「高科技—金融的—資本主義社會體制」有密切關係，顯然和十九世紀工業革命初期大為不同了。我們應該如何重新閱讀摩爾這本書呢？我想藉今天這個機會，來這裡做個報告。

一、烏托邦在哪裡？

　　今天的主題，主要不在《烏托邦》這本書，而是在講「烏托邦」這個觀念。我想把「烏托邦」這概念（concept）拿來和所謂的形上思維（metaphysical thinking）連結來講。這是為什麼呢？因為打從十九世紀

末以來一直到今天，各行各業，包括史學界，已進入所謂的「現代性」（modernity）。史學的「現代性」有個很重要的特色，就是以求真為主。或者說，為了歷史而研究歷史（study history for its own sake）。為了這個目標，史家用心，花很多精力在歷史知識論上面。可是為了求真，史學家索性把所有的形上學一律丟棄到教室之外，甚至有的連生命哲學也一概拋除。今天，學生到了文學院求學，是不是人人覺得生命更踏實？還是每天一再抄筆記、背筆記而已？史學界進入「現代性」，雖然知識上有不少收穫，可在有意無意之間，生命哲學以及人的主體性（subjectivity）反而日漸疏離。有鑑於此，我個人在1980年代逆向操作，積極思考歷史與形上思維的新關係。這是為什麼今天的主題涉及烏托邦與形上思維。

這二、三十年來，學術界各行各業進步很快，其中有兩門學問突飛猛進。第一個是腦神經科學，另一個是對DNA的研究。新知識讓我們改變了對所謂「什麼是人」的看法。換句話說，二十一世紀現代的知識對「什麼是人」的了解，已經跟二十世紀大不相同了。甚至可以說，跟我在大學時代（1960年代）的見解已經很不一樣了。在座大多數同學現在大概在二十歲左右，你們不妨推測一下，再過二十年四十歲的時候，腦神經科學和DNA的研究假使被統一貫通起來，屆時我們對於「什麼是人」一定又有很大的轉折。到那個時候，對於「人」的視野、「人」的觀點必定全然一新。

我們學歷史的，今天講從烏托邦及講形上思維，有個主要的切入點，那就是要先講距今大概七萬到五萬年前的智人（Homo Sapiens）。各位都知道，今天全世界所有的人類都屬於智人，所以我們必須先問智人的特質是什麼？接著再從智人的特質說明「烏托邦」和「形上思維」其實都是智人的本性。智人、烏托邦和形上思維三者之間其實都有連帶關係。

剛剛我提到，1991年的時候，我寫過〈激進壯美的烏托邦〉，文章裡已說明「烏托邦」這個名詞經由摩爾先行使用。他造字"Utopia"，指的就是"a good place but no place"。很多人閱讀《烏托邦》這本書的時候，往往都只注意書裡面烏托邦的景象和細節，關心它有多美好（good place）。今天的重點偏向講"no place"，也就是「不存在的地方」，我們把重點放在"no place"，才能深入「烏托邦」這個概念。嚴格地說，摩爾並非首先發明這個概念，他的「烏托邦」概念直接受到柏拉圖的影響，這是許多人都了解的，我們不必再重複了，但是這個概念其實在七萬至五萬年前隨著智人的演化就開始浮現了。摩爾這本書的原著寫於1515年，隔一年1516年出版，當時他的年紀在三十七、八歲之間。摩爾生於1478年，1492年，他十四歲那一年，哥倫布（Christopher Columbus, 1450/1451-1506）登陸今天的美洲。以前大家都說，他「發現」美洲，現在改口了，不過我跟你們講，我們今天把「發現」當作很嚴肅的議題，可是從前，尤其在大航海的時代，西方人並沒有把「發現」看得太認真。他們當時候「發現」新的地方未必是個大不了的事情，因為經常有這類的消息。倒是值得注意的是，1507年日耳曼馬丁・瓦爾德澤米勒（Martin Waldseemüller, 1470-1520）所繪製的世界地圖。他畫這幅世界地圖時，最早使用Amerigo這個名詞來命名我們今天所謂的美洲。同時，這幅地圖才真正地改變了地圖史上的許多觀念。1507年，這幅世界地圖出版時，按理摩爾應該看過的，因為在《烏托邦》一書中曾經先後四次提到這位義大利航海家，Amerigo Vespucci（1454-1512）。按，Amerigo曾於1499年到亞馬遜（Amazon）河口，並沿著南美洲北岸航行，他以自己的名字America命名美洲大陸。不過，《烏托邦》裡的那位老船長拉斐爾・希斯拉德（Raphael Hythloday）純屬杜撰的角色，書中，老船長前後總共三次跟隨Amerigo一起到美洲。雖然《烏托邦》虛實交雜，但是可以肯定Amerigo遠至南美洲這起事件，顯然當時曾經轟動整個歐洲。摩爾寫《烏托邦》的時候，經常是往來今天的比利時跟荷蘭之間，所以他應該知道瓦爾德澤米勒的新地圖已經問世。換句話說，那個時代的氛圍裡，世界觀開始改變，航海時代已經來臨了。我們假設把1500年大航海時代當作世界史上全球化的重要時期，那麼摩爾著書立說時，就是大航海展開的時代，也是全球化的重要階段。

其次，也應注意，《烏托邦》出版相隔一年之後，正是馬丁路德

（Martin Luther, 1483-1546）引燃宗教改革（Reformation）的時候。我們不妨也想一想，摩爾和路德的生命型態及宗教主張有什麼不相同？這是很好的話題，可惜我們今天因時間的關係不能細說，但是我們至少應注意，路德採取比較激烈的手段，而摩爾堅持溫和不合作的路線。摩爾反對英國國王亨利八世（Henry VIII）的宗教政策，尤其有關亨利八世離婚涉及宗教的問題。為此，他最後慷慨就義，上了斷頭臺。〔參見周梁楷，〈經過克德龍溪的心靈之旅〉錄於湯瑪斯・摩爾，《基督的憂傷》，顧華德譯（臺北：啟示出版社，2017）〕

讓我們把話題轉回到瓦爾德澤米勒的這張地圖。我剛剛講過，1507年所畫出來的這張世界地圖，南美洲的面積比較大，北美洲小一點點。從這張地圖可以了解全球化、大航海時代，世界進行物質大交換。由此可見，我們今天跟摩爾的時代相比，雖然變化很多，可是畢竟一脈相傳，有緊密的連結。

接著，我想強調，摩爾這本書儘管和柏拉圖的《理想國》（或者譯為《共和國》）有關，但是千萬不可忽略聖奧古斯丁（St.Augustine, 354-430）的*The City of God*。它翻譯成《天主之城》，一般人常稱作《上帝之城》。聖奧古斯丁屬於五世紀初的人，他寫《天主之城》，建構了基督宗教的神學。按照基督宗教的信仰，人們相信「最美好的地方」就是天堂。然而什麼時候會真正來臨呢？答案在啟示錄那個時候，也就是一般所謂「世界末日」的時候。「世界末日」其實不可以望文生義，認為屆時世界全都被摧毀了。在基督宗教的信仰裡，"the End"不該譯成末日或結束，而是世界的完成。"the End"指世界歷史的過程完成之際，天主降臨，於是信神的人有福了，得以永遠生活在天堂裡。所以基督徒所謂的"good place"，是在遙遠的未來及地方。很有趣的，佛教裡的彌勒佛指未來佛，也是一樣明示美好的時刻在未來。在此，我想提醒各位，在大航海時代英國的港口裡，船員聊天時，難免都會提起又去了哪個地方？到過哪個從來沒有人去過的島。隨著這種情境，人們的觀念自然而然改變，雖然他們沒有放棄基督宗教的信仰，也沒有放棄「天主之城」、「天堂在未

來」的觀點，可是他們逐漸把「美好的地方」轉化成在當今地球上某個遙遠的地方。換句話說，從這個時候起，西方人的思維重心逐漸從「時間觀點」改成「空間觀點」，同時在心態上也逐漸世俗化（secularize）。世俗化，並非俗氣不堪的意思，而是人生的態度上越來越務實，重視現在這個世界。綜合上述的例子，從柏拉圖的《理想國》，經聖奧古斯丁的《天主之城》到摩爾的《烏托邦》，「烏托邦」這個概念可以依時間或依空間而有不同的想象和類型。其實，除了這幾個例子，自古以來全世界各地都有類似「烏托邦」的概念。五百年前，西方人的時空觀點正值大翻轉的時代，摩爾並非世上首位持有「烏托邦」概念的人，但是他在風雲際會中翻轉了「烏托邦」這個概念，並且留下這個名詞。

二、烏托邦是種「想像的真實」

接著，先談遠古時代的一個文物，而後再講理論的層次。大約在二、三十年前所發現的象牙雕刻。這件文物距離今天已經有三萬多年，它的上半部分是獅子的頭部，下半部是人的身體。毋庸置疑，世界上根本沒有這種生物。可見把獅頭跟人身兜在一起，全憑創造者的想像。去年九月我曾到法國西南部旅遊，專程參訪兩個遠古時代的岩洞。岩洞裡有岩畫，繪畫的時間大約距離今天有一萬七千多年，另一個晚一點在一萬三千多年前。這些岩畫可以說是人類最早期的「紀錄片」，但是畫中充滿了想像。各位再看看古埃及的人面獅身像，也是想像的成果。從有形到無形的，大家再舉一反三，〈禮運大同篇〉裡的社會難道不也是想像的東西？一言以蔽，這些想像中的精神世界或無形世界都是「烏托邦」。或許有人會反駁說那些想像都屬於傳說的時代，現代人不再有「烏托邦」了。但是我們先從十九世紀下半葉為例，法國當時已經進入工業化的社會，可是有些人不喜歡現況，他們企圖超越、跳脫，逃避到遙遠的地方。其中之一，高更（Paul Gauguin, 1848-1903）選擇到太平洋法國的殖民地。大溪地（Tahiti）真那麼美嗎？暫且不管，倒是他把當地畫得如同「烏托邦」似的。高更的畫中有他的想像，說它完全是虛構，未必如此，說是完全寫實也不

盡然。又如十九世紀下半葉，西方人前來臺灣，他們記錄了所見所聞。從他們書寫的內容中，他們說福爾摩沙（Formosa）人非常友善。我們學歷史的從這些文本中進一步追問，「福爾摩沙人」是指哪些人？如果按照這些西方人當年行走的路線判斷，所謂的福爾摩沙人應該指平埔族，而不是泛指所有的臺灣漢人。因為這些西方人也記載，他們既恐懼高山上的原住民出草砍人頭，又擔心當官的漢人存心不良。這些西方人對福爾摩沙人的描述，其實跟高更所畫大溪地居人很類似，個個都住在「美好的地方」。

接著，再舉例討論「烏托邦」的概念。從去年開始，美國政府因為財政危機，採取貨幣寬鬆政策，拚命印製美鈔。說也奇怪，這些紙幣說印就印，而且全世界還都接受，搶著要。假設我把一張美金一百元弄髒、揉成一團丟在地上，會不會有人撿？撿了之後，會不會使用？會啊！為什麼？因為人們仍然相信它值美金一百元。請各位注意，這個例子的重點就在「相信」這個關鍵性的念頭。這張美金值一百元，「相信」是一切的基礎。從遠古時代的岩畫，一直到這張美鈔，這些例子證明世界上許多有形無形的事物，往往想像之中有真實，真實之中又有想像。想像跟真實之間互相滲透、互相翻轉，虛實之間相互辯證。這個世界就是這麼有趣。或許各位會同意，任何想像不可能完全無中生有，所以摩爾創造"Utopia"這個詞彙，進而寫成專書，也不是憑空捏造的。

「烏托邦」的概念如此普及，其實源自智人的本性。依據近二、三十年來學術界對人類的研究，智人這種動物其實也是為了求生存而演化出來的。簡單地講，為了生存，不外乎填飽肚子和繁衍後代。套用中國古話來講，這兩種需求其實都為了「生生不息」，一部人類世界史就是為了生生不息，填飽肚子以及繁衍下一代的歷史。但是，純粹就這兩個需求來講，人類和其他各種生物並無不同，不過智人之所以成為智人，其特質在於為了「生生不息」，逼得腦神經不斷演化。大概在七萬到五萬年前的時候，智人的腦容量就跟現代人類完全一樣。還有，我們講話使用語言，因為我們的聲腔也演化到今天這個部位，在這之前的人類，跟黑猩猩一樣，只會發出信號（sign），而不是語言（language）。此外，智人的手指會

對曲，否則沒有巧手就不會使用很多的工具。在此順便介紹兩本書。第一本叫作《從叢林到文明：人類身體的演化和疾病的產生》，作者是哈佛大學研究人類演化論的學者，閱讀這本書，大致可以了解最新有關智人的種種知識。第二本書叫作《人類大歷史：從野獸到扮演上帝》，英文書名 *Sapiens: A Brief History of Humankind*，講的就是智人。這兩本書講人類的演化以及智人的特色，這兩本書的重點不同，但是都從智人的特質討論如何影響以後的歷史。我藉用這兩本書，在此強調：想像和相信互動結合而成的「想像的眞實」就是智人的特質之一。智人懂得「想像的眞實」，以此思維能力創造各種有形或無形的事物，才得以促進族群合作，彼此同心協力，與萬物競爭，以至於生生不息。剛才我一連串所舉的例子，它們之所以被想像、創造並且信以爲眞，說穿了都是爲了聚集人力。有了族群合作，團結力量大，才足以對外競爭。智人懂得運用手及腦，創造「想像的眞實」，在合作和競爭之間辯證，所以七萬至五萬年前從東非外移後，得以不斷地擴散。

　　智人需要「想像的眞實」，所以人們總是被鼓勵要創新，做點什麼跟別人不一樣的。創新，從反方向來講，其實就是叛逆、革命。以此道理一定要懂得把握一個字，那就是反對的那個「反」。各位想要造反（rebel）或創新，一定要有股衝勁才可以。跟各位講「反」，但也要懂得歸返（return）。既造反又歸返，簡要地說，就是「反即返」（rebel as return）。人們思考問題、提出創意，除舊布新本來就是反對現有的某些事物。可是智人的思維取向很有趣，爲了「反」，爲了往前看，往未來走，卻又會先「返」回到過去，探索問題的原、始、本、質。例如，孔子、老子和莊子，在春秋戰國時代，分別提出許多新觀念。按照智人特質「反即返」的原理，孔子「反對」當時的某些事物，他的理想中也要「返回」某個時代，嚮往心目中的某些聖人，那不就是堯、舜、周公及其時代嗎？孔子的「反即返」，目的在尋回人類的本質，也就是仁愛的仁。至於老子跟莊子，他們兩人都崇尙自然，可是仔細探究，老子要「返回」到什麼時候？莊子的本、原又是什麼時候？配合我們今天的主題「烏托邦」

來講，人們「反即返」，理想中的地方及時代就是「烏托邦」。老子想像中的「美好的地方」，小國寡民，老死不相往來，那不就是人類初民農業社會時代嗎？在初民農業社會裡，人們生活在小聚落中，彼此很少往來，精神生命卻很安詳。至於莊子〈逍遙遊〉的隱喻在什麼時代？從歷史上推想，應該在比初民農業社會更古老的採集狩獵的時期。莊子的生命似乎沒有定居下來，卻自由自在。

三、「想像的真實」暗藏著形上思維

每個人心中都有個最美好的時間跟空間，他可能就在「反即返」的思維取向中，創造出來的「想像的真實」。所以我講「反即返」，不僅爲了溯本探源，談談「烏托邦」的概念，而且也鼓勵年輕的聽眾們養成思維的習慣，凡事先追問原、始、本、質。我所謂的形上思維，其實是廣義的，指思維的取向，而不是狹義的，僅特稱某些形上學（metaphysics）。當人們思考問題時，直指自然界或人類世界中最根本的原、始、本、質，就是形上思維（metaphysical thinking）。自從智人以來，人們就有形上思維，而且就其內涵來說，有無數的種類。我們可以用$Meta_1$，$Meta_2$，$Meta_3$，$Meta_4$至於M_n來代表各種的形上思維。先講$Meta_1$，$Meta_1$指遠古時代各種泛靈論，他們都屬於「想像的真實」，其中的道理，我們在上述講獅人等實例時已說明了。從遠古時代到了西元前五百至三百多年前，思想史上出現軸心時代（the Age of Axiel）。那個時代中，有些人把$Meta_1$萬靈論信仰除魅化，或理性化，因此產生各種所謂的哲學或形上學（metaphysics）。蘇格拉底、柏拉圖、亞里斯多德、孔子及釋迦牟尼等人的思想都在這時候誕生。我採用$Meta_2$通稱他們。從$Meta_1$和$Meta_2$，隨著歷史演變，各種形上思維推陳出新，所以我用$Meta_3$、$Meta_4$……$Meta_n$來代表。當然，各種Meta只是個理想類型，他們可能也會彼此混合，譬如司馬遷講「究天人之際，通古今之變，成一家之言」。「究天人之際」的內涵就是司馬遷的形上思維，其內涵至少綜合了$Meta_1$跟$Meta_2$。又如近五百多年來，西方社會先後經過文藝復興、科學革命及資本主義社會等重

要的時代，各種形上思維層出不窮，包括民族主義或國家主義（national-ism），也是種Meta。

明白上述的道理之後，接著我們閱讀《烏托邦》這本書的時候，除了從基督宗教信仰掌握摩爾的形上思維，另外我們又可以發現，他的「烏托邦」並非建立在遙遠的「世界末日」，而是在遠離英國的某個海外地區。這是個轉折，也是種新的形上思維。十六世紀出版的《烏托邦》，並非摩爾個人的概念，而是他的著作反映了當時許多人的「想像的真實」。這種新Meta概念相對而言比中古時代的《天主之城》更世俗化，更貼近現實世界。如果我們快速穿越時空，直奔到今天，現在人們生活在數位、高科技的cyberspace及虛擬實境（VR）裡，我們也可以說現代科技裡也是「想像的真實」或更新的形上思維。

可見「烏托邦」的概念及「形上思維」都是智人的特質之一，形式及內涵可以改變，但思維取向是去不得的。我們不可以一概否定「烏托邦」的概念，也不必執著某種「烏托邦」的內涵。「烏托邦」和「形上思維」的正面效應，可以促進人們彼此合作及文化的演化。就此來說，它是歷史的驅動力（driving forces）。然而它也會帶來負面的效應，各種類型的「形上思維」，不論遠古的或現代的，只要被執著、迷信，成為絕對的，就成為所謂的意識型態（ideology）。

結語：氣度恢弘的形上思維和烏托邦

最後，回頭再來看《烏托邦》這本書。首先，摩爾的「烏托邦」裡，宗教信仰其實是多元的、互相寬容的。其次，書中虛構的老船長並不是一位老粗，他不僅懂希臘文及拉丁文，而且跟文藝復興時代的學者一樣，也具備古典學術的素養，他曾經三次隨著Amerigo到海外，頗有世界觀。還有，我們不妨也留意他的人生觀念，這位老船長說，死後沒有棺材沒關係，無所謂，人生應瀟灑一點，有青天可作遮蓋。他講這種話多豪邁！氣度恢弘，流露無遺。所以我個人認為，《烏托邦》的重點，其實不完全在書上的「美好的地方」如何如何，而是摩爾造詞，突顯「烏托邦」

這個概念的時候，還告訴我們"Utopia"原本是"no place"，是個「不存在的地方」，當人們在嚮往"a good place"之餘，更應了悟"Utopia"也是"no place"。如此思維，人們才不至於執著，淪為意識型態。當人們不執著某個"Utopia"或某種Meta時，才有可能再昇華超越，邁向最高境界的形上思維。這種境界裡，虛即實，實即虛，我以$Meta_{0-n}$代表之。

在《烏托邦》的最後，摩爾說：「啊！我聽了那個老船長講一大堆呢……我也不能同意他所說的一切……畢竟難以希望看到這種特徵能夠實現。」可見摩爾在寫這本書的時候，並沒有把"Utopia"絕對化。從《烏托邦》裡，我們佩服摩爾超越各種M_n的天花板，昇華到「虛即實」的$Meta_{0-n}$思維。這是種境界，人們應該欣賞他這種氣度恢弘之素養。

貳
藝術與哲學之間 —— 走鋼索的尼采

劉滄龍

國立臺灣師範大學國文學系教授

前言：虛構與真實之間

　　詩人為什麼要借由虛構的手法表達他的感受與思維？若詩人的情思為真，為什麼要把真實的情思包覆在虛擬的意象、隱喻之中，讓它曲折隱晦地現身？歌德自傳的書名是《詩與真》（*Dichtung und Wahrheit*），就是用虛構和真實的張力來標示詩人如何穿梭於兩者之間，其中暗示了詩意的虛構對於真實的揭露有其必然的關聯。德語的「詩」（*Dichtung*）就有虛構的意思，但詩人之所以虛構，並非有意欺騙，反而是為了以更好的方式傳達真實。或許詩人自認他的生命與所見的世界，並不總是這麼直接明白地顯現自身，於是耐心地在光明與暗影之前來回省視，並以藝術性的語言來呈現真實與虛構之間交相纏繞、彼此建構的關係。

　　至於哲學家，他的任務不是追求真理嗎？不是要發現真相嗎？把知道的事實說出來、確認真相，彷彿是哲學命定的任務。但是尼采的想法有所不同，作為哲學家的尼采，也有著詩人的特質。

　　尼采的名著《查拉圖斯特拉如是說》（*Also Sprach Zarathustra*）的副標題"*Ein Buch für Alle und Keinen*"，意思是「一本為所有人也是為沒有人寫的書」。《查拉圖斯特拉如是說》這本哲學著作虛構了一個人物「查拉圖斯特拉」（Zarathustra）作為書中的故事主角，據說跟波斯祆教開創人物的名字有關 —— 一般稱為「瑣羅亞斯德」（Zoroaster）。書名之所以叫作《查拉圖斯特拉如是說》，是因為每當查拉圖斯特拉講完一段演說以後，該章的結尾就是「查拉圖斯特拉如是說」（Also sprach Zarathustra），意思是「查拉圖斯特拉說了以上這些話」，或者「查拉圖斯特拉這麼說」。尼采藉由查拉圖斯特拉的演說、對話與故事情節來表露自己的思想。然而查拉圖斯特拉這些話是要說給誰聽？尼采寫下這些內容，是為了誰而寫？他既要寫給所有的人，但又不為任何人而寫。這到底是什麼意思？他到底是為了所有人還是為了自己而寫？

有時候表達的目的的確並不是為了得到他人的理解或認同，而是透過表達來整理自己的情感與思想。有些作家就是如此，他非寫不可，有不得不創作的慾望，寫作的目的並非是為了給別人看。以前我也不能理解，寫了、講了一些東西，不就是要讓人知道嗎？可是有的人就是為了寫而寫，他不一定為了什麼特殊的目的，而是單單就在語言的表達活動裡面，實現自己的生命。有時是透過書寫讓自己平靜下來，面對自己的生命，有時是為了讓痛苦找到言說的出口，或者讓書寫成為自我愉悅的管道。

說不定尼采一開始寫這本書的時候只是為了自己而寫，他發現自己的生命在多年的病痛中開始痊癒，在重新康復的狀態下，有了非表達不可的慾望。就像生命力旺盛的太陽非要照耀這個地球，就是要把光與熱分享出去。可是分享的目的不是因為同情，覺得別人有需要、很可憐，而是因為生命太旺盛，擁有的太多、過剩，表達、釋放力量的渴望很強烈。就像太陽每天從地平面升起，照亮了大地。尼采透過太陽這個隱喻似乎要顯示自己重獲身心健康後，有股非表達不可的衝動。然而他要表達的內容是什麼？虛構的詩跟哲學所要追尋的真理是什麼關係？

一、自我超越的走鋼索行動

我的講題副標叫作「走鋼索的尼采」，揣想尼采走在藝術與哲學之間的一條鋼索，為生命的自我超越冒險前行。

尼采把查拉圖斯特拉描寫得像是一位傳道者，他稱這部著作是新約聖經之外的第五部福音，書中充滿了戲仿新舊約聖經的筆法，詩意的篇章之中包含了大量的隱喻、反諷，讓思想流動在熠熠的意象與動人的敘事之中。所謂正規的哲學寫作通常要求精準的概念定義以及概念與命題之間

嚴格的邏輯關係，重視一致性、清晰性，致力排除模糊的表達與矛盾的推論。若以前述的標準來衡量，尼采的著作稱不上合格的哲學作品。然而尼采並非不用概念，但他質疑傳統哲學對概念思維所追求的正確性其實建立在脆弱的根基之上，哲學家所用的重要概念仍然隱藏了許多未被揭發的偏見。例如，尼采在早期的著作中認為，概念其實是褪色的隱喻，概念的前身是隱喻，它並非直接對應著事實。

尼采的表達方式在十九世紀當時的學界，不論是就語文學或哲學這兩個領域都不討好。他的學術養成背景主要是古典語文學，也就是研究古代希臘羅馬的語言、文化知識。他寫《悲劇的誕生》這本書，意圖探究古希臘悲劇究竟是如何誕生的，卻得不到當時主流古典學家的認同，後來他的興趣也從語文學逐漸轉向了哲學。他的哲學興趣除了跟古典研究有關的先蘇期哲學、柏拉圖以外，引發他哲學熱情的哲學家主要是叔本華。不同於康德、黑格爾等正統的德國古典哲學家以概念思考來建構哲學體系，叔本華以流暢生動的文筆把生硬呆板的康德哲學介紹給更為廣大的讀者，清新而充滿藝術性的書寫方式啟發了尼采。他早期的寫作無論在風格上還是內容上，都能看出叔本華的強烈的影響。

尼采的書寫活動本身便可看成是一種走鋼索的行動，是一個冒險的行動。創造或者創作，本來就包含著冒險的成分，有時甚至是以生命為賭注。在《查拉圖斯特拉如是說》〈閱讀與寫作〉這章裡面，尼采表示他特別愛好那些用血來寫作的作品。當然，「血」這個隱喻指涉的是生命自身。尼采可說是用全副生命灌注在他的語言文字裡面，他用血、用生命來寫作，他本身也十分喜愛《查拉圖斯特拉如是說》這部作品。他對自己書寫的要求是這麼高，但是對讀者能不能有這麼高的要求呢？讀者會不會這麼看重創作者他用生命換來的作品呢？尼采知道這樣的期待一定會落空。因此，我們可以回到之前提過的問題：這本書到底是寫給誰看的？當一個人用全生命投入創作的時候，他知道可以得到回報的可能性很小，有誰會用這麼鄭重的態度，也拿出自己全部的生命精神，以虔誠莊嚴的態度閱讀一本書呢？甚至若有人以死明志，說他畢生的心血都在這裡，大家是否就

願意認真以對呢？恐怕許多人還是覺得干我何事而不屑一顧吧。因此，尼采明白即使他這本書想誠心誠意地獻給所有人，但其實沒有人會真正用「心」來看的，沒有人會如他所期待地真心看待他嘔心瀝血所寫的東西。冒著極大期待也預知失敗的書寫行動，不就像是一場注定要失敗的豪賭，或冒著生命的危險走在鋼索上嗎？

在這本書裡面，尼采傳達了一些很奇異的思想，我們會慢慢提到一些。但由於時間很有限，以下所講的，只是我比較主觀、片面的選了一些或許可以串聯起來的段落，來談一下尼采思想幾個我比較感興趣且覺得重要的觀點，希望可以對大家閱讀《查拉圖斯特拉如是說》這本書有幫助。

〈序言〉中描述了一個走鋼索的人，是這本書裡面一個相當重要的隱喻。尼采認為，人不是目的而只是一個過渡，「走鋼索的人」象徵著要展開「過渡」這個冒險的行動。人置身在動物和超人之間，必須走這條鋼索，從動物過渡到超人，這是一個冒險的行動。走鋼索時，若掉了下去，下面便是死亡的深淵。在書裡會反覆提到「深淵」這個詞。創造、創作對尼采來講，之所以得鄭重其事，是要以付出生命為代價的，要勇敢嘗試的冒險行動，因為鋼索下面就是深淵。一般而言，所謂文學、藝術的創作，似乎沒那麼嚴重。但是對尼采來講，藝術作品的創作便是一個全新的生命誕生過程，更進一步來說，生命就是藝術創作的過程。

尼采期許人要成為超人，這是什麼意思呢？「超人」這個德文字Übermensch，字頭的über就是超越、通過、穿越、橫渡，Mensch是人。在德文日常用語中，越過馬路、渡船過河就用über這個介詞搭配動詞，是個常用字，一般的意思就是穿越。走鋼索有一段從A橫越到B的過程，而且鋼索通常懸在高處。查拉圖斯特拉說人只是過渡，不是目的，人只是一道橋梁、一個過渡。過渡到哪裡？過渡到超人，人便是懸在動物和超人之間的一條鋼索、一座橋梁。那什麼是超人？我們首先會直覺地浮出電影中的Superman，它是一個超強的人嗎？是能力很強大的人嗎？一方面的確有這個意思，但是比較重要的是回歸到這個德文詞，尼采所創造的詞Übermensch，其中的über是指「超越」，查拉圖斯特拉帶著他的領悟向

世人宣告「上帝已死」，人是應該被超越的動物。

不論是柏拉圖設立了超感性理念世界，或者是基督教許諾一個永生天國，都不肯定流變的此岸大地而把價值設定在超越的彼岸。查拉圖斯特拉看穿此一價值設定方式的顛倒謬誤，帶著「上帝已死」的消息走入人世，希望世人相信惟有大地才是惟一的真實，沒有超越此世的彼岸可以保證人的救贖，只有人的自我超越才能證實生命的意義。

人的確有這樣的特性，就是想要不斷的超越自己。創作假設陷入一種模式，陷入一種單調的重複，就沒有創作的快感、愉悅。創作的喜悅總是來自於有一些新的東西被生產出來，為什麼要求新求變？求新求變並非只是趨新驚奇、愛好追求浮淺的新鮮刺激，而是根源於想要更好、更強、更大的生命本能。什麼是更好、更強、更大？主要是指生命就是要更旺盛的發展，想要擴展它的權能。但是生命追求強大，需要像藝術家一樣，得不停止地奮鬥求突破，才能夠超越自己。

藝術家通常希望在他的作品裡面實現某種超越，不管是形式上的突破，或者是其他。尼采也認為我們應該要向藝術家學習，或者說我們應該要成為生命的詩人，把我們的生命看成藝術作品，像藝術家一樣以創作的態度形塑我們的生命。而且尼采企盼我們比藝術家更有智慧。在藝術家那裡，生活可能會跟他的創作分離。雖然藝術家是以創造的態度面對他的作品，卻未必是以同樣的態度來面對他的生活。因此，尼采說我們要向藝術家學習，而且要在藝術家停止的地方，繼續像藝術家那樣運用精微的力量來形塑生活。藝術家只是運用精妙的手法去創作作品，但是我們也應該用藝術的態度來面對自己的生命，成為我們生命的詩人，而且是從日常生活最細微處開始。在生活中的一點一滴，都讓它展現藝術創作的可能性，這可能是實現生命本性最好的方式。

尼采從未否認人是理性的動物，然而憑藉理性來認識與行動，本質上仍要歸諸於生命根本的衝動。換言之，理性是為本能而服務，此一本能，尼采造了一個術語，稱作「權力意志」。生命的根本衝動不只是自我保存，而是總想證明自己的存在是必要的，是有影響力的，因此會追求自我

超越。倘是如此，人更應該用藝術創作的方式過生活，在自我超越的活動中證成生命的價值，讓生命展現自發力量的本性。這既是生命之中藝術性的本質，也是比計算性的、工具性的理性更大的理性與智慧，它能實現生命所渴望的自由。

二、自由與自我認識

用詩的方式、用藝術的方式去對待我們的生命，表面看來會跟哲學有一些衝突。早在柏拉圖就想把詩人驅逐出理想國，長久以來，哲學理性所追求的嚴格與確定總是與藝術創造所憑藉的想像與直覺分道揚鑣，此一分立的狀況到了尼采有了決定性的改變。以往藝術只居次要的地位，康德寫完了第一批判討論知識、第二批判討論道德、第三批判則涉及了美學，但是美學並無自身的獨立性，它被納入更大的計畫，目的是要溝通知識和行動。即使康德美學是古典美學重要的先驅，但是在他的哲學中藝術並沒有著決定性的地位。美學在康德之後地位逐漸上升，這在叔本華與黑格爾的哲學中都相當顯明。然而，首次認為哲學實踐與藝術活動彼此可以互相涵攝、批判轉化的兩者，恐怕仍是尼采，關鍵在於兩者的共同目標都是為了實現自由。

康德作為最有代表性的啟蒙運動思想家之一，他和其他啟蒙運動者共同追求的目標就是自由。啟蒙運動基本上是由理性主義的哲學家所主導，藉由發展人的理性，來實現各個領域的自由。尼采跟啟蒙運動思想家追尋自由的目標一致，但是對於自由實現的依據則有根本的分歧。對於啟蒙運動的思想家來講，理性和感性基本上是對立的，或者感性必須要被理性所支配，自由實現的基礎來自於理性主體的自我決定。從柏拉圖到康德的理性主義哲學家都相信理性、懷疑感性。理性主義者將感性的身體納入理性的精神的管轄領域，不只是內在的自然——身體，包括外在的自然——自然界，兩者都得接受理性法則的支配，否則是不可理解、無法控制的。理性的精神能實現自由，感性的身體若不聽從理性的指引，將會陷入被慾望奴役的危險之中。

作為近代理性主義哲學開端的笛卡兒，他所確立的原則就是知名的「我思故我在」。我可以懷疑一切，可是我不能懷疑的是正在懷疑著的我。為什麼我不能懷疑正在懷疑者的我？因為它是一個能夠反思的理性的主體，它能夠確立自我。理性主義哲學家不斷想要確立的就是理性的主體、理性的自我。這一點尼采深致懷疑，人可以透過理性確立自己嗎？理性主義哲學家甚至不只希望透過理性的手段來確立自己，還想進一步發現這個世界的普遍的規律，希望透過理性的自我認識，來界定我們的生命與世界運作的根本法則。

然而，自然生命能被理性安排、控制嗎？有所謂的人性，乃至普遍的人性可以被理性所界定嗎？理性主義哲學家的啟蒙計畫受到尼采根本的懷疑，因為理性主義很可能出自於人類的妄自尊大，人覺得（理性的）自己是世界的中心，世界是環繞著人 —— 作為理性存有者的人來運轉。尼采曾在未出版的手稿〈非關道德意義的真理與謊言〉一文中寫過一則寓言，其中描述蚊子在飛的時候，可能也會像人一樣自以為是宇宙的中心，尼采藉此諷刺人類對於理性有著激情的狂熱，以為理性能讓人類被加冕為萬物的主宰，並且恣意地用理性的眼光把世界擬人化。

人類一直想要用認識的手段探索自己，並想探索這個世界，然而人真的認識自己嗎？在《論道德的譜系》，尼采以懷疑的口吻寫道：「我們對自己是陌生的，我們這些認識者。」不只理性主義哲學家追求理性的普遍認識，其實人類向來便自命為求知、求真的認識者，然而我們對於自己其實相當陌生。尼采問，為什麼我們會不認識自己呢？是因為我們從來沒有向自己探詢過，我們從來沒有追尋過自己。我們並沒有真的認識自己。可是我們竟然宣稱有一個永恆的人性，我們真的發現過永恆的人性嗎？所謂的「永恆」很可能只有四千年，但我們就把四千年當成了永恆。當然這個四千年只是代指人類的文字歷史，我們常常以偏概全地誇大宣稱有限的認識，把它們擴大成客觀不變的事實 —— 所謂的真理。因此尼采鼓勵我們要帶著歷史的眼光來思考，才能保有謙遜而謹慎的態度，才會發現：認識「事實」有多麼不易，而認識「自我」更是難上加難。

在時間的長流之中，我們看到了人類的渺小、侷限，也發現了一種確定的、客觀的認識，並非我們所想的那麼容易。以歷史的方式來思考，將會發現一切都在看得見的表面改變，與看不見的深層變化當中。所謂的事實也是詮釋的結果，沒有一個鐵錚錚的事實，不必解讀、詮釋就直接呈現在我們面前。若以歷史的方式來思考，眞理會不會也帶有歷史性？普遍人性難道不也在變化當中？要是我們用這種方式來面對自我，面對所謂的人性的話，一個在變化之流中的自我要如何認識，就變成很困難的任務。因此，我們要很謹愼，要帶著謙虛的美德，不要妄下定論，以爲眞相可以斷言。

若一切都在變化中，以歷史的方式來思考自我認識會帶來什麼結果？其中一個對尼采中後期哲學來講非常關鍵的一個問題，就是道德的問題。尼采哲學有時候會被判爲所謂非理性哲學家，由於他對道德、對宗教採取批判的立場，甚至他也曾宣稱自己是非道德主義者。然而，「道德」爲什麼是個關鍵的問題？對尼采來講，克服道德的問題關乎自由。之前我們已經提到，尼采也跟啟蒙理性一樣追尋自由，然而啟蒙理性的自由方案不夠徹底，像蝴蝶破繭一樣，一剛開始接觸到陌生的光線，看到光線下的事物會有一些抗拒、有一些痛苦、有一些迷亂。這有點像柏拉圖的洞穴隱喻，剛走出洞穴的人開始接觸到光線，會無法適應明亮的世界。在這陽光明燦但又與陰影灰暗交錯之際，在明暗互相交疊的地方，有一種突破要發生，「道德」的克服跟人類的自我突破有關。

道德可能限制了人類的思考，阻礙我們勇敢邁上自由的道路。對康德來說，嚴格意義的道德就是人必須要服從自己所下的命令，他用的概念叫作自律。人只服從自己所下的命令。這聽起來很主觀嗎？我應該做什麼只有自己可以規定自己，然而康德同時希望這一個命令得是普遍的。所謂普遍的意思就是說，所有人都會同意我現在要這樣做是對的，我說這是對的，我決定要這樣做了，所有人易地而處都會說這樣做的確是對的。取得普遍同意的程序以後，就可以確定地說這樣的抉擇是道德行動的基礎。這樣的決定它有道德的意涵，它既是自由的，同時又是道德的。在康德的自律道德裡面，已經實現了主體的自由，同時又具有普遍的規範性。這樣尼

采還有什麼好不滿的？

但是尼采的確仍然對康德這個說法不滿意，其中一個理由應當跟自然有關。在理性主義的思考裡一直忽略自然的價值，至少比較主流的哲學家如此。雖然從古希臘開始早就發現了自然，而且沉思自然，所以哲學史常稱古希臘哲人爲自然哲學家。後來浪漫主義時代的思想家也很重視自然，並且將自然連繫上絕對者，跟宗教有些關係。尼采跟他們的態度有些區別，他不把自然對象化，也不把自然絕對化，同時又認爲自然跟自由是有關的。這就牽涉到一種面對自我或面對世界的一種思維方式的調轉。

首先對尼采來講，什麼是道德呢？或者假設有所謂的良心的話，他會說什麼？他會告訴你什麼事情？尼采認爲是 —— 你應該成爲你自己。注意到這裡是「成爲」你自己，不是有一個已經存在那裡等待被發現的自我，然後說好我就做自己就好。「做自己」這個口號說得很簡單，做起來卻很難。我在大學開設一門通識課就叫作「認識自我」，在這個課堂上，越是大三、大四的同學越有急迫感，越想要來修這門課。他們有個焦慮，覺得找不到自我。有些同學比較知道自己不要什麼，一旦追問自己到底眞正想要的是什麼？要成爲怎樣的自己？就感到迷惑了。到底自己眞正想要過什麼樣的生活？要成爲怎樣的自己？這其實不只是大學生才會有的困惑，而是人終生都要面對的課題。成爲你自己，便是尼采的絕對命令，而且關乎人的自由。

三、身體的智慧

什麼是獲得自由的標記？就是不再感到自我羞愧。

道德會限制我們的自由，若它只是外在的強制性規範。然而康德講的道德不是這種外在的規範，也不能是爲了功利或其他目的而產生的道德行動，這些不是來自於理性的自我決定的道德被康德稱作「他律」的道德。康德主張嚴格意義的道德是自我立法、自律的道德，因此對康德來說，道德若是出自理性的自我決定，那麼人是經由理性對自己生命的規定，即使對感性有所限制，仍然是自由的。因此，這裡隱含著理性的主動性與感性

的被動性此一對立，這個對立不僅僅在康德哲學之中，整個西方的柏拉圖主義哲學、基督宗教人傳統都大致存在著理性和感性之間的對立。

對尼采來說，理性主義與基督教道德有一個傾向，它會造成人的自我否定，人會對自己的身體感到羞愧，覺得自己的感性生命會帶來很多煩惱，其實不僅僅是基督教，很多宗教都有這個傾向。崇尚精神、蔑視身體的道德觀甚至會虐待自己的身體以求得精神的超越。尼采認為這樣的道德觀有毀滅人類的傾向，導致虛無主義，必須要深刻的反省。在《查拉圖斯特拉如是說》書中有一章就專門講「蔑視的身體」。身體與自然本身是無辜的，為何被視為有罪的、邪惡的？該以什麼態度來面對我們的身體、面對自然？尼采主張重新尋獲純淨的、被解放的身體與自然，不要再為了追求純潔與神聖，否定我們天生而有的身體並且感到羞愧，人類背離自然已久，應該再度自然化以重獲健康。

人本來就是自然的一個環節，我們本來就可以很自然的過我們想要的生活，可是道德的發展成就了人類的文化，也帶來了限制。尼采對道德的反省跟自然有關，他調轉、顛覆了傳統哲學對自由和自然的關係。傳統的道德、宗教認為理性高於感性、精神高於身體，並且貶斥感性和身體，把自然對象化，這些都是有問題的。反過來講，理性一點都沒有像以往的哲學家所想的那麼普遍、那麼客觀，而是有它的主觀性。很可能驅動理性的是它背後的激情、衝動。理性本身是複雜的，可是我們以為理性很單純、很乾淨。會不會真理竟產生自謬誤？理性所要排除的矛盾，會不會就是產生所謂真理的根源？是否矛盾、衝突更是驅迫我們思考的主要來源？

生活充滿各種困惑、矛盾和衝突，驅動我們運用理性去尋求解決的方案。然而理性並無法消除來自於生命本具的多樣性與複雜性，自然不就是因為充滿了變化的可能性與複雜性，因而生生不已嗎？自然的生機就來自於多樣性所造成的複雜、變化。人類生命的本質本來也內含著自然本具的豐富變化，然而由於過度抬高理性，乃至以為自然生命有辦法全面地理性化，這將造成自我設限，讓生命越來越單調、越來越貧乏。身體所擁有本於自然的豐富性，受到扭曲的道德思維的侷限而壓縮、矮化、病弱、不健

康。尼采哲學的基調是恢復健康的哲學，恢復的方式就是要扭轉來自理性主體不當打壓身體與自然的思維舊習。

理性主義哲學的主體觀，基本上相信有個單一普遍的主體，尼采則認為主體應該是多音複調、內在多元的，像自然一樣充滿了多種可能性。身體是尼采最重視的課題之一，他主張身體蘊涵著比理性更大的智慧。我打造了一個詞叫作「身體理性」，用來指稱身體這個比理智更大的理性智慧，它的思考方式跟感受密切相關，而不是抽離感受的理性化抽象活動。雖然概念性的思考作為抽象化的客觀思考也很重要，但它不是惟一的，更不是最重要的思考方式。在尼采哲學影響力還沒這麼大之前，許多人常把哲學跟文學、藝術區分開來，同時也把理性和感性對立起來。然而二十世紀後半葉以來，不僅許多尼采思想的追隨者不同意這種斷然劃界的方式，還有很多哲學家也積極地將藝術與文學納入哲學活動之中。

尼采認為身體是大的理性，說它是意義的多元。他很重視身體的內在多元性，將之形容成戰爭與和平，一群家畜和牧人。身體因為包含著內在的多元性，彼此會爭鬥，生命就是在矛盾困惑當中爭鬥的過程，人與人之間的關係也常如此。怎麼去面對這種爭鬥、衝突的狀況？身體到底在幹麼？身體要幹麼很難弄清楚，他究竟意欲為何很幽微難辨，有時候則有很明顯的衝動，命令我們非這樣做不可，也不一定有什麼道理可言。明顯強烈的慾望和衝動，可能只是一種表徵，未必就是我們真心所向。身體到底在想什麼、要幹什麼，實在令人難以明白。

感受自己的感受，讓意識退位旁觀不做任何評判，接受身體的引領、跟身體對話，或許是通向自我認識的重要途徑。身體有著多元的、複雜的感受、慾望，當然也包含種種無法覺察的「思考」。尼采說精神只是小的理性，它是身體的工具。把精神和身體的支配關係調轉過來，並不意謂著精神是要被排除、或者被貶低的，尼采未必有這個意思。他調轉了這個階序，這樣的調轉合不合理值得再加討論。無論如何，尼采主張自我就是身體，在思想和感覺的背後，身體是強而有力的號令者，我們所不曾認識的智者。

身體有一種智慧，他會發號施令，告訴我們應該這樣做那樣做，可是這個應該到底是不是真正的應該？我們會想這樣做到底合不合理？我們真的應該完全聽從我們的感受嗎？尼采講這些話是什麼意思？難道尼采認為我們應該完全聽從身體所發號的命令，變成一個欠缺理性思考的人？我想這不是尼采的意思。在身體裡有更高的智慧、更多的理性，到底這是什麼意思？

尼采思想吸引人的往往是這個東西，就是有一個不可取消的矛盾性，譬如精神和身體之間有種衝突性、矛盾性，快樂和痛苦之間彼此纏結的關係。有些哲學家會希望找到一些方式來發現幸福生活之道。亞里斯多德就認為倫理學是跟快樂和痛苦相關的一門學問，我們得去認識到底什麼是快樂？什麼是真正的幸福？對他來講，理性是實現幸福之道很重要的手段、或者是一個通道。然而，到底要怎麼面對痛苦和快樂彼此纏結、不可取消的矛盾關係呢？亞里斯多德好像沒有提到類似的問題。

是否生命、生活的本質就是有種不可取消的矛盾，有一種張力？我們不斷的在生命當中、在創作當中、在藝術、在生活當中面對這種解不開的矛盾。有時候面對這種矛盾會釋然，想想生命就是如此，只好接受。但是無奈地接受是種消極的態度。算了！反正就是如此，忍耐吧。尼采則不是用消極的態度來面對，他試圖積極地擁抱這個矛盾性。

四、「永恆回歸」

尼采有一個重要的令式──「愛命運」，它跟「永恆回歸」有關。「永恆回歸」像是一個惡魔發出的指令，或者是個思想的實驗。各位，我們來做個假設，大家今天聽了這場演講以後，是否願意無數次的一再聽同樣的演講？第一次聽，或許還覺得其中有些尼采的思想可以帶來啟發，願意再聽第二遍，若真的覺得很有意思，頂多再聽三到四遍，要是被要求得聽第五遍，就很難接受了。若不只要聽五遍，還得聽兩百遍、一千遍，這豈不是惡魔般的詛咒呢？假設我們生命也是這樣呢？永恆回歸的生命就像一張不斷重覆播放的DVD，裡面不管是好的、壞的都得一再重複。永恆

回歸就是這樣的一種假設，假設我們的生命，甚至這個世界，無論如何都得再來一遍，你要不要呢？尼采的答案是：我要！若生命只是已發生事件的重複，這樣的重複根本是荒謬、無意義的，他仍要全盤肯定。

這好像不太對吧？照理講應該要過有意義的生活才對，我們只願意對有意義的、有價值的事物肯定，某件事我們覺得它重要才有理由認真去做。我們會區分重要、不重要的事，然後付出努力在那些重要的事物上。然而永恆回歸這個設想，卻假設這個世界只是一而再地重複已經發生過的所有事件，而且發生的方式也一模一樣。尼采竟然要肯定這一切，包括肯定那些最無意義的事物。我們能不能這樣肯定？這樣好像有點問題，可是尼采的基本態度好像是如此，肯定那無可肯定的一切。他不是肯定某事很有意義所以去做，我們一般的肯定是這樣。一般我們認為有價值的事物要肯定它，得找到一些理由來支持，為什麼我會覺得這件事是對的、應該的、有意義、有價值的，得找到理由來支持它。但有些事情真的是沒理由就發生了，甚至生命本身也可說是沒理由。它有一種虛無性，這種虛無性很難克服，甚至不可克服。克服它的惟一方式就是肯定虛無與荒謬的必要性，接受生命根本的虛無性，也就是尼采所謂的「愛命運」，他用這個方式來克服虛無主義。

以上講的這些，看起來都比較像是個人的生命態度，如何面對自己個人生命的問題。然而尼采的思想還有一個重要的面向，就是關於文化哲學。他把文化看成像是個人生命一樣，一個人的生命對於尼采來講是要不斷的自我超越，若這是他所謂生命的意義和價值所在的話，要肯定人不斷的自我超越，生命因此可能被賦予了意義。文化也一樣，它必須不斷的自我轉化、自我超越。尼采有一個著名的三個階段的變形、轉化的比喻——精神必須從駱駝變成獅子，最後變成小孩。他藉此說明不論是個體生命或人類的文化必須在不斷變形的過程當中自我超越。

第一個階段是駱駝的階段，駱駝是能負重的精神，他能夠乘載很多的重負。人類社會在歷史上滿長的一段時間，尤其表現在道德、宗教、形上學發展的階段，就是以駱駝的負重的精神來承擔使命。傳統精神價值就像

一條巨龍，他身上有著很多的鱗片，每一個鱗片上都閃耀著價值的光芒，千年價值就閃耀在這條巨龍的鱗片上面。巨龍發號施令說「你應當！」駱駝於是就跪下來接受了這個命令。就個人來說，我們在孩童的學習階段，在受教育的過程之中，的確必須在一定程度上接受父母、師長的訓誡、教導，他們告訴我們：「你應該要這樣做、你應該要那樣做」，於是我們就虛心地認可、接受。在人類文化的早期發展裡面好像也是這樣，傳統的文化被傳承下來，它們被認為是應當要繼續保存的價值。人類的文明總要透過這個累積的過程、傳承的過程才能順利發展，否則我們總是每次都得從零開始，這樣太費力。所以文明的傳承是很重要的，駱駝精神代表文明的第一個階段，若是連駱駝這種負重的精神都沒有，那麼不論是個人或者是某種文明便不能有所成就，所以首先要有駱駝的精神，這是尼采首先所要肯定的。可是光有這個精神並不夠，還要有獅子的精神。

獅子有一種劫掠自由的野性的力量，他要在自己的沙漠裡稱王，他有獨立自主的能力，所以即使是面對最神聖的事物——面對巨龍，他一樣有挑戰的勇氣。他還能看出來這種延續千年的價值當中有一種妄想和專斷，看到了「你應當」裡面所謂客觀的、永恆的真理，或者是普遍的道德，其中也有主觀的妄想論斷。他要拒絕承認、要否定，所以他的精神是「我要」，而不接受「你應當」的命令。

獅子的獨立精神以否定的方式來展現，青少年叛逆期也是這樣，開始出現獨立自主的人格，他就是不要，什麼都不要，可是你問他究竟要什麼？當他真的這樣捫心自問的時候，反而感到惶惑。若問獅子要什麼？獅子的確說我要，然而他的我要，還是否定性的我要，他只知道他不要什麼，他不要這個千年的價值，他想要一種獨立的自由、自主性，可是這仍然是抽象的，沒有內容。意思就是他沒有辦法自我創造，所以光有獅子的精神仍然不夠，光有青少年的叛逆期是不夠的，他必須要自己走出一條路來，他必須要實現一些什麼。獅子已經很勇猛有力，他能夠為自己爭取到自由了，他還缺少什麼呢？

下一個階段很有意思，尼采說獅子缺少的是孩子的能力，也就是遊戲

的能力。孩子有一種純潔、一種單純，有些玩具雖然已經玩過了，但是他好像能忘了曾經玩過，總是活在這一個瞬間，樂在其中，因為他有遺忘的能力。能夠遺忘是一種能力，擁有這種能力，才能夠很單純地享受現在的這個片刻，每一個片刻都是新的開始。這也涉及如何理解時間。時間上的開始和結束，未必要想像成從現在射向未來的箭那樣，過去已經在你身後，說不定不是這樣。時間或許像一個自轉的車輪，一個遊戲，起點和終點在迴圈中相遇。這個迴圈會創造一種真正的行動，一種創造性的行動、一種神聖的肯定。

在永恆回歸的想法當中，未來不是還沒到來，未來其實已經發生。其實各位已經聽過我的演講，現在不過是在重複而已，這不是很荒謬嗎？這其實是透過隱喻的方式來啟發我們。永恆回歸作為一種隱喻，它想要啟發我們對於時間的另類理解方式，我們以為過去的反正已成定局了，我已經做了這件事讓我很後悔，假設我就是停留在那種懊悔當中，或者我不能忘記過去曾經得到過的成就，我不斷的想要一再的證明我還是可以像過去那麼優秀，就是不能遺忘，就是對過去不能遺忘。或許對未來有一些想像，有一些期盼，希望像過去一樣那樣成功，或者不要再像過去那樣失敗，對過去和未來都有一種指定，這種指定沒有辦法讓我們對於現在有一個絕對的肯定。

對現在有著神聖的肯定，才能夠解放過去的束縛和對未來的想像。神聖的肯定是不以任何標準來衡量成功／失敗、道德／不道德，也就是對每一個當下不施加任何評判，只有無條件地肯定。每一刻都會是一個創造性的冒險行動，而且很可能會失敗。總是想要成功，很可能會有問題，會讓一種真正有創發力的，能讓我們孤注一擲，就這麼去做的這種勇敢無畏，像孩子一樣單純的遊戲式的創造力無法出現。所以孩子的隱喻很有意思，你看那小孩子，有時覺得他很可愛，又覺得他很討厭，你不知道他要幹麼，在那邊亂搞對不對？可是他很自得其樂。動物也是如此，他們天真、無辜，沒有人類的道德眼光，更別說權勢、財富、名位，在他們眼中都喪失任何價值。

孩子的確有一種值得學習的精神，尼采認為不只是對個人而言，對文化來說一樣如此。獅子的精神可能指的就是啟蒙理性所達至的自由的階段，啟蒙理性主張一種進步的史觀，認為透過理性的發展，人類已經到達一個高峰，尼采對此頗為質疑。他覺得文化在此需要有一種新的想像，例如他對自由的想法，不僅跟理性有關，也跟自然有關。自由又是為了要創造。然而，什麼是創造呢？我們總是以為新的東西就是跟舊的東西有所區別，創新就是去舊，就是不要重複已有的事物，會不會不是這樣子？會不會其實沒有什麼東西真正是新的？我們不過都在重複，永恆回歸不就意謂著一切都不過是在重複嗎？可是重複就沒有創新嗎？其實未必。

為什麼經典會成為經典？就是你願意一而再的去讀它，總是有新意跑出來，在不能預期的一些地方，以前雖讀過但不會注意到的句子或者是某些字詞突然它就跳了出來，讓你覺得有一些新的東西出現，我們在閱讀的時候常常獲得的快感是這樣。若是要獲得啟發與創造的能力，可能反覆讀幾本書就夠了。可是我們未必有這種能力。有時候生命也是這樣，美好的事物為什麼會一再錯過？不是因為它很遙遠，而是因為它太靠近。對尼采來講，原創是什麼？不是看到了新的東西，而是舊的，那些我們早就熟悉，卻總是視而不見。譬如說我們對自己就是這樣，我們有時候會否定自己，就是我們對自己的某些能力視而不見，我們會否定說其實這個沒什麼，在別人眼裡看來很有什麼，我們自己往往會覺得這沒有什麼。我們為什麼要這樣子否定自己？為什麼我們不能承認自己？我們以為我們要找的東西在外面，說不定在裡面，說不定就是必須要向自己內在去開發。詩人有時候並不是寫出什麼全新的、了不起的詩句，他往往只是在最平凡、最不起眼的細微的地方，看到了一些我們其實也看到的東西，可是我們卻容易視而不見，或者我們沒有辦法把它表達出來，就這樣而已。

創造未必是這麼的超凡絕俗，立在遙遠的他方，而可能就在我們沒留意的、隱微的、近身的地方，或者就在我們身上。離開到遠方未必能創新，回歸自己，或許便能找到源源不絕的力量。尼采雖然激進地抨擊基督宗教及其道德，用意並非摧毀傳統價值，而是寄望回到歐洲文明發源的古希臘文化，汲取它的生命力，藉以更新當代文化，用回歸的方式來創造。

重返「經典」──《夢的解析》

沈志中

巴黎第七大學基礎精神病理學暨精神分析博士

臺灣大學外文系副教授

前言：重新認識《夢的解析》

　　今天，除了睡眠專家和臨床心理工作者，還有誰會對夢感興趣？還有誰會去傾聽夢所訴說的囈語？百年來，《夢的解析》（*Die Traumdeutung*）歷經多次的研究熱潮與冷落，見證了夢在人類知識殿堂的沉浮。這篇導讀首先要指出的，便是《夢的解析》這本書百年來究竟如何被閱讀。在此並非「重返」經典，而是藉著「追溯」它成為被遺忘的百年經典之路，去釐清夢與夢的詮釋在今日精神生活中的重要性。

　　不可否認，精神分析的歷史替《夢的解析》塑造了一段神話般的命運：孤寂的先知隨著精神分析的傳播而家喻戶曉。但這段神話歷史在1950年代便戛然而止。一方面，隨著佛洛伊德（Sigmund Freud, 1856-1939）與弗利斯（Wilhelm Flisse, 1858-1928）書信在1950年首次出版，以及1985年梅森（Jeffrey Masson）編譯的完整版的出現，研究者們轉而將這本書視為佛洛伊德「自我分析」的一個片段，是認識佛洛伊德自己的無意識與他創造精神分析過程的資料。夢不再是「通向認識無意識的大道」（Freud 1900: 611），而只是認識佛洛伊德的無意識的大道。[1]如此，透過對佛洛伊德的夢的重新詮釋，論者試圖重現的是精神分析發現的

---

[1] 其中最具代表性者如安紀吾（Didier Anzieu）於1959年所著之《佛洛伊德的自我分析與精神分析的發現》（*L'Auto-analyse de Freud et la découverte de la psychanalyse*. Paris: PUF, 1959）。

歷程。《夢的解析》這本書變成只是一位天才誕生神話的線索，自然沒有什麼科學上的貢獻，以致除了對精神分析歷史感興趣者，人們不再閱讀《夢的解析》。

另一方面，1953年（Nathaniel Kleitman, 1895-1999）發現了睡眠「快速動眼期」（Rapid Eye Movement）之後，神經學家們陸續確定了REM與NREM（或low waves）睡眠週期，同時也發現REM睡眠和夢之間的密切關係。由於REM睡眠是由腦幹的神經細胞活化所引起，於是在生理——心靈此一簡單的平行構想下，睡眠當中的腦幹神經系統活動便被認為是夢形成的主要原因。因此，當時主流的ASM夢理論（Activation Synthesis Model）便主張，夢的各種怪誕、扭曲、荒謬的性質，是來自負責處理知覺與思想的大腦皮質統合了腦幹活動之後，所釋放的零星神經訊息。在這樣的神經生理學基礎上，因為被賦予長期記憶功能的大腦邊緣系統（如海馬迴）和腦幹的鄰近性，夢勉強被認為具有一個「鞏固長期記憶」的生物學功能，除此之外，夢幾乎很難被賦予其他功能，更別說會具有任何意義或實現任何願望。因此論者普遍認為，佛洛伊德的命題若不是無法驗證的非科學假設，便是不具有普遍效應；或者充其量只能說，夢實現的只是「睡眠的願望」。[2]正是這個睡眠神經學的發現，使得佛洛伊德《夢的解析》正式成為「經典」——亦即，過時的著作。

直到1990年代，英國神經學家索姆斯（Mark Solms）因神經外科的工作，接觸許多神經外傷的案例，發現腦幹損傷的病患雖然不再有REM睡眠，但仍保有做夢的能力，而腦前額葉受損的病患則幾乎完全失去此一能力。這個發現顯然與前述神經生理學的夢理論相牴觸。但有鑑於腦部損傷的病患經常導致包括語言器官的全身性癱瘓，他們自然無法告訴人們他們是否做夢；而局部性的損傷又無法精確地顯示，整個複雜的大腦運作究竟是哪一部分失去功能。因此索姆斯謹慎地認為，雖然這個發現不能證

世界思潮經典導讀

---

[2] Cf. *Sleep and Dreaming: Scientific advances and reconsiderations*. Ed. by E. F. Pace-Schott, M. Solms, M. Blagrove, S. Harnad, Cambridge University Press, 2015.

明，夢是由腦前額葉而不是腦幹的神經作用所主導，但至少可以確定，夢和腦幹的功能並沒有直接的因果關係。索姆斯由此認爲，夢是由一個特定的「前腦機制網絡」（network of forebrain mechanisms）所引起。這又讓夢的研究再次質疑神經生理學的臨床解剖學方法，並重新傾向於精神現象與生理現象的平行理論。

事實上，夢是初醒之後才開始，這是我要強調的命題。我們總以爲夢是在睡眠時發生的現象，但嚴格說來，那並不是夢，那只不過是睡眠時大腦神經活動的伴隨現象而已。正如弗利斯（Robert Fliess, 1895-1970）在1953年的比喻，除非能在睡眠者腦中接上電視般的監視螢幕，否則我們無從了解睡眠時出現的這些伴隨現象是什麼（Fliess: 73）。即使在今日，從MRI或PET掃描所獲得的夢者大腦活動的影像，也無法告訴我們睡著的人做了什麼夢。因此，相反地，我們所認識的夢，是對夢的一種事後性的言語描述。當我們將睡眠時所發生的種種跡象，以某種言語形式描述出來時，這些「敘事」才構成可詮釋的夢。正如語言學家杭士基（Noam Chomsky）所言，"Colorless green ideas sleep furiously."這樣一個句子，就像夢一樣似乎沒有意義。但我們能說它沒有什麼話要說、沒有例如「詩意」的向度嗎？任何說出來的話語，即便是最沒有意義的（meaning-less），也都有一種「要說」（signification）。說話的行爲，顯然就使得話語具有了詮釋的要求。

因此，若夢沒有被說出來，終究只是神經活動的伴隨現象而已（就像腸胃蠕動一樣）。但如此一來，難道被說出來的夢都只是事後的幻想，與夢本身毫無關係？如何反駁這樣的質疑？我想，《夢的解析》最大的貢獻，無疑就在於指出，「夢的呈現方式」和「夢」是不可分的，人醒過來之後對於夢所做的描述，才能夠讓人去推測心靈這個黑盒子運作的動機與機制。

因此，若佛洛伊德對夢與夢的詮釋感興趣，那並不是因爲他想知道夢的意義或夢者的心理狀態，而是如他在《夢的解析》中所表示的：「夢的詮釋是通向心靈生命之無意識的認識的大道」（Die Traumdeutung […]

ist die Via regia zur Kenntnis des Unbewussten im Seelenleben）（Freud 1900: 611）。

　　這個視野的改變，將引領我們重新認識《夢的解析》在現代生活中的重要性。否則就像佛洛伊德所說，「夢畢竟只是一場夢」。

一、夢是充滿意義的精神形成物

　　《夢的解析》第一章，事實上是最晚寫就，大約在1898-1899年才完成的章節。佛洛伊德在當中自歷史文獻出發，大致回顧了從遠古時代至19世紀，人類對於夢與夢的詮釋的觀點。

　　首先，遠古時代的人類相信夢和超自然的世界有關，夢被認爲傳達了來自神靈的啟發，特別是能夠預示未來。在亞里斯多德的著作中，夢則不再被視爲是超自然現象，而是被定義爲睡眠者的心靈活動。到了羅馬時代，夢被分爲兩類：一類是受到現在或過去所影響的夢，這樣的夢並不具備對未來的意義。另一類夢則被認爲對未來具有決定性：如直接從夢中獲得的神諭，或對未來事件的預言，這一類的夢才被認爲需要詮釋。

　　至於所謂「科學時代」的夢理論，佛洛伊德指出，19世紀的作者們[3]已經認識到夢的許多重要特徵。例如，夢可能延續了白天清醒意識的活動，夢的內容是經驗的再現與回憶。只是夢中記憶的特殊運作方式，讓夢者無法立即判斷夢內容是來自何時的經驗。例如，夢能夠回想起意識已經想不起來，或不知爲何遺忘，或甚至根本沒有被意識注意到的記憶。其次，夢中再現的內容甚至可以溯及童年經驗的記憶。最後，夢中記憶最難理解的特徵，在於夢對再現素材的選擇，因爲和清醒時的意識記憶相反，夢經常記起的是最不重要和最無意義的細節。因此佛洛伊德強調，夢需要一個特別的「記憶理論」（Theorie des Gedächtnisses）（Freud 1900: 21）。

---

[3] 如德文學者Karl Scherner（1861）、Johannes Volkelt（1897）、F. W. Hildebrandt（1875）、Adolph Strümpell（1874），以及法國學者Alfred Maury（1861）、Joseph Delboeuf（1885）、Léon d'Hervey de Saint-Denis（1867）、Paul-Max Simon（1888）等。

另外，關於導致夢產生的刺激與夢的來源，19世紀的論者們也區分了「外部感覺刺激」（äussere Sinnerreize）與「內部的（主觀）感覺刺激」（innerer (subjektive) Sinneserregung），以及「內部的器質性刺激」（如器官的病痛）與「精神性的刺激」（如白天引起注意的興趣）。在此，佛洛伊德也預告，他將討論一個迄今從未被提及的精神性刺激，也就是後文即將提出的「願望」（Wunche）。

最後，關於夢的遺忘與其他心理特徵（包括：以視覺表現為主的夢，卻經常透過字音的相似性進行聯想；以及夢中不尋常的倫理感受等），論者們也分別提出各種彼此衝突、不相容的假設。佛洛伊德大致將這些理論分成三類：

㈠ 精神裝置在清醒與睡眠時分別處於不同狀態，因此所產生的內容也不相同。如此，夢只是處於睡眠狀態之精神裝置的副作用而已，不具任何功能。

㈡ 精神裝置在睡眠時是處於停止狀態，因此，夢有如褪色、殘餘與片斷的精神活動。這也是當時醫學和科學界的主流理論，因為人們據此可以輕易解釋夢所具有的種種怪異與矛盾特質。在這個觀點中，夢同樣地無法具有任何功能，充其量只能有讓精神裝置休息、獲得修復的功用。

㈢ 最後的假設則認為，做夢的心靈具有一種特殊的創造力和象徵化的傾向，有如心靈的「假日」一般。這個理論表面上雖是最無法驗證、不具科學性的假說，但也是佛洛伊德認為最具有價值的理論。因為很顯然地，這是惟一讓夢具有意義且可能也值得被詮釋的理論觀點。

由此可知，顯然早在佛洛伊德之前，許多關於夢的理論觀點均已提出。但正如佛洛伊德在1914年所補充的段落中所強調，我們只能在完成了夢的詮釋工作之後，才能進一步了解並整合前人這些不同的理論觀點（Freud 1900: 99）。因此佛洛伊德主張，有一種「心理學技術」（psychologische Technik）存在，讓人能夠藉以釋夢。透過這些步驟的應用，每一個夢都像是「充滿意義的精神形成物」（sinnvolle psychiche Gebilde）（Freud 1900: 1），並在清醒狀態的心靈活動中占有一定的位置。在

這個假設下，佛洛伊德撰寫《夢的解析》時便試圖闡釋：哪些過程使得夢具有怪異與難以辨認的特徵？其中涉及的精神力量性質爲何？以及這些精神力量的會合或對立作用如何導致夢的形成等問題。

二、夢的拆解

爲此，佛洛伊德對夢的詮釋並不同於以往的「夢書」[4]（Traumbücher）所提供的「象徵性的夢詮釋」（symbolische Traumdeutung），而是更接近於某種「編碼方法」（Chiffriermethode）的詮釋（Freud 1900: 102）。前者的特徵在於將夢視爲一個整體，賦予它一個單一意義。後者則是將夢拆解、分析爲部分與段落，並由此展開其背後各自的聯想關係。因此，佛洛伊德所要詮釋的「並不是夢的整體，而只是夢內容的個別的部分」（nicht den Traum als Ganzes, sondern nur einzelnen Teilstücke seines Inhalts）（Freud 1900: 108）。經由將夢的敘事分析成片斷，並對每一個細節無差別地進行聯想，被認爲已經遺忘的夢將可被重新呈現。換言之，夢的詮釋首重於將夢文本表面上直接、立即的組織完全打破、攤平。

佛洛伊德透過詮釋自己的一個夢「Irma的注射」，來展示這個分析的方法。這個分析方法便是不顧夢的表面意義關係，而將夢的敘事文本拆開來，逐字逐句地進行聯想。夢中的願望是佛洛伊德希望不必爲Irma仍然有的疼痛負責，並將討厭的人都換成自己喜歡的人，這樣他就不必受到任何責備。

因此，夢中整個卸責的論證如下：㈠Irma的疼痛不是我的責任，是因爲她自己不接受我的Lösung。㈡Irma的疼痛不關我的事，因爲這是器質性疾病，不是神經症。㈢Irma的疼痛歸因於她的寡居（三甲胺），我對這一點輒也沒有。佛洛伊德自嘲地引述一個「破鍋論證」，某人向鄰人借一口鍋子，當他歸還鍋子時，被鄰人指控他所歸還的鍋子是破的。爲了推卸

---

[4] 值得注意的是，佛洛伊德在1909年增補的注釋中提到，東方的「夢書」經常是藉由「同音」（Gleichklang）與「類似性」（Ähnlichkeit）對夢的元素進行詮釋。

責任，他論證如下：「第一、他歸還給他的鍋子是完好的，第二、當他向他借這口鍋子時，它已經是破的了，第三、他從未向鄰人借過鍋子」（Freud 1900: 125）。夢為了表達卸責的願望，可以不顧這些藉口彼此間的矛盾衝突。

總之，透過這則夢的分析，佛洛伊德提出這樣的命題：

夢的內容是一個願望的實現，其動機是一個願望（sein Inhalt ist also eine Wunscherfüllung, sein Motiv ein Wunsch）。（Freud 1900: 123）

在此必須注意，佛洛伊德說的是「願望的實現」（Wunsch），而不是中譯本所稱「慾求的滿足」。事實上，所謂夢願望的實現是它的「展現或演出」。如佛洛伊德在第七章曾表示：

夢抑制了願望句型（optativ），而代之以現在簡單式（simples Präsens）。〔……〕現在式是一種讓願望呈現出有如被實現的時式。（Freud 1900: 539-40）

這便顯示，所謂夢是透過語句鋪陳的方式去「實現」願望，而不是去「滿足」願望。例如，佛洛伊德在第三章提到他自己的夢：他若晚上吃了鹹魚、鹹橄欖等，半夜會因口渴而醒來，在醒來之前，他總會夢見自己大口喝著甘甜的水。這樣的夢當然實現了佛洛伊德喝水的願望，但這個願望有被滿足嗎？正如佛洛伊德所說：

從這個口渴的感覺產生了喝水的願望，而夢向我顯示這個願望的實現（erfüllt）〔……〕若我做夢喝水能減緩口渴，我就不需要醒過來滿足它（befriedigen）。（Freud 1900: 129-30）

那麼佛洛伊德究竟有沒有醒來？當然！他醒了過來，而且去喝水並記下這個夢。這個段落清楚地表示了「願望的實現」和「願望的滿足」不可混爲一談。特別是，佛洛伊德在這個段落中刻意用兩個不同的詞來表示願望的「實現」和「滿足」，中譯本則完全忽略這兩個詞的區分！

隨著這個夢的分析，我們可以試問：「夢是願望的實現」這個被視爲無法驗證的主張，是《夢的解析》所要提出的命題嗎？若是如此，讀者們大可在讀完第二章「Irma的注射」之後就闔上書本，因爲佛洛伊德在分析完這個夢並展示其分析方法之後，就告訴我們夢是有意義的，因爲夢是願望的實現！

三、夢的工作

事實上，從第三章開始，佛洛伊德彷彿一位登山嚮導，在通往無意識的道路上，帶領著我們先停下腳步眺望遠方。在那裡仍有一系列有待解決的問題：㈠爲何以及如何夢的願望的實現要以此種光怪陸離的形式出現？㈡夢的思維究竟產生了什麼改變，使得夢成爲我們醒來時所記得的樣子？㈢這個改變是經過什麼管道？㈣這些在改變中被加工的夢的材料出自何處？㈤夢的思維所具有的那些特徵——例如可以不理會彼此的矛盾，又是從何而來？㈥夢能否給予我們對於內在精神過程新的認識？㈦夢的內容是否能修正我們白天所持的觀點？（Freud 1900: 127-28）。

這一系列問題，顯然才是《夢的解析》最主要的篇幅（第四～七章）所要處理的核心議題，而這一切則必須是在「夢是願望的實現」這個前提下才成爲可能。換言之，正如本文一開始所強調的，「夢是願望的實現」並非佛洛伊德在夢的詮釋之後所得到的結論，而是夢是可被詮釋的前提。事實上，正如拉岡（Jacques Lacan, 1901-1981）所指出，佛洛伊德在書中並不試圖解決夢所涉及的所有心理學問題，如夢中的時間性與空間性、夢中的感覺、多彩或單色調的夢，以及夢中的嗅覺等這些心理學問題。就此而言，若稱佛洛伊德的夢學說是一種心理學，那恐怕是很大的誤會（Lacan 1966: 623）。甚至佛洛伊德自己都努力在避免這樣的誤解，因

爲上述這段話所顯示的，《夢的解析》眞正的興趣所在，是在於夢的「工作」（Traumarbeiten）。

心靈當中的無意識現象並不是佛洛伊德的發現，而是直到佛洛伊德，這些無意識現象才被整合入一個精神機構的過程。同樣地，佛洛伊德提出的「夢是願望的實現」命題，也不是新的觀點。他在《夢的解析》第一章便提到，葛利辛格（Wilhelm Griesinger, 1868-1917）早已指出，夢與精神病的共通點在於都是「願望的實現」（Wunscherfüllung）（Freud 1900: 95）。因此對佛洛伊德而言，問題的癥結並不在於夢是否是願望的實現，而是這一假設的命題能否成爲一個普遍法則。因爲顯而易見地，有許多夢可以構成反例，它們沒有實現任何願望，而是帶來痛苦、不快感或焦慮，有些夢甚至根本直接呈現「願望未實現」的夢境。

佛洛伊德透過迂迴的道路，提出解決這些反例的方法：當一個科學理想的假設遭遇困難時，可以提出另一個假設；就像一個核桃不易搗碎，利用兩個核桃就可以輕易擊碎。在此必須注意，當我們閱讀佛洛伊德，跟隨著其思想所引領的迂迴時，不應忘了，佛洛伊德是爲了一個科學論述的理念（「夢是願望的實現」），迫於其研究的對象而不得不這麼做。如此一來就會發現，這些研究的對象就等於是這些迂迴。

因此，佛洛伊德的第二個根本假設便是：夢並非只是表面內容所呈現的影像，它另有一個隱藏的思維。相對於夢的隱思維，夢的顯內容便可以被視爲某種「變形」（Entstellung）的結果。就像是在白天有意識地壓抑某個曾出現於意識的念頭，在夜裡，夢也會對在「前意識」裡亂竄的願望進行某種防禦（Abwehr），導致夢只能以變形的形式出現。佛洛伊德進而將此種精神生活中的防禦，類比於社會生活的「檢禁」（Zensur）。而夢當中惟一「無意識」的，便是夢對這些願望所進行的「變形」過程。

四、夢的語法

什麼是「檢禁」？就像拉岡所強調，檢禁就是拿著一把剪刀將不被容許的「言論」剪掉。換句話說，檢禁所針對的是「話語」，夢的話語

（Aussagen im Traum）。（Freud 1900: 145）

　　檢禁必然預設著兩個不同的權力位階，一者因敬畏或屈服於另一者，不得不隱藏自己的意願。因此，必須假設導致夢變形的始作俑者是：

　　兩股精神力量（傾向、系統），其中之一是透過夢表達（Ausdruck）的願望，另一者則對這個夢的願望進行檢禁，造成最後夢的呈現的變形。（Freud 1900: 149）

　　由於夢的隱思維的特徵是它們無法進入意識，因此佛洛伊德也認為，這個執行檢禁的精神力量，就是掌管進入意識大門的守衛。這也讓佛洛伊德進一步重新定義「意識」的本質：除了已經存在於意識的表象內容，還有某種佛洛伊德稱為「成為意識」（Bewusstwerden）的狀態──這便是在第七章中提出的「前意識」（Vorbewusst）系統。所以佛洛伊德表示：「夢的詮釋就能夠讓我們得知關於心靈裝置的結構方式，而這是截至目前，我們從哲學中得不到的知識」（Freud 1900: 150-51）。

　　這樣的夢的心靈裝置，便可解釋為何痛苦的夢也是願望實現的夢。因為：

　　痛苦的夢事實上帶有某種對第二個審級造成痛苦的東西，但它同時也實現了第一個審級的願望。若所有的夢都來自第一個審級，那它們就都是願望的夢，而第二個審級則只對夢進行防禦性，而非創造性的作用。[5]（Freud 1900: 151）

　　有了這第二個假設──系統分化的心靈裝置，佛洛伊德便可將一開始「夢的內容是一個願望實現，其動機是一個願望」（Freud 1900: 123）的

---

[5] 佛洛伊德在1930年的注釋中，對這個觀點略加修正。他表示在1921年的《群眾心理學與自我的分析》（*Massenpsychologie und Ich-Analyse*）中，提出「自我」與「超我」的區分之後，便認識到有些夢所實現的願望是來自第二個審級的願望，如「懲罰的夢」。（Freud 1900: 480）

命題修正為：

　　夢是（被壓抑、抑制的）願望之（偽裝的）實現（Der Traum ist die (verkleidete) Erfüllung eines (unterdrückten, verdrängten) Wunsches）。（Freud 1900: 166）

　　換言之，那些看起來沒有實現願望的夢只是表面的偽裝而已。這個理論假設讓佛洛伊德能夠進一步發現夢話語表達的語法。因此整部《夢的解析》真正關鍵的轉折就出現在第四章，當中一個我們可以稱為「最佳偽裝」的夢。這個夢不僅表面上不是願望的實現，相反地，它還表達一個沒有實現的願望。由於佛洛伊德在治療過程中，總是告訴病患夢是「願望的實現」，一位女病患有天便告訴他一個和他的論點相反的夢：

　　我想做一頓晚餐，但我除了一些燻鮭魚之外，什麼都沒有。我想著要出門去買，但我想起來今天是星期日下午，所有商店都關了。我想打電話叫外送，但電話卻故障。於是我只好放棄做晚餐的願望。（Freud 1900: 152）

　　在分析中，女病人偶然的聯想提到了「她總是請她先生不要送她魚子醬」。但這位女士明明就非常喜愛魚子醬，而且渴望每天早餐都能吃到塗魚子醬的麵包，卻要求她先生不要給她魚子醬。於是佛洛伊德注意到，這位女病患似乎「有在生活中創造出不被實現的願望之需求」。因此佛洛伊德繼續追溯這些聯想，最後在克服抗拒之後，女病患才說出她的丈夫經常讚美她的一名女性友人，讓她有點不是滋味。不過幸好她先生喜好豐滿的女人，這位女友則身材清瘦。但做夢前一天，女病患拜訪這位女性友人，友人向她提到希望變得豐滿一些，並且稱讚她會做菜，問她什麼時候再邀請吃飯。於是患者的夢便有如替她回答這位女性友人的請求：「哼，邀請妳，讓妳來我家吃飽、吃胖、變美來討好我丈夫啊！」換言之，這個夢所

實現的願望是建立在另一個女人的願望之上。像是將計就計，妳有這樣的願望，我就偏偏不讓妳得逞。

這個詮釋的線索，就在夢中的「燻鮭魚」。正如這位女病患非常喜愛魚子醬，卻「要求」他的先生不要送她魚子醬，「燻鮭魚」是那位女友最喜歡的菜，而她同樣也盡量不讓自己吃到燻鮭魚（Freud 1900: 153）。

於是，佛洛伊德了解到，在這個例子上，「〔女病患〕的願望就是她女性友人的願望——變豐滿，的無法實現。」而她是透過夢到「願望的不能實現」來實現這個願望。就此而言，願望在這個夢當中是透過「移置」而實現，更精確地說，是透過引伸到另一個女人的願望而實現。正如拉岡所說，「人的慾望是他人的慾望」，人所慾望的永遠是他人慾望的東西，願望在此獲得了幾何次方般倍數成長的力量：願望的願望：W(W)。這就是佛洛伊德在《一個錯覺的未來》（*Die Zukunft einer Illusion*）中所強調的，「人總是覬覦他的鄰人」（Freud 1927: 363）。也因此，作為西方道德倫理根源的「摩西十戒」中，就有著「不可貪戀人的房屋，也不可貪戀人的妻子、僕婢、牛驢，以及他一切所有的」這樣的戒律。

在這個「燻鮭魚之夢」中，夢表達了什麼樣的語法？女性友人對燻鮭魚的願望，替代了夢者對魚子醬的願望。這構成了拉岡所稱的隱喻關係，佛洛伊德則將之稱為「暗喻、隱喻」（Anspielung）。（Freud 1900: 181）

什麼是隱喻？拉岡在1950年代，循著語言學家雅各布森（Roman Jakobson, 1896-1982）的論點，[6]主張所謂的隱喻，是意符與意符之間因為類似性而產生替代的關係，並據此創造出新的意義。拉岡提出一個隱喻的公式：

---

6 雅各布森在1956年〈語言的兩個面向與兩種失語症障礙類型〉（*Two Aspects of Language and Two Types of Aphasic Disturbances*）一文中，透過區分語言基本構句能力的兩個向度「類似性」（similarity）（對等、同義詞關係）與「鄰近性」（contiguity）（意符在句法中的鄰近關係），重新定位19世紀的「感覺失語症」（能說但聽不懂話語）與「運動失語症」（無法說話，但聽得懂）。

$$f\left(\frac{S}{S}\right)S \cong S(+)s$$

或1959年的版本：

$$\frac{S}{\mathcal{S}'}i\frac{\mathcal{S}'}{x} \rightarrow S\left(\frac{1}{s}\right)\ (\text{Lacan 1966: 557})$$

　　意符S取代了S'，使得意符S能夠跨越屏障固定到意旨s上，因而產生意義。

　　在「燻鮭魚之夢」的表達中，女性友人對燻鮭魚的願望，替代了夢者對魚子醬的願望。這個願望（一個沒有實現的願望）的隱喻關係，使得讓夢產生了正面意義，佛洛伊德因此可以肯定，表面上一個不被實現的願望，其實也是一個「想要『有不被實現的願望』」的願望。

　　相對於隱喻是意符之間的替代，轉喻則是意符與意符在意符鏈上的連續關係，也就是雅各布森所稱的「鄰近性」（Lacan, 1998: 65）。於是拉岡將轉喻的結構寫成以下公式：

$$f(S...S')\ S \cong\ S\ (-)\ S$$

　　轉喻的特徵在於意符之間的流動性，導致意符無法固定於意旨之上，因此造成意義的無法產生。

　　在這個夢中，願望的隱喻之所以可能，正是透過意符的「鄰近性」關係，也就是轉喻：燻鮭魚與魚子醬，這兩者都是不可被得到的東西，因而形成有如安娜・佛洛伊德「貪吃的夢」中羅列出來的意符關係（「草莓、大草莓、炒蛋、麵糊」，見下文）。因此，意符轉喻的特徵便在於意義的無法產生，這是使得這個不想被實現的願望表面上令人不解的原因。

　　這個夢的詮釋顯示佛洛伊德的《夢的解析》正是以夢為起點，去討論夢話語的語法——凝縮、移置，以及它們在結構上的共通點，也就是願望與語言意符的關係。換言之，即使夢是因為內在或外在感官刺激，或者器

官或精神的刺激所引起，夢作為一種話語的表達，必然是一種願望的實現，而夢的思維在以話語的形式被表達成夢內容的同時，也必然受到話語本質性機制的壓縮。這才是佛洛伊德的無意識的特徵，並徹底瓦解了我們對無意識的構想。

我們可以一個最簡單、最直接的夢作為例子。佛洛伊德有天聽到他一歲七個月大的小女兒說夢話：

安娜‧佛（洛）伊德、草莓、大草莓、炒蛋，麵糊（Anna F.eud, Er(d)beer, Hochbeer, Eier(s)peis, Papp）。（Freud 1900: 135）

小安娜做夢當天因為嘔吐而被禁食，於是一整天的飢餓在夜裡引起了這個夢。在這個夢中，小孩用自己的名字表示擁有狀態，然後說出她想大吃一頓的願望。但為何小安娜最想吃的東西能夠全部「一起」出現在那裡？顯然是因為語言的同位語功能，讓人可以做這樣的列舉表達，而這正是前述轉喻功能的特徵。因此，夢的動機毫無疑問是願望，但夢形成的機制卻仍然遵守著意符的法則。這也是為什麼我們可以從這些夢話當中感覺到某種「動力」，彷彿這些食物可以無盡的被列舉下去。就像拉岡曾開玩笑表示，這個夢就像是某種無線電訊息，先是「安娜‧佛洛伊德（呼叫）」，然後就列舉一連串訊息：「草莓、大草莓、炒蛋、麵糊」。差別只在於小安娜忘記說over！

在第四章這個關鍵的轉折之後，《夢的解析》接下來的討論，從夢實現了什麼願望轉向針對夢思維所經歷的偽裝與變形，也就是夢的「凝縮」（Verdichtung）與「移置」（Verschiebung）工作。

五、撕書

在確立了這個新的釋夢方針之後，我們便可以從夢問題的山林「漫遊」（Streifungen）中，選擇一個新的出發點，重新去探討先前的夢理論家們對於夢與記憶的關係的論述（包括做夢前日的白日殘餘、近期與遠期

的記憶，以及童年的「遮蔽記憶」），同時釐清夢是藉由什麼原則進行這些記憶印象的選擇。而選擇一個新的出發點，難道不也是「砍掉重練」，把已經寫好的東西撕掉重來？就此而言，若佛洛伊德接下來提到的夢，正是一個「撕掉」《夢的解析》這本書的夢，也就不令人意外了。

1898年三月間的某日，在撰寫《夢的解析》時，佛洛伊德做了以下的夢。

我寫了一本關於某類植物的專書。書就放在我面前，我剛好翻閱到一頁有彩圖的折頁。每一個圖例都貼上乾燥的植物標本，就像出自一本植物標本集一樣。（Freud 1900: 175）

正如佛洛伊德所說，「我看到我寫的專書就放在我面前」，夢中的這句話和他前一天收到弗利斯的信有關。弗利斯在信中提到，「我非常關心你的夢書，我可以看到它已經寫完了，就放在我面前。我正翻閱著它。」（Freud 1900: 177）因此這個夢預先實現了《夢的解析》的完成，夢中的專書就是《夢的解析》的轉喻。

佛洛伊德以這個夢的詮釋說明白日殘餘、近期記憶與早期童年幻想和夢的關係。而佛洛伊德所有的聯想，最後均匯集到一個童年的「遮蓋記憶」：

我父親有天一時興起，給了我妹妹和我一本有彩圖的書（描寫波斯的遊記），讓我們撕毀它。這就教育觀點來說，可完全不合理。我當時僅五歲，我妹妹則不到三歲，我們兩個小孩樂不可支地撕下書頁（一頁一頁地〔Blatt für Blatt〕撕開，我必須這麼說，就像撕一朵洋薊），這一幕是我那段歲月僅存的生動記憶。（Freud 1900: 178）

這個「遮蓋記憶」甚至也決定了佛洛伊德日後愛書、藏書，且不惜負

債買書的癖好，就像他對洋蔥的偏好一樣。這個癖好讓他成了名副其實的「書蟲」（Bücherwurm）。佛洛伊德記得他十七歲時，因此欠了書商一筆還不起的債務，他的父親也沒有因為愛書癖並不是什麼不良嗜好就原諒他。而佛洛伊德作這個夢當天，與友人柯尼斯坦（Leopold Königstein, 1850-1924）聊天的話題，正是關於佛洛伊德不該那麼沉迷於他的「嗜好」（Liebhabereien）。

因此，撕書的記憶顯然和佛洛伊德對夢的嗜好有著深刻的關係。佛洛伊德對夢的求知慾與詮釋方法的發現，一開始就和撕書的快感不可分。只是，這快感的來源並非在於摧毀書本，而是在於能夠閱讀、理解書的意義之前，「一頁一頁地將它撕開」。正如所謂「釋夢」，是將夢的敘事文本撕開成片斷，透過對夢的任何部分、任何細節，無差別地進行聯想，去展開「夢思維」（Traumgedanken）的路徑與結構。所以夢的詮釋並非針對「夢說了什麼」而給予意義解答，而是藉由無盡引申中的聯想交叉呼應，指出每個夢片斷彼此連結的脈絡，由此呈現出「夢說」本身。

六、夢的表達與邏輯關係

從前述的撕書願望來看，佛洛伊德的夢詮釋與先前研究者的夢理論最大的不同，就在於佛洛伊德並不從表面意義去理解夢的內容，而在是夢內容與詮釋之間編織起一張聯想網絡，也就是「夢思」，進而去追溯從夢思維到夢內容的表達之間，夢思的精神素材如何成為夢的話語。如佛洛伊德的比喻，夢的內容與夢思，兩者如同一個內容透過兩種不同的語言呈現，或像一者是另一者的翻譯。夢內容就像是某種象形文字的譯本，當中的每一個象形符號都必須被放回夢思的語言中看待。若只從象形文字的字面意義來掌握，顯然就容易被誤導。如「佛洛伊德」這幾個字，若不是將它當成發音的音節而是當成字面意義來理解，自然讓人不知所云。

而夢思成為話語的技術，最明顯的就是「凝縮工作」（Verdichtungsarbeit）。就像任何長篇大論都需經過一定程度的刪減，才能精練表達，同樣地，若比較夢思所展開的聯想篇幅和夢內容的簡短字句間不成比例

的差異，就不難看出，夢思作爲一種表達，必然也經過了精簡與剪裁的過程。凝縮工作的功能，顯然就是將繁複的夢思網絡「刪減」（Auslassung）成爲精簡的語句。就像表意語言可以透過代名詞的作用來達到這個目的，同樣地，夢也是透過「替代」進行凝縮的工作。

凝縮工作可以在人物上進行，而形成「集合人物」（Sammelperson）和「混合人物」（Mischpersonen）（Freud 1900: 299）。前者就像夢中的Irma一樣，一個人物的形象背後代表著許多不同的人物；而後者則如夢中佛洛伊德的叔叔，是由許多人物的特徵所構成的形象。最能突顯凝縮工作的，則是一些荒謬的新字或新詞的創造，如Norekal（Nora+Ekdal）、Autodidasker（Autor+Autodidakt）等。而在所有邏輯關係中，夢最擅長表達的莫過於「類似性」（Anlichkeit）。在夢素材中，存在著大量的「重疊」與「有如」的例子，它們甚至是夢形成最早的支點。而且，夢絕大部分的工作也都在於創造這類的類似性關係。

其次，夢工作的第二個機制則是「移置」（Verschiebung）。凝縮工作的基礎就在於移置的可能性，正如佛洛伊德所強調，移置工作讓精神素材所具有的精神強度得以被改變，才使得夢內容和夢思之間產生了重心的改變（Freud 1900: 313）。同樣地，經由移置工作，夢思的語句才得以被抽離原本的思想脈絡，並有如被斷章取義般地置入不同的脈絡中。例如，若在路上聽到有人大喊：「小心，有炸彈！」你會馬上躲避，但若是在電影院中出現這樣一句話，你還是會繼續坐著吃你的爆米花。

由此，佛洛伊德指出，在夢的形成過程中，夢思的素材因夢的「表現力」的要求，而受到話語法則——凝縮與移置的壓縮，有如流冰行經河道時被扭曲、擠壓，造就了夢所顯現的特殊的表達方式。就像繪畫與雕塑等造型藝術的表達方式也受限於視覺法則。因此，佛洛伊德強調，夢無法表達或只能部分地表達語言述句的邏輯關係，如「若（wenn）、因爲（weil）、如同（gleichwie）、儘管（obgleich）、或者（entweder…oder）」（Freud 1900: 317）。這些邏輯功能事實上屬於語言的另一個層次，也就是佛洛伊德所稱的「精神的次過程」。因此：

㈠ 夢的工作只能透過「鄰近性」來表示「同時性」。夢會將a與b兩個不同元素並置在一起，ab，成為一個音節，就像「雅典學派」畫作將所有不同時代的哲學家同時呈現在一個場景中。

㈡ 夢是透過主句與子句的關係（主要的夢——通常是較長的夢，和從屬的夢）來表達因果關係。而就像在語言當中，主句與子句的先後次序可以是任意的；同樣地，主要的夢和從屬的夢的時間前後也可以倒轉。

㈢ 夢只能透過「並置」來表達「選取」關係，也就是夢無法表達「或者……或者」，而是只能用連接詞（與）予以並陳。因此也形成了特殊的書寫方式，如「請閉上一隻／雙眼」。

㈣ 最特別的是，作為一種原過程的語言，夢本身無法表達否定，如「相反」（Gegensatz）與「矛盾」（Wiederspruch）的關係，而是傾向於將相反或矛盾的項目一次呈現，讓人無法立即了解夢中的某個元素究竟是正面或負面。正如佛洛伊德在1911年的注釋中，引述阿貝爾（Karl Abel, 1837-1906）的著作《原初文字的反義》（*Über den Gegensinn der Urworte*）顯示，在最古老的語言中（古埃及文、閃族語系與印歐語系等），最初經常使用同一個字來表達相反的概念（正反、強弱、老少、遠近、分合、生死等），之後才透過對同一個字的注記，來區分兩個對立的項目（Freud 1900: 323）。

佛洛伊德也表示，或許有人會反對上述的主張，因為有些夢確實呈現出不亞於清醒思維的複雜智力活動與判斷，如論證、反駁、比較，甚至運用雙關語等。但佛洛伊德認為這只是一種假象，因為夢的詮釋顯示，這些都是早已存在於夢記憶庫的素材，是被夢所加工的材料，而不是夢思之間的關係。正如夢當中出現的「話語」，通常都是先前說過或聽過的話語的重現，但在夢中，它們已經被當成某種替代性的「暗喻」（Anspielung）（Freud 1900: 324）。

此外，若佛洛伊德在《夢的解析》中表示，夢的表達方式顯示夢不知道什麼是相反與矛盾，這表示他試圖在邏輯學中去探討什麼是無意識。而佛洛伊德所針對的邏輯，是以適應現實為基礎的邏輯。若我們從述句邏輯

所發展出來的形式邏輯來看，就可以清楚地說明佛洛伊德所要表示的原過程和次過程的關係。

例如，德國數學家弗列格（Gottlob Frege, 1848-1925）在1879年的著作《概念書寫》（*Begriffsschrift*）[7]中，便試圖發展這樣的形式邏輯。

一個簡單的直述句，如「人有智慧」，在Frege的概念書寫中以一條橫線表示：

這便是佛洛伊德所說的，夢表達的「現在簡單式」（simples Präsens）句子，這樣的句子讓夢的願望表達為有如被實現。因為夢無法說「如果我真的中樂透就好了」，而只能直接表達「我中樂透」。

這種單純的述句，只能透過「並置」來表達接續關係：— — —。當然，就像佛洛伊德注意到的，它們的次序也可以是任意的。

若述句要表達為邏輯判斷，就必須要有另一個層次的「功能」（function）介入。如要表達「人有智慧，這是真的」或「我中樂透，這是真的」，就必須在橫線上再加上一道直線：

根據這個公式，述句也可以發展成條件句（也就是「蘊涵」）：

```
├────── P
     └── F
```

例如，「若我常買樂透，則我就會中獎。」但因為夢無法表達「若……則……」的條件句，因而只能予以並置，成為「我買樂透，我中獎」。

---

[7] Gottlob Frege, *Begriffsschrift*, Halle: Louis Nebert, 1879.

同樣地，根據這個原則，若要表達否定句，則加上否定功能的符號：

這樣的否定功能也是佛洛伊德在〈論否定〉（*Die Verneinung*）一文中的重要發現，亦即否定是一種次發的判斷功能，它只能作用在原初的肯定之上。

因此，透過形式邏輯我們可以見到，弗列格所稱的這些相對於簡單述句的「功能」，便是佛洛伊德所要表明的次過程的「二次加工」（Die sekundäre Bearbetung）概念，而非中譯本所說的「潤飾」。簡單地說，因為心靈裝置的睡眠狀態，使得夢的原過程僅有雅各布森所說的基本的構句能力，也就是「類似性的替代」和「鄰近性的連續」，就像弗列格的這條直線一樣。但夢的表達也同時受到一個類似清醒意識的精神次過程所作用，使得夢的語句被加上或插入這些功能符號。

七、心靈裝置的假設

正因為佛洛伊德所研究的是夢的語法邏輯，因此他在第七章「夢過程之心理學」表示，所有已知的心理學知識，都無法涵蓋他在夢詮釋的實驗上所獲得的觀察。因此，他不得不提出關於「心靈裝置結構」（Bau des seelischen Apparats）與其力量關係的新假設，來說明無意識的語法（Freud 1900: 515-16）。

佛洛伊德總結，夢具有兩個根本性質：㈠夢所呈現的場景有如真實情境（夢是願望的幻覺式實現）。㈡夢將思維轉變成視覺影像與語言論述。這表示夢在將思維轉變成感覺影像的幻覺時，也將屬於思維的「願望語態」，表達成現實的「現在簡單式」。而此兩者的性質根本上是同一個現象，也就是「說話」。就像中文所言：「說得跟真的一樣」。

此一將思維變成現實的幻覺過程，是所有精神過程理論中最難解釋的一環。因為幻覺現象意味著，某個精神表象從記憶狀態重新回到知覺狀

態，它涉及的是與知覺過程相反方向的退行性過程。於是佛洛伊德認爲，必須考量某種「精神區位」（psychische Lokalität）的問題，才能解釋夢的幻覺特徵。他引述費希納（Gustav Fechner Fechner, 1801-1887）指出，夢場景上演的「劇場」（Schauplatz）（Freud 1900: 541），必然與清醒思維的表象過程的位置不同，否則夢的幻覺特徵必然會使身體做出反應。然而佛洛伊德所論的「精神區位」，已完全不同於神經學的大腦區位理論。對佛洛伊德而言，「心靈裝置」純粹是一種後設心理學假設，它只是神經系統的平行現象，不是存在於大腦中的東西。我們無法在大腦中找到無意識，只有在「說話」中才能找到它。因此，佛洛伊德不再借用神經系統，而是以所謂的「光學裝置」來描述心靈過程：

> 我們只是嘗試將用於心靈功能（Seelenleistungen）的儀器，想像成是一種複式顯微鏡（zusammengesetzte Mikroskop）、一種攝影裝置等。精神區位就相當於這個裝置內部的某處，在那裡，影像初階形成。我們知道在顯微鏡以及望遠鏡中，這是一些不對應於任何裝置實體部分的理想位置。（Freud 1900: 541）

同樣地，光學比喻再度突顯佛洛伊德一貫主張的「精神－生理平行論」立場，亦即精神內容是心靈裝置內之實質生理過程所表現出的虛擬功能，「就像是光線通過望遠鏡時所產生的影像」（Freud 1900: 615-16）。

據此，佛洛伊德假設這個後設心理學的心靈裝置將由多個系統組成，其運作通常依照固定的方向性與次序。[8]

---

[8] 是一種組合的儀器，並稱其中的組成部分為「審級」（Instanzen），或更明確地說，「系統」（Systeme）。然後，我們想像這些系統彼此之間或許有一種恆常的空間方向性，就像是望遠鏡中，鏡片系統的組成是一片接著一片。我們甚至不需要去假設精神系統的真正的空間次序。只要在某些精神過程中，刺激在精神系統的流通是經由特定的時間次序，就足以確立一種固定的次序關係。但我們保留一種可能性，也就是在其他的過程中，這個次序可能改變（如退行）。為了簡化，我們現在將裝置的各個組成部分稱為系統。」（Freud 1900: 542）

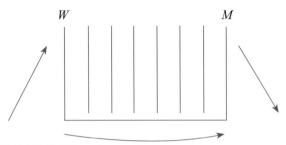

圖3-1　夢的心靈裝置結構圖示一（Freud 1900: 542）。
（圖示中W為知覺端，M為運動端，箭頭則表示刺激運作的方向）

其次，心靈裝置的感覺終端在刺激的作用下會產生分化，形成代表知覺與記憶痕跡的不同系統。[9]於是具備了多重記憶系統（Er, Er', Er''……）的心靈裝置，將具有以下結構：

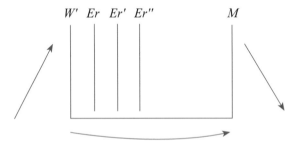

圖3-2　夢的心靈裝置結構圖示二（Freud 1900: 543）。

但在特殊條件下（如睡眠），精神過程的運作方向可能逆轉。由於做夢時身體處於麻痺狀態，傳遞刺激到運動終端的管道是關閉、不被允許的。因此，若要說明夢的過程，就不得不假設有「兩個精神審級，其中一者將對另一者的活動進行批判，其結果是將它排拒在意識之外」（Freud

---

9　「知覺會在心靈裝置中留下痕跡，我們可稱之為『記憶痕跡』（Erinnerungsspur），與此相關的功能則稱為『記憶』（Gedächtnis）。若我們嚴肅地看待這個假設，將精神過程連繫在這些系統上，則記憶痕跡只能夠是系統的元素的長期性改變。然而，〔……〕很難讓惟一一個相同的系統既忠實保留其元素的改變，又同時能對新改變的可能性提供始終是全新的接受能力。〔……〕因此我們必須將這兩個作業分派給不同的系統。我們將假設裝置有一個外部系統（外表），它接受知覺刺激，但不留任何痕跡，因此也沒有記憶。但在這個系統後面，將有第二個系統，它將前者瞬間的刺激轉變成永久的痕跡。」（Freud 1900: 543）

1900: 545）。如此一來，相較於被批判的審級，批判的審級將與意識有更緊密的關係。它的作用有如運動終端的屏障，介於被批判的審級與控制意志運動的意識之間。

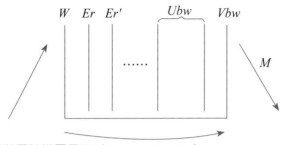

圖3-3　夢的心靈裝置結構圖示三（Freud 1900: 546）。

　　這便是做夢時的心靈裝置的狀態，當中因身體是處於與心靈裝置隔離的癱瘓狀態，使得精神過程運作方向的逆轉成為可能。因此，兒童期願望的記憶將以記憶痕跡的方式被銘記。這些痕跡日後將不斷受到重整，形成不同的記憶系統（Er, Er'……），並處於無意識（Ubw）中。無意識即是原過程的場所。日後，兒童期的記憶可能受到一個知覺（W）所喚醒，而跨越前意識（Vbw）的檢禁屏障，最後進入意識，並啟動一個運動（M）。

　　這個心靈裝置的假設是為了說明夢的幻覺特徵，因此佛洛伊德必須假設心靈裝置的運作方向的可逆性，也就是「退行」（regression）：「刺激原本應傳遞到裝置的運動終端，現在被傳遞到感覺終端，並在最後抵達知覺系統。」（Freud 1900: 547）這解釋了何以夢的簡單直述句表達，會造成有如真實感受般的幻覺。

　　最後，為何願望具有推動夢過程的力量？佛洛伊德以先前在〈科學心理學大綱〉中發展出的「人類嬰兒的無助狀態」構想解釋：

　　〔原初滿足〕經驗的要素之一，是某個知覺的出現〔……〕，然後它的記憶影像會與需求之刺激的記憶痕跡聯想在一起。一旦需求再度出現，則一股精神動勢（Regung）會經由已建立的連結管

道，去把注這個知覺的記憶影像，並且再度引起這個知覺，亦即重建第一次滿足的情境。這股動勢我們稱之爲願望（Wunsch）。（Freud 1900: 571）

　　由此，佛洛伊德區分三個精神系統或——以司法語言來說，三個審級：㈠眞正的無意識系統：它絕不可能變成意識。㈡前意識系統：它本身屬於描述意義的無意識，但卻可能透過服從意識檢禁的要求而成爲意識。㈢意識系統：它只是接收精神的質的感覺器官。

結語：夢的跨域研究

　　從《夢的解析》所區分的第一拓樸論「無意識、前意識與意識」，一直到1920年代的第二拓樸論「『它』、自我與超我」，佛洛伊德的精神分析理論始終在尋找一個能夠說明無意識語法的心靈裝置。這當中，佛洛伊德曾引述過薩利（James Sully, 1842-1923）提出的「羊皮紙」（palimpsest）比喻（Freud 1900: 140-41 n.1），直到1925年，從一個被稱爲「魔術書寫板」（Wunderblock）的兒童玩具上，他才找到了理想的理論模型。魔術書寫板雖是由薄薄的一層蠟板與一張透明紙所構成的簡易兒童玩具，但它本身卻是一種結構複雜的書寫裝置。藉由透明紙與蠟板的接觸，小孩可以在魔術書寫板上任意塗鴉，但只要一分開透明紙與蠟板，上層立刻還原爲一張白紙，下層的蠟板則可持久地保留塗鴉的痕跡。當然，佛洛伊德的時代太早了，如果他生在現代，看到ipad，將會恍然大悟，這個裝置居然能夠從最基本的0與1的數位語言，發展出最爲複雜的邏輯語句。而當它的介面被抑制，也就是開到「安全模式」時，它又退行到基本的直述句型。

　　如果說佛洛伊德生得太早，這表示值得我們重視的是，佛洛伊德如何從夢的研究中預示了一條未來的道路。因此在今日，若要讓《夢的解析》不再只是經典，若夢對我們而言仍是有意義的，那麼就必須了解，夢的探索仍需要來自心理學、精神分析、邏輯學以及特別是神經學與語言學的跨

領域研究——我特別強調是「神經學」與「語言學」而不是狹義的「神經語言學」。我們必須像佛洛伊德一樣重新撕開知識的學科界線，然後從四散的知識與概念中去尋找可能的連結點，並由此展開知識的連結關係，這正是佛洛伊德為我們指出的道路。

引用書目

Anziou, Didier (1959) *L'Auto-analyse de Freud et la découverte de la psychanalyse*. Paris: PUF.

Fliess, Robert (1953) *The revival of interest in the dream*. New York, N.Y. : International Universities Press.

Frege, Gottlob (1879) *Begriffsschrift*. Halle: Louis Nebert.

Freud, Sigmund (1900) *Die Traumdeutung. Gesammelte Werke.* Vol. II-III. Frankfurt am Main: Fischer, 1999.

Freud, Sigmund (1925) "Die Verneinung." *Gesammelte Werke.* Vol. XIV. Frankfurt am Main: Fischer, 1999. 11-15.

Freud, Sigmund (1925) "Notiz über den Wunderblock." *Gesammelte Werke.* Vol. XIV. Frankfurt am Main: Fischer, 1999. 3-8.

Freud, Sigmund (1927) *Die Zukunft einer Illusion. Gesammelte Werke.* Vol. XIV. Frankfurt am Main: Fischer, 1999. 323-380.

Jakobson, Roman (1956) "Two Aspects of Language and Two Types of Aphasic Disturbances." *On Language*. Cambridge, Mass. : Harvard University Press, 1990, 115-133.

Lacan, Jacques (1998) *Le séminaire V: Les formations de l'inconscient.* 1957-1958. Paris: Seuil.

Lacan, Jacques (1966) Écrits. Paris: Seuil.

Solms, M.; Blagrove, M; Harnad, S; Pace-Schott, E. F. (2015) *Sleep and Dreaming: Scientific advances and reconsiderations*. Cambridge, UK ; New York : Cambridge University Press.

導讀韋伯的《基督新教的倫理與資本主義的精神》

張旺山

清華大學哲學研究所教授

前言

　　親愛的讀者，正如標題所示，這篇文章是要導讀韋伯（Max Weber, 1864-1920）的《基督新教的倫理與資本主義的精神》這本書的。「導讀」不是要「代讀」，不是要替讀者讀。讀，還是要讀者自己讀。那麼「導讀」是要幹什麼的呢？首先是要「誘導」讀者去讀這本書，希望讀者讀了這篇導讀之後，受到了誘惑、產生了想要閱讀這本書的興趣。其次是要「引導」讀者，讓產生了想要閱讀這本書的興趣的讀者，知道怎麼去閱讀這本書，閱讀這本書的要領是什麼、應該注意哪些重點等。

　　大家應該都有看戲、看電影的經驗，一部好看的戲或者電影，入戲的觀眾，看完戲或電影之後，每個人心中都會有不同的感受，每個人——就像歌德在《浮士德》的〈舞臺上的序幕〉中所說的：——都看見了心頭浮現的東西，並且同一個人看同一齣戲或者同一部電影，每一次也都可以看到、感受到不同的東西。所以看戲或者看電影前讀的「本事」，是不能寫得太清楚、太完整的，否則有可能會敗壞了看戲的興致。但「本事」也不能寫得太模糊、太簡略，否則很可能無法引起興趣，就算看了，也因為不得要領、不知道從何看起，而大大減損了本來可以擁有的享受與本來可以收穫的心得。當然，要怎樣寫「本事」才能恰到好處，既能透過忠實的報導讓讀者產生興趣，又能透過畫龍點睛式的強調，讓看戲或者看電影的觀

眾不只看熱鬧，還能看出門道，就全看寫「本事」者的本事了。

那麼我們現在的問題是：要怎麼「導讀」韋伯的《基督新教的倫理與資本主義的精神》這本書呢？這本書在今日的社會學界，乃是一本公認的古典社會學的經典著作。這樣的觀點當然有一定的道理，但我們最好先撇開這一點不理，因為一旦接受了這一點，便很容易由今日的「社會學」的觀點去閱讀、理解這部著作，而這樣的作法，在我看來，很容易就會「窄化」閱讀這部著作的視野，甚至「小看」了這部著作。比較持平的作法是：回到這部著作產生時的歷史脈絡；回到這部著作的作者韋伯寫作這部著作時的個人生涯與思想發展脈絡；回到韋伯一生所生產出的種種著作的發展脈絡，去回答幾個相關的問題：韋伯為什麼要寫這部著作？這部著作所要處理的核心問題是什麼？韋伯是以什麼樣的方式處理此一核心問題的，又獲致了什麼樣的成果？

也許有人會認為：不是說「作者已死」了嗎？要導讀《基督新教的倫理與資本主義的精神》這本書，不但將韋伯這個「人」拉了進來，將他的「其他著作」，甚至他生活於其中的「歷史脈絡」也都拉了進來，豈不是太費事了，真的有必要嗎？我自然是認為這樣做是有必要的，才會這麼主張。我的理由是：像韋伯這樣的等級的學者，就算他有意識地不想要建構某種的「思想體系」，他的言論與著作一定會有某種的深度與廣度，以及由於他的「精神性的人格」的同一性而產生的思想與風格上的統一性。在這裡，「精神性的人格」指的是一個思想家在相當長的人生時段裡，由於某種世界觀、價值理想或者宗教信仰的一致性，而在思想上、精神上所產生的自我認同。去掌握住一個思想家的「精神上的人格」，也就是去掌握住他所終極關懷著的「問題」，掌握住串連起其一生的言論與著作的那條紅線。因此我認為，要理解一部偉大的經典作品，不僅要讓作者活起來，甚至應該也要讓他生活於其中的那個時代、那個「世界」活起來，因為：真理就是整體（das Wahre ist das Ganze）。

當然，這種閱讀經典的方式，將會使得閱讀經典變成是一件相當困難，甚至是永無止境的事情。的確如此，有一些老一輩的人文主義者甚

至會認爲：一本書，如果不值得讀個十遍，便一遍也不值得讀。這樣講，當然有一點過分，但這種說法卻也絕非空穴來風的無稽之談。經得起一再閱讀——不但會吸引人一再閱讀，甚至每次閱讀都會讀出一點新的東西，這種「創造性的多產性」，正是「經典」的特徵。事實上，每一個文化傳統，都是在不斷閱讀經典作品、不斷產生新的經典作品的過程中逐漸形成的。因此，對於人文社會科學的學者而言，閱讀經典作品的能力實在是至關重要的核心能力。就算對一般人而言，無論是要了解一個文化傳統、一個學科傳統，還是一個論題傳統，同樣也是非得由相關的經典作品著手不可。當我們覺得一本書可以讀個十遍，甚至讀個千百遍也不厭倦，並且每次讀都會有新的，甚至極爲珍貴的收穫時，「困難」豈不會變成令人興奮的挑戰，「永無止境」的要求豈不會變成樂此不疲的追求？

一、韋伯：其人及其著作

韋伯的《基督新教的倫理與資本主義的精神》這本書，正是這樣的一部不斷被閱讀，在今日社會學界已經被公認爲「經典」的著作。上個世紀末，1997年，國際社會學學會（International Sociological Association）爲了要確認二十世紀對社會學家的研究而言影響最大的十本書，向其會員進行調查。共有四百四十五位成員參與（占全部會員的16%），每個人提出他認爲影響社會學研究最大的十本書（Books of the XX Century）。[1]結果高居第一名的，是韋伯的《經濟與社會》（20.9%），第二名是Charles Wright Mills的《社會學的想像》（13%），第三名是Robert K. Merton的《社會理論與社會結構》（11.4%），第四名便是我們這裡要談的韋伯的《基督新教的倫理與資本主義的精神》（10.3%）。韋伯一個人就有兩部著作入選，並且總得票率高達31.2%，實在令人驚訝。當然，20年過去了，如果今天再調查一次，可能會有不同的結果。並且當時參與調查者所使用的語言（可多選）主要是英文（65.3%）、德文（18.7%）與法文

1　請參考網站：https://www.isa-sociology.org/en/about-isa/history-of-isa/books-of-the-xx-century/。

（18.3%），其他語言都只有極小的百分比。這種語言使用的情況，一方面固然突顯出「社會學」這門學問的原生地所在與英語作為國際語言的強勢，但也多少影響了調查的結果。然而無論如何，「韋伯的著作在今日的社會學研究中占有重要的地位」這一點，是毋庸置疑的。

事實上，自1975年起，德國巴伐利亞邦科學院的「社會與經濟史委員會」即著手編輯《韋伯全集》（Max Weber-Gesamtausgabe，以下簡稱MWG）。這部《全集》分三部分：第一部分（MWG I）收錄韋伯的著作與演講、發言資料（二十五冊），第二部分（MWG II）收錄韋伯的書信（十一冊），第三部分（MWG III）則收錄韋伯的講演課資料與學生筆記（七冊）。《韋伯全集》從1984年起陸續出版，其中許多冊由於篇幅太大的緣故，分成二分冊出版，而一般所說的《經濟與社會》，由於係遺稿，內容複雜且卷帙浩繁，甚至編成了八冊，包括MWG I/22的《經濟與社會。經濟與種種社會性的秩序與力量。遺稿。》（共五分冊，各分冊的標題分別為：共同體、宗教性的共同體、法律、支配、城市）、MWG I/23的《經濟與社會。社會學。未完成1919-1920》、MWG I/24的《經濟與社會。產生史與文件》與MWG I/25的《經濟與社會。全文索引》。《經濟與社會》這部韋伯晚年的主要著作，正以全新的面貌展現於世人面前，為讀者提供了上個世紀學者（無論所使用的語言是英文還是德文）所無的絕佳起點。總之，這套《全集》至今（2018/05/10）只剩兩冊（MWG I/7與MWG III/2）尚未出版，並預計在2019年出齊，含「分冊」與「補充冊」在內，共達五十五冊。隨著《韋伯全集》出版之漸臻完備，學界研究韋伯的條件可以說已達到空前完善的地步，預料將掀起新的一波研究韋伯的熱潮。[2]

至於《基督新教的倫理與資本主義的精神》這部韋伯最著名、最被閱讀也爭議最多的著作，在這部《全集》中，也以非常完備的方式呈現了出來。由於這部著作是我們在這裡想要導讀的對象，因此有必要較詳細地談

---

2 請參考巴伐利亞科學院網站：http://mwg.badw.de/mwg-baende.html。

一下。

　　《基督新教的倫理與資本主義的精神》這部著作，一般讀的都是1920年的版本。但這部著作的第一個版本，是發表於1904至1905年的，並且是發表於韋伯與宋巴特（Werner Sombart, 1863-1941）、雅飛（Edgar Jeffé, 1866-1921）於1904年剛接手主編不久的期刊《社會科學與社會政策文庫》上的。精確地說，這部著作是分兩個部分發表的：第一個部分的標題是「基督新教的倫理與資本主義的『精神』。I 問題」，於1904年11月18日出版（共五十四頁）；第二個部分的標題是「基督新教的倫理與資本主義的『精神』。II 禁慾的基督新教之職業觀念」，於1905年6月出版（共一百一十頁）。而在第一個部分於1904年7月中旬送印後不久，8月中旬，韋伯便和夫人瑪莉安娜（Marianne Weber, 1870-1954）乘船前往美國，直到11月底才回到德國。因此，第二部分很可能是在1904年12月初開始動筆寫的，但至遲應該在1905年3月8日就完成了，並於3月底送印。並且，作為美國之行的成果，韋伯在1906年的耶穌受難節（4月13日）與復活節（4月15日），於《法蘭克福日報》分兩個部分發表了一篇短文〈「教會」與「教派」〉，這篇短文稍加修改後，以〈北美的「教會」與「教派」：一個教會——與社會政策之題綱〉為名，再次刊登在一份名為《基督教世界》的期刊上。

　　韋伯的《基督新教的倫理與資本主義的精神》發表後，引起學界的重視，當然也受到某些學者的批評。首先是年輕學者H. Karl Fischer（1879-1975，當時還是博士候選人）於1907年向《社會科學與社會政策文庫》投了一篇針對韋伯的《基督新教的倫理與資本主義的精神》而發的評論文章。儘管韋伯認為該文水平不怎麼樣，但由於其中對《基督新教的倫理與資本主義的精神》的「誤解」卻是有價值的：因為，別人也可能會有類似的誤解。因此，韋伯在徵得其他編輯同仁的同意後，全文照登，並在文末附上短文，對該評論做出批判性的評注（他這樣做實在有點使壞）。接著，Fischer於1908年又投了一篇文章到韋伯主編的期刊，答覆韋伯對他的「反批判」，韋伯如法炮製：全文照登，並於文末附上對

該「答覆」的評注。接著，基爾大學歷史學教授、荷蘭史專家拉賀發爾（Felix Rachfahl, 1867-1925）也於1909年9至10月，在《科學、藝術與技術國際週刊》上發表了一篇連載長文〈喀爾文主義與資本主義〉，批判韋伯的《基督新教的倫理與資本主義的精神》，而韋伯也於1910年初在他參與主編的期刊上，發表了一篇稍長的「反批判」的文章加以回應。而由於爭論也波及了韋伯的朋友新教神學家特洛爾區（Ernst Tröeltsch, 1865-1923），特洛爾區也於1910年4月9日與16日，在《科學、藝術與技術國際週刊》著文回應拉賀發爾的批判。這使得拉賀發爾覺得有必要寫一篇更長的文章去駁斥「韋伯——特洛爾區的假定」，證明該假定在歷史上是站不住腳的。於是乎，拉賀發爾再度於1910年5月底到6月底之間，著文〈再論喀爾文主義與資本主義〉，對「海德堡學派」（當時韋伯與特洛爾區皆為海德堡大學教授）展開攻擊。至此，韋伯已失去耐性，於是在幾個星期內寫了一篇〈對「資本主義的精神」之反批判的結束語〉，主動結束這場爭論。所有這些文章，包括《基督新教的倫理與資本主義的精神》的1904至1905版本、1906年發表的〈北美的「教會」與「教派」〉、四篇批判韋伯的文章，以及韋伯對這四篇批判文章的「反批判」，如今都收入了MWG I/9之中了，為我們研究韋伯這部經典著作的原始面貌與脈絡，提供了極為完整的資料。

　　1920年，韋伯為了將《基督新教的倫理與資本主義的「精神」》、〈北美的「教會」與「教派」〉和其他關於諸世界宗教之經濟倫理的著作（也就是一般所謂的「宗教社會學」的著作）集結成三冊出版，對1904至1905年版的《基督新教的倫理與資本主義的「精神」》與1906年的〈北美的「教會」與「教派」〉進行了修改，並納入第一冊放在1920年寫的一篇〈文前說明〉之後，作為整部《宗教社會學論文集》的第一個部分。在標題方面，《基督新教的倫理與資本主義的「精神」》改成了《基督新教的倫理與資本主義的精神》（「精神」一詞原有的「」刪除了），〈北美的「教會」與「教派」〉在經過較大幅度的修改後，改標題為〈基督新教的教派與資本主義的精神〉。1920年寫的〈文前說明〉，以及

這兩篇文章的1920年的版本，都收錄在這部《韋伯全集》中，另爲一冊（MWG I/18）出版。總之，隨著《韋伯全集》之漸臻完備，無論是1904至1905年版本，還是1920年版本，我們目前都已經有了絕佳的原典文本可供研究。而《韋伯全集》的第二個部分（書信）與第三個部分（講演資料與學生上課筆記）的出版，也讓我們得以對韋伯的著作史與發展史，有更精確與深入的了解。

事實上，與《經濟與社會》和《基督新教的倫理與資本主義的精神》相關的10冊，也只占《韋伯全集》第一個部分（含「分冊」與「補充冊」共三十三冊）的不到三分之一而已。那其餘的二十三冊都在談哪些主題呢？爲了讓讀者可以比較具體地想像韋伯這個人一生都做了哪些事情、寫了哪些著作，我想，將韋伯的《全集》第一個部分的各冊主題及相關時間具體羅列出來，應該是最簡單的方法。

MWG I/1：中世紀商業公司的歷史。1889-1894著作。

MWG I/2：羅馬農業史對國家法與私法的意義1891。

MWG I/3：德國易北河以東地區農業勞動者的境況1892。

MWG I/4：農業勞動者問題、民族國家與國民經濟政策。著作與演講1892-1899。

MWG I/5：股市。著作與演講1893-1898。

MWG I/6：古代的社會與經濟史。著作與演講1893-1908。

MWG I/7：社會科學的邏輯與方法學。著作與演講1900-1907。

MWG I/8：經濟、國家與社會政策。著作與演講1900-1912。

MWG I/9：禁慾的基督新教與資本主義。著作與演講1904-1911。

MWG I/10：俄國1905年革命。著作與演講1905-1912。

MWG I/11：工業勞動的心理物理學。著作與演講1908-1912。

MWG I/12：理解的社會學與價值判斷中立。著作與演講1908-1917。

MWG I/13：大學與科學政策。著作與演講1895-1920。

MWG I/14：音樂社會學。遺稿1921。

MWG I/15：世界大戰中的政策。著作與演講1914-1918。

MWG I/16：德國的革新。著作與演講1918-1920。

MWG I/17：科學作爲職業1917/1919；政治作爲職業1919。

MWG I/18：基督新教的倫理與資本主義的精神。基督新教的教派與資本主義的精神。著作1904-1920。

MWG I/19：世界宗教之經濟倫理：儒教與道教1915-1920。

MWG I/20：世界宗教之經濟倫理：印度教與佛教1916-1920。

MWG I/21：世界宗教之經濟倫理：古猶太教1911-1920。

MWG I/22（共五分冊）、MWG I/23、MWG I/24、MWG I/25：經濟與社會。

　　這是相當長的一串著作主題，讀者最好讀個兩三遍，並注意一下相關的時間。我想一般人的第一個印象大概是：天啊！韋伯的著作與演講涉及的範圍可眞廣，實在不是一個典型的「社會學家」。細心的讀者或許會進一步發現：韋伯在1894年以前，似乎是一個法學家，只是他似乎是一個非典型的法學家，關心的更多是與古代的農業和中世紀的商業公司相關的法學問題。而這種橫跨法學、經濟學與歷史學的學識能力，一方面使得他得以在1892年發表《德國易北河以東地區農業勞動者的境況》，一方面也表現在他對「農業勞動者問題、民族國家與國民經濟政策」的關心上，然後，我們幾乎就再也看不到法學的痕跡了。如果說韋伯學術生涯的開端是法學，那麼1894年以後，他鐵定不是一個法學教授了。然而他是哪一個學門的教授呢？從上列清單本身，實在不容易看出來。但如果我們知道，在韋伯那個時代，在大學教授「國民經濟學」（作為「一般的，或者理論的國民經濟學」）的教授，通常也得教「國民經濟政策」（作為「實踐的國民經濟學」），加上「股市」這個主題的暗示，應該可以猜出來，這個法學家轉換人生跑道，變成「國民經濟學」教授了。

二、法學家變成了國民經濟學家

　　的確，韋伯本來（1892年夏季班起）是在柏林大學教授法學的私講師，共教了五個學期，開授的課程包括「羅馬物權」、「羅馬法律史」、

「商法」、「票據法」、「海洋法」、「保險法」、「普魯士法律史」、「農業法與農業史」等。《全集》第一個部分的前二冊，主要收錄的就是他取得法學博士學位的博士論文與任教資格論文。這樣一個法學私講師，卻由於收入MWG I/3的那篇1892年發表的論文《德國易北河以東地區農業勞動者的境況》，受到國民經濟學界的重視，而於1894年被「挖角」到弗萊堡擔任「國民經濟學與財政學」的教授。從1894年冬季班開始，韋伯一生所擔任的教職，基本上都是國民經濟學教授：在弗萊堡大學教了五個學期（1894/95冬季班到1896/97冬季班）之後，於1897轉往海德堡大學任教（1897夏季班到1903夏季班）。但韋伯1898年夏天就生病了，從1898年冬季班開始，絕大多數的課不是未開成、中斷就是取消，其間韋伯多次請辭教職未獲准，直到1903年才正式辭去教職（10月1日正式生效，但仍具有榮譽教授頭銜）。韋伯這場病拖得非常久，直到1903年才逐漸恢復工作能力，這或許和他辭去教職、減輕壓力不無關係。從1904年開始，韋伯就不再教書了，甚至可以說是沒有職業（工作）了，惟一較重要的「工作」，就是與宋巴特與雅飛共同編輯《社會科學與社會政策文庫》。直到1918年夏季班，韋伯才又在維也納大學「試教」了一個學期，並於1919年轉往慕尼黑大學任教，擔任「社會科學、經濟史與國民經濟學」教席。在慕尼黑大學教了三個學期（1919夏季班到1920夏季班），韋伯就因為流行性感冒併發肺炎而過世了。

儘管從上面的說明看來，韋伯一生擔任的教職，基本上都是國民經濟學的教授，但無論怎麼看，韋伯都不像是一個典型的國民經濟學教授。事實上，就連韋伯上的「一般的（理論的）國民經濟學」課程的內容，也跟一般國民經濟學教授所教授的有很大的不同。韋伯在1898年，也就是在教了四年的「一般的（理論的）國民經濟學」課程之後，曾想出版一本自己的國民經濟學教科書，寫了一本《綱要》，定下了卷次章節、每一節所用到的材料書目，並寫下了第一卷第二章的主要內容。《韋伯全集》第三個部分第一冊收錄了此一《綱要》（MWG III/1: 89-154）以及學生的上課筆記，因此我們可以知道韋伯上課的大致內容。其中首先值得注意

的是，韋伯非常重視方法論的基礎：《綱要》的導論（第一章：「理論的國民經濟學」的種種課題與方法），共列了四十四筆參考書目，含括了當時德國、奧國、英國、法國、美國的最重要著作、查閱書與期刊。這當然與當時在德語區國民經濟學界發生於奧地利（主要是Carl Menger, 1840-1921）與德國（主要是Gustav Schmoller, 1838-1917）之間的「方法論爭」有密切的關係。此一論爭，韋伯大學時代就密切關注過，自己當了國民經濟學教授，自然無法迴避此一論爭。事實上，韋伯1903年開始逐漸恢復工作能力之後，首先發表的重要著作，就是方法論方面的著作〈羅謝與肯尼士和歷史的國民經濟學之邏輯問題〉。《韋伯全集》第一個部分就有兩冊（MWG I/7, MWG I/12）是跟方法論有關的，由此也可以看出韋伯對方法論問題的重視。

其次，《綱要》第二卷的標題是：「經濟之種種自然的基礎」。在這一卷中，韋伯除了想要探討諸如「經濟的種種自然條件」、「人口」、「社會之種種生物學上的與人類學上的基礎」之外，特別在第七章探討「經濟與其他的文化現象、尤其是與法律和國家的關係」。在這裡，韋伯雖然沒有提到「宗教」與經濟的關係，但根據韋伯自己的說法，他1898年在另一門課（「實踐的國民經濟學」：這門課程的相關資料，收錄於MWG III/2，預計將於2019年出版）上，就曾經提及「基督新教的倫理與資本主義的精神」這項課題。由此可以看出，韋伯固然跟馬克思一樣，非常重視經濟對種種文化現象的影響，但也非常重視種種文化現象對經濟的影響。

但更加重要的是第三卷：「民族經濟學之種種歷史性的基礎」。這一卷從「人類的經濟」之最古老的存在條件談起，分五章，由民族經濟之種種典型的前階段，一直談到「城市經濟與種種現代的企業形式之起源」乃至「民族經濟的產生」。也許內行的讀者會想說：這不是「經濟史」嗎？在當時國民經濟學的教學中，不是將國民經濟學區分為「理論的國民經濟學」與「實踐的國民經濟學」（韋伯的情況就是如此），就是將「經濟」區分為「理論」與「歷史」二個領域，而以「經濟史」作為經濟學（＝經

濟理論）的輔助性科學。然而，自認爲是「歷史學派之門徒、之子」的韋伯充滿了歷史感，在他看來，人類的經濟行爲乃是透過某種長達數千年的適應過程所培養出來的。就現代意義而言的那種「有計畫的經濟行爲」的尺度，始終都是具有歷史性的，是會隨著歷史而變遷的，會隨著種族、隨著職業、教育、智能與性格的不同而有極大的差異，即使到了現代，也都尚未完備地發展了出來。因此，韋伯認爲，奧地利學派的「抽象的理論」（如著名的「邊際效用法則」）是由「現代西方的典型的人及其經濟行爲」出發的，試圖去找出那在經濟上被完全培育出來的人之種種最基本的生活現象。而爲了這個目的，抽象理論設立了某種「被建構出來的」經濟主體，並就這種「非現實的人」、經驗上不存在的人——韋伯強調說：類似於某種數學上的理想圖形（Idealfigur），進行論證。事實上，韋伯在方法論上相當著名的「理想典型」（Idealtypus）概念，最早的根源就是來自對奧地利學派的「抽象理論」的反省的。

但身爲歷史學派之子，韋伯在1904年發表在他剛與宋巴特和雅飛接手主編的《社會科學與社會政策文庫》上，緊接著具有「發刊詞」意義的〈弁言〉（Geleitwort）之後，具有爲期刊「定調」性質的文章〈社會科學的與社會政策的知識之「客觀性」〉一文中，明白地宣稱：

> 我們所想要經營的那種社會科學，乃是某種實在科學（Wirklichkeitswissenschaft）。我們想要對我們被置入其中的那個圍繞著我們的「生活的實在」，就其獨特性加以理解——一方面就其今日的形態而理解其個別的現象之間的關聯和文化意義，另一方面則理解其歷史上何以「變成現在這個樣子而不是另一個樣子」（So-und-nicht-anders-Gewordensein）的種種理由。[3]

3 請參考：Max Weber, *Gesammelte Aufsätze zur Wissenschaftslehre*, 5. Aufl., hg. V. Johannes Winckelmann, Tübingen: Mohr, 1982, 170 f.

也因此，韋伯在自己想要寫的國民經濟學教科書中，不但將「經濟史」納了進來，也將「經濟學史」納了進來（第四卷的標題就是「經濟理論之發展階段」），將二者視爲「理論的國民經濟學」不可或缺的一環。接著才在第五卷，分別由「生產」、「交往」、「分配與消費」等面向，對現代的交往經濟（也就是我們一般所説的「市場經濟」）進行理論上的分析。

總之，作爲一位經濟學家，韋伯不僅關心一般意義下的「經濟現象」，也關心「經濟上相關的」以及「在經濟上受到制約的」現象。這其實乃是一如韋伯自己所說的——馬克思與羅謝（Wilhelm Roscher, 1817-1894）以來的「社會經濟的科學」（sozialökonomische Wissenschaft）或「社會經濟學」（Sozialökonomik）的傳統作法。身爲國民經濟學家的韋伯一生所承續的，就是此一傳統：前面提到的《經濟與社會》，其實乃是韋伯接受委託主編一套查閲書《社會經濟學綱要》（*Grundriss der Sozial*ökonomik）的副產品。宗教生活的種種過程（如：「基督新教的倫理」）就是「經濟上相關的」，因爲我們在經濟的觀點下感到興趣的一些影響，是由它們產生的。並且，韋伯不但明白表示，他所想要理解的，乃是我們生活於其中的「實在」——這個「實在」並非只是物理性的「外在世界」，而是包括人類所創造出來的種種文化生活的領域，如經濟、藝術、宗教、科學、法律、政治等，韋伯也稱這種實在爲「文化實在」，更強調他想要就此一文化實在之「獨特性」加以理解，並理解歷史上爲什麼會產生此一獨特的文化實在的種種「理由」。就此而言，所有的「理論」（包括國民經濟學的種種理論）都只是達到此一目標的手段而已。

各位讀者一定很難想像，一個今日的經濟學家會是這個樣子的吧。的確如此。學術的分化（專業化），使得「國民經濟學」或者「政治經濟學」的面貌，一百多年來有了很大的變化。但不要忘了，古典經濟學的創始人亞當斯密（Adam Smith, 1723-1790）不但讀的是哲學，他在Glasgow大學擔任的教職，也是邏輯學與道德哲學的教職，並且當時「道德哲學」（moral philosophy）涵蓋的範圍甚廣，包括了從神學到政治經濟學一直

到倫理學，都屬於「道德哲學」的範圍。韋伯當初應聘到弗萊堡大學擔任「國民經濟學與財政學」教職時，此一教席也是屬於哲學院的。說到這裡，各位讀者一定會想要知道：韋伯當初是為什麼會想要從在首都柏林當法學教授，轉換人生跑道，到遙遠的西南方邊境小城弗萊堡擔任國民經濟學的教授？

三、轉換人生跑道的三個理由

韋伯為什麼要轉換人生跑道呢？關於這個問題，我們從1893年10月才跟韋伯結婚的Marianne Weber（1870-1954），在韋伯過世後不久所寫的《韋伯傳》（*Max Weber. Ein Lebensbild*，1926年出版）那裡，得到了相當可信的證言：轉換學科是相應於韋伯的期望的。但是為什麼呢？Marianne提到了幾點理由：㈠相對於法學而言，作為科學的「民族經濟學」還有彈性、也「年輕」；㈡它位於許多差異極大的深奧的領域的交界處：由它出發，可以直接進入文化—與觀念史（Kultur-und Ideenge-schichte）乃至進入種種哲學性的問題（die philosophischen Probleme）。以及最後：㈢對於「政治上與社會政策上的取向」而言，它比「法學式的思維」的那種比較形式性的問題（die mehr formale Problematik），更有促進作用。[4] 驗之韋伯一生的著作與言行，我認為這三點是非常重要，也非常中肯的。

先談第㈠與第㈢這兩個理由。首先，法學是一門古老的規範性的科學，韋伯雖然迎合父親的期望讀了法學，也通過了第一次法學國家考試，但對法學所從事「釋義學」（Dogmatik），韋伯實在興趣缺缺。相對的，經濟學在當時是一門還年輕、還有彈性的學科，儘管就連在德語區內也爆發了曠日持久的「方法論爭」，呈現出「兩種經濟學」的狀況，令當時的學生不知所從。但也因此，韋伯或許會覺得，轉換到經濟學這個學門，他更可以根據自己的想法而做出自己的貢獻。上面提到的兩個《綱

4　參見：Marinne Weber, *Max Weber. Ein Lebensbild*, 3. Aufl., Tübingen: Mohr, 1982, 211.

要》——無論是他1898年爲了寫「一般的（理論的）國民經濟學」教科書而寫的綱要，還是晚年致力編輯並撰寫部分主題的查閱書《社會經濟學綱要》，都可以說是此一動機的具體表現。

當然，韋伯大學時代就讀了經濟學——肯尼士（Karl Knies, 1821-1898）就是他在海德堡大學讀書時的國民經濟學老師，後來韋伯回到海德堡教國民經濟學，也是在肯尼士退休後接他的教席，尤其是回到柏林大學就讀期間，爲了寫博士論文與任教資格論文，讀了不少（包括馬克思在內的）國民經濟學經典作家的著作，以至於在1891年1月3日寫給他舅舅Hermann Baumgarten的一封信中，語帶自負地說：「我在這段期間，大約變成三分之一個國民經濟學家了。」（MWG II/2: 229）儘管不同意馬克思的「惟物論的歷史觀」（即所謂的「經濟決定論」），但韋伯無疑同意一點：無論是在他的博士論文與任教資格論文所研究的古代世界裡，還是在現代世界裡，「經濟」都是至關重要的因素，許多重大的政治上與社會政策上的問題，都必須就其經濟上的成因與後果去加以分析，才能獲致較明確的解決方向。政治始終都是韋伯的「祕而不宣之愛」，而結合法律、經濟與歷史，正可以使得韋伯在政治上一展抱負。《韋伯全集》中收錄直接或間接與政治（包括股市、大學政策、世界大戰中的政策、俄國革命、德國革新等）相關的著作與演講的，共有七冊之多，亦可見證韋伯轉換人生跑道的政治動機之強烈。

但韋伯畢竟不是馬克思的信徒，儘管「經濟的」現象很重要，儘管許多現象都是在經濟上受到制約的，但反過來，經濟上相關的種種現象（如法律、政治、宗教、科學與技術等）也會影響經濟的發展。這就必須提及Marianne所說的韋伯轉換人生跑道的第二個理由了：國民經濟學位於許多差異極大的深奧的領域的交界處：由它出發，「可以直接進入文化—與觀念史乃至進入種種哲學性的問題」。這一點我覺得是非常重要的，但卻鮮少受到當代韋伯專家的重視。在我看來，《基督新教的倫理與資本主義的精神》這部著作，就是基於此一理由而產生的最重要的著作。在《韋伯全集》中，除了分別收錄此一著作之1904至1905年與1920年版的二冊之外

（MWG I/9, 18），收錄「世界宗教與經濟倫理」的三冊（MWG I/19, 20, 21），也都是屬於同一系列的努力。

韋伯在寫於1920年的那篇導論整個《宗教社會學文集》的〈文前說明〉的第一句話就說：

現代歐洲的文化世界之子，將不可避免地，並且也是正當地會由以下的提問出發，去探討種種普世史的問題（universalgeschichtliche Probleme）：究竟是哪一連串的狀況（welche Verkettung von Umständen），造成了就在、並且只在歐洲這塊土地上才出現的那些確乎（一如我們至少會樂於這麼認為的）處於某種具有普世性的意義與有效性（universelle Bedeutung und Gültigkeit）的發展方向中的文化現象的？（MWG I/18: 101）

韋伯的觀點是：在、並且只在歐洲這塊土地上，才出現的某些確乎處於某種具有**普世性的**意義與有效性的發展方向中的文化現象。而為了證成此一觀點，韋伯便有義務說明：㈠這些既獨特卻又處於某種「具有普世性的意義與有效性的發展方向」中的「文化現象」，為什麼會出現在歐洲這塊土地上——是由「哪一連串的狀況」所造成的；以及㈡為什麼這些文化現象只出現在歐洲，而並未出現在其他文化地區。簡單地說，《基督新教的倫理與資本主義的精神》以及相關主題的著作，就是在回答第一個問題的，而收錄「世界宗教與經濟倫理」的那三冊中的其他文章，則是要回答第二個問題。

韋伯儘管反對馬克思的惟物論的歷史觀，反對「上層—下層建築」的說法，但韋伯也非常清楚地認識到，經濟生活是人類生活極為核心的一環，只不過他始終強調經濟生活不僅制約著許許多多的文化現象，也會受到許多文化現象的制約。也因此，如果說國民經濟學是研究「經濟的」現象的，則透過國民經濟學（即傳統意義下的「社會經濟學」），便可以最具體而微地接觸到無論是影響著經濟生活或者受到經濟生活所制約的那些

「深奧的領域」。進而可以根據歷史發展的具體情況，考察種種文化現象的發展，以及由那些「深奧的領域」而來的某些觀念在歷史上發生作用及變遷的情形，從而「直接進入文化—與觀念史」。甚至可以透過這種「文化—與觀念史」的研究，由對具體的歷史變遷的經驗研究與某種「意義關聯式的分析」中，探問許多哲學家們往往以思辯的方式加以處理的「哲學問題」，從而「進入種種哲學性的問題」。

我們進一步考量：《基督新教的倫理與資本主義的精神》這部著作，儘管第一個版本是1904至1905年出版的，而第二版則是1920年出版的。然而就實際的修改情況而言，絕大多數的文本內容上的修改，都是在1907年前完成的，之後的修改，大多只是補充較新的文獻資料。之所以會這樣，主要是因為這篇文章發表之後，學界反應熱烈，出版商想要出版單行本，而韋伯在「失業」之後，經濟上日漸拮据，也有意願配合出版商的要求修改出版。但1904至1905年發表的《基督新教的倫理與資本主義的精神》，其實是一部未完成的著作，文中有多達三十五處指出文中有待進一步處理之處（參見：MWG I/9: 90-94；這些地方，在1920年的版本裡大多被刪除掉了），要「修改」成可以以書籍的形式出版的著作，實非易事。加上1906年發表的那篇〈北美的「教會」與「教派」〉，原為報紙文章，學術性格不足，硬要納入《基督新教的倫理與資本主義的精神》中，有其困難。此外，1905年俄國革命爆發後，韋伯密切關注俄國政治的發展，興趣也開始轉變了。尤其重要的是1907年，韋伯的伯父、Marianne的外祖父Carl David Weber（1824-1907）過世，留給Marianne一筆可觀的財產，解除了韋伯經濟上的困窘，《基督新教的倫理與資本主義的精神》出單行本的計畫也就不了了之了。

此外，韋伯的方法論著作中最重要的幾篇，包括前面提到過的〈羅謝與肯尼士〉、〈社會科學的與社會政策的「客觀性」〉、〈在「文化科學的邏輯」這個領域的一批判性的研究〉以及〈史坦樂之「克服」惟物論的歷史觀〉，也都是在1903至1907年間發表的，且在這些文章中到處可以看到《基督新教的倫理與資本主義的精神》的影子。我們幾乎可以說韋伯

的這些方法論著作很重要的一個目的，是要爲自己的經驗研究《基督新教的倫理與資本主義的精神》進行方法論上的「自省」（Selbstbesinnung）的。事實上，我們也可以在《基督新教的倫理與資本主義的精神》這本書中，多處看到韋伯希望讀者參考他的方法論著作的指引。就此而言，理解韋伯的方法論思想，毋寧乃是理解《基督新教的倫理與資本主義的精神》一書的重要前提條件。

最後，如果我們回到1904至1905年的版本，仔細整理韋伯當初寫這部著作的完整原始構想，應該可以更加了解：這是一部規模宏偉，內容涉及極爲複雜的種種文化現象——絕非僅僅涉及宗教與經濟，而是也涉及了政治、法律、藝術、生活風格、倫理等的著作，並且談的是資本主義這「最決定我們的現代生活之命運的力量」之「產生」的過程。韋伯想要知道：究竟是哪一連串的狀況，造成了就在、並且只在歐洲這塊土地上才出現的那些確乎處於某種具有**普世性的**意義與有效性的發展方向中的文化現象的？關鍵就在「哪一連串的狀況」。韋伯發現，現代西方世界的許多文化現象，包括經濟、科學、法律、藝術等，一方面因只出現於西方而具有獨特性，但其發展方向卻具有「普世性的意義與有效性」，使得世界上的其他地區的種種相應的文化現象，似乎都被迫不得不朝著同一個方向發展。因此，弄清楚這一切是由「哪一連串的狀況」造成的，便是事關了解我們現代世界的「命運」的大事了。而也由於經濟生活與種種「深奧的領域」密切相關，因此韋伯在處理「世界宗教與經濟倫理」時，也透過〈導論〉與〈中間考察〉這二篇文章，對種種文化現象進行了深刻的思考。

總之，在我看來，《基督新教的倫理與資本主義的精神》這本書，乃是韋伯實現他所說的「實在科學」構想的最重要的著作，不但是韋伯的主要著作，並且是一部具有多向度的廣度與深度的著作，值得一讀再讀。然而要怎麼讀呢？讀其書先識其人，且讓我們先看看韋伯何許人也，爲何要寫這篇文章，而我們又要如何讀這篇文章。

四、韋伯爲何要寫這篇文章，而我們又要如何讀這篇文章

　　韋伯於1864年4月21日出生於德國埃爾福特（Erfurt），五歲時舉家遷往柏林，定居於Charlottenburg。他是一個早熟又早慧的全面性天才，從小就熱愛閱讀，尤其喜歡歷史和古典著作，也讀哲學。根據Marianne所寫的《韋伯傳》的記載，韋伯十二歲就讀過馬基維理的《君王論》、菲特烈大王的《反馬基維理》以及路德的著作。韋伯在十三歲時曾製作了一幅1360年的德國歷史地圖，並在1877年初完成了兩篇原本要作爲前一年聖誕節獻禮的歷史論文：一篇探討「德國的歷史的進程——尤其著眼於皇帝與教皇的地位」，另一篇則探討「從君士坦丁到民族大遷徙之羅馬帝制時期」。兩年後的聖誕節期間，他再度寫了一篇長達四十六頁論文：〈對印度日耳曼諸民族之民族性格、民族發展與民族歷史的一些考察〉。這些少年習作，顯示了韋伯對歷史的興趣與具有獨創性的研究能力。

　　可以說，韋伯一生的學術研究，都跟「歷史」脫不了關係，不僅藉以取得法學博士學位與任教資格的博士論文與任教資格論文，都具有歷史的側面（羅馬史、中世紀史、農業史、商業史等），在轉任「國民經濟學與財政學」教授之後，也公開承認自己是國民經濟學的歷史學派之門徒、之子，即使在教授「一般的（理論的）國民經濟學」課程時，也充都滿歷史感。甚至直到韋伯一生的最後一年，在1919至1920年的冬季學期，韋伯還在慕尼黑大學開授了一門每週四個小時的講演課，課名就叫：普世性的社會—與經濟史綱要（Abriß der universalen Sozial- und Wirtschaftsgeschichte）。甚至就連《基督新教的倫理與資本主義的精神》這部著作，韋伯也說它是一篇「文化史的研究」，做的是「純歷史性的陳述」。不要忘了，這篇文章，韋伯是發表在自己參與主編的期刊《社會科學與社會政策文庫》上的，而他自己就說了，這份期刊根據其綱領，一般而言本身是不參與純歷史性的研究工作的。因此，他之所以認爲這篇文章仍然有權利可以納入這份期刊中，乃是因爲這篇文章有一個目的，那就是去闡明種種

「觀念」在歷史中變得富有影響的那種方式。

在這裡，我們必須談一下前面引用的那段引文中「狀況」（Um-stand）一詞：究竟是哪一連串的狀況，造成了就在、並且只在歐洲這塊土地上才出現的那些確乎處於某種具有**普世性的**意義與有效性的發展方向中的文化現象的？在這個提問中，「狀況」一詞是有來歷的。關於一個行動的種種狀況（circumstantiae、Umständen）的學說，在古代乃是那些與人的實踐（Praxis）相關的學科——修辭學、法學與倫理學的主要部分之一。一般而言，在這些學科裡談到人的行動時，總會涉及七個部分：人（誰wer）、事（什麼was）、時（哪時候wann）、地（在哪裡wo）、爲了什麼（warum）、如何（wie）、以哪些手段（mit welchen Mitteln）等。亞里斯多德的倫理學在分析具體的「人的實踐」時，也將一個自願的行動之具體的「狀況」列舉了出來：要問的是：㈠誰在行動，㈡他做了什麼。㈢他的作爲關係到了誰或者什麼事情，㈣採取了什麼手段，㈤爲了什麼目的，以及㈥以什麼方式。相對於康德以來的近代道德哲學之只考察行動主體與其作爲的關係，這些學科則還必須考慮種種「狀況」，這種必須盱衡各種情形、進入「狀況」而思考的思維方式，可以稱之爲「在狀況中的思維」。歷史性的思維與政治性的思維，也都是「在狀況中的思維」。[5]

韋伯的思維方式，無疑具有強烈的「在狀況中思維」的色彩——並且從小就如此。在這方面，有兩件事情值得一提。在一封1879年4月10日寫給他的表哥Fritz Baumgarten（1856-1913）的信中，他說自己無聊的時候會背背Varnbühler（應該是指Karl von Varnbüler, 1809-1889）的關稅表（Zolltarif）！尤其是韋伯於1878年9月9日到10月25日間與Fritz關於西塞羅的通信（參見MWG II/116-123, 126-128），更是令人印象深刻。在這些通信中，韋伯明白表示他不喜歡西塞羅，覺得他的第一次喀提林演說完

5　關於「韋伯的思考有『在狀況中的思維』的特色」這一點，請參考Wilhelm Hennis, *Max Weber und Thukydides*, Tübingen: Mohr, 2003, 171 ff.

全缺乏一切的「火氣與果斷」（Feurigkeit und Entschiedenheit），政策搖擺不定。而當他表哥懷疑他的觀點是否來自其他人——如當時的大史學家 Theodor Mommsen（1817-1903）的《羅馬史》時，韋伯以少見的不客氣口吻對他表哥說：「我有可能是一個對書籍，尤其是書中的種種格言與演繹極為敏感的人，……但我的那些——也許完全不真的主張之內容，卻並非直接來自任何一本書。……無論如何，我相信：我關於西塞羅所說的，光是由對羅馬當時時代的歷史的知識中，就已經可以推論出來了。並且，如果人們通讀一下前三次的喀提林演說，**並且在讀的時候，在每一個句子上都想想，為什麼該演說者會將它說出來**，人們將會得到完全相同的結論。」（MWG II/127）這就是典型的「在狀況中的思維」！

韋伯的《基督新教的倫理與資本主義的精神》，就是這種思維的成果。韋伯想要展示現代資本主義的這種「最決定我們的現代生活之命運的力量」，其「精神」乃至「現代文化」的構成性組成部分之一的「以職業觀念為基礎的理性的生活經營」，是如何經由一**連串的狀況**，而由「基督教的禁慾的精神」中孕育出來的。而要掌握這種「展示」，讀者首先得發揮「歷史的想像」，將自己置身於韋伯所要展示的歷史脈絡中，投入地去感受那歷史上的人（比如說基督新教徒）的感受，並不斷在過去與現在的對比中，逐漸整理出某些觀念（如 Beruf：職業、天職、召喚）如何透過「一連串的狀況」而「變得富有影響的」的過程，以至於韋伯會說這樣的話：清教徒們想要成為職業人，但我們卻必須是職業人。

但韋伯很清楚，這種「展示」只能是「片面的」，他只是想要就一個重要的個別之點，去展示「人類命運的進程」的一個片段之「通常最難以掌握的側面」而已。然而這種由「一連串的狀況」所造成的「人類命運的進程」，究竟應該如何進行研究，又應該如何加以展示呢？這就非得讀讀韋伯的方法論文章（尤其是1907年前寫的那幾篇）不可了。比如說，韋伯在《基督新教的倫理與資本主義的精神》第二章的一開頭就提到「資本主義的**精神**」這個概念，並問道：「我們應該如何理解此一概念呢？」接著，韋伯花了兩個小段落的篇幅，一方面強調這個概念是不能夠根據「最

接近的類與種差」（genus proximum, differentia specifica）的模式加以定義的，而是它必須由其種種個別的、可以由歷史性的實在取得的組成部分被**構思出來**，並試圖對這個概念的「概念建構」方式加以說明。但我相信，讀者若不好好讀一下1904年所發表的那篇方法論文章〈社會科學的與社會政策的知識之「客觀性」〉，尤其文章後半部關於「歷史個體」與「理想典型」（或者「理想典型式的概念建構」）的論述，是不可能理解韋伯在說什麼的。不僅韋伯用來「展示」的手段難以掌握，這些「手段」與所要展示的歷史實在中的種種關聯（狀況）之間的關係，乃至韋伯透過這些展示手段所要展示的那「一連串的狀況」之間的因果上的關聯的性質（包括所謂的「客觀的可能性」、「適當的起因造成」以及「選擇親和性」等概念所涉及者），都不是很容易就可以加以清楚地掌握住的。事實上，這也是讀韋伯的《基督新教的倫理與資本主義的精神》一書最困難的地方：韋伯生前所碰到的諸多批評，基本上都是「誤解」或者「不解」的結果。一百多年來，無數的誤解與不解，基本上都是由於搞不清楚韋伯的方法論而產生的，至今依然如此。[6]

韋伯的《基督新教的倫理與資本主義的精神》所要展示的，乃是某種由對「非理性」的信仰之炙熱的熱情，產生理性的、冷靜的（禁慾的）生活經營的過程。一般談「理性化」，總是由一些比較容易想到的，本身就具有「理性」特徵的根源談起。比如說由普魯士強調紀律、效率的軍國式行政管理談起；由康德的義務論道德哲學談起；由科學的興起談起；由資本主義企業的競爭談起等。韋伯自然也承認，「理性化」是由許多錯綜複雜的因素所促成的，但無論是哪個因素，對「人」的影響的層面都是片面的、有限的，並且大多與「人的品質」無關。韋伯非常重視人乃至民族的「性格」與「品質」。1895年5月13日，到弗萊堡大學擔任國民經濟學教

6　關於韋伯的方法論思想對於理解《基督新教的倫理與資本主義的精神》一書的重要性，有興趣的讀者可以參考我的一篇文章：〈真相就是真理：韋伯《新教倫理與資本主義精神》一百年〉，《思想》第一期，頁207-233。較詳細的說明，則請見我為我譯注的《韋伯方法論文集》（臺北：聯經2013）所寫的〈譯者導論〉（頁11-86）。

授的第二個學期，韋伯依照慣例作了一場「就職演說」，題目就是「民族經濟中的國族性」（Nationalität in der Volkswirtschaft）（後來7月底出單行本時改為「國族國家與民族經濟政策」）。在演說中，韋伯說道：

> 當我們在思考自己這個世代的「身後事」時，會讓我們動心的問題，不是「將來的人們會覺得如何」，而是「他們會變成怎麼樣」，而這問題事實上也是所有經濟政策研究的基礎。不是人們的幸福感，而是那些讓我們覺得構成了「人的偉大」與「我們的本性的高貴」的特質，才是我們想要在他們身上培養出來的。（MWG I/4-2: 559）

因此，韋伯將國民經濟學定性為一門「人的科學」，這樣的一門科學尤其要探問的，乃是「人的品質」（*Qualität der Menschen*）：透過那些經濟上的與社會上的生存條件而被培育出來的人的品質。

五、人的品質與「人的科學」

不同的是，在《基督新教的倫理與資本主義的精神》一書中，韋伯所要探討的，並非透過經濟上的與社會上的生存條件而被培育出來的人的品質，而是參與創造出這些經濟上的與社會上的生存條件的人的品質的「產生」過程。簡單地說，韋伯在這部著作中所要論證的，乃是現代資本主義的精神，並且不只是這精神，而且也是現代文化的構成性組成成分之一的「以職業觀念為基礎的理性的生活經營」，乃是由基督教的禁慾的精神中孕育出來的。換言之，韋伯認為基督新教的「禁慾式的理性主義」乃是一種極為特殊的理性主義，與現代西方資本主義的經濟秩序有極高的「選擇親和性」，因而得以孕育出「以職業觀念為基礎的理性的生活經營」。韋伯儘管自認為自己在宗教上是「沒有音感的」（unmusikalisch），但卻很早就表現出對宗教的重視。1884年3月25日，年方二十的韋伯在史特拉斯堡服役期間，因小他四歲的弟弟Alfred Weber舉行象徵進入成年期的「堅

「信禮」而寫信給他。由於這封信內容極為精彩，也可以讓我們想想自己二十歲時都在想些什麼，因而特地在此翻譯出來，以饗讀者：

　　你已經一如這些學說，從很久以來就在我們的教會中被主張著與相信著的那樣——熟諳於基督宗教的種種學說了，而在這種情況下，你想必一定知道：對這些學說之真正的意義與內在的意義的掌握，在不同的人那裡乃是非常不一樣的，並且每一個人都根據他的方式，試圖去解決此一宗教向我們的精神所提出的那些偉大的謎。因此，你現在就像每一個其他基督徒一樣，面對了一項要求：你必須作為基督徒的共同體成員，對這些謎形成某種自己的觀點，這是一個每一個人都必須解決，並且每一個人都必須以他自己的方式加以解決的課題，但並非一蹴而就，而是基於在其人生的進程中之種種長年的經驗。你將會如何解決這個現在首度向你提出來的課題，在這方面，你將只向你自己、向你的良心、你的知性、你的心靈負責。因為一如我所相信的，基督的宗教之偉大正是在於他對每一個人而言，無論是老年的還是青年的，無論是幸運的還是不幸的，都以同樣的程度存在在那裡，並且將為所有的人——儘管以不同的方式所理解，並且從幾乎兩千年以來就被所有人所理解著。它乃是在這段時間裡所創造出來的，所有偉大的東西建基於其上的種種主要基礎之一，各產生了出來的國家、這些國家所做出來的所有偉大的作為、它們所記載下來的所有偉大的法律與規章，甚至就連科學以及人類之所有偉大的思想，都主要地是在基督宗教的影響下發展出來的。自從這個世界可以思考以來，人的種種思想與心靈從來就沒有被某種像是「基督的信仰之種種觀念與那基督式的人的愛（Menschenliebe）」這樣的東西所如此地充滿著與推動著。這一點，你越是看進了人類的種種歷史表中，你將會更加了然於胸。這就造成了今日我們用「我們的文化」這個名稱加以統稱的一切，基本上都建基於基督宗教上。並且，今日在整個人類社會之種種設施

與秩序中，在其種種思考―與行動方式中，一切都與基督宗教關聯在一起，並依賴於它，甚至是如此地依賴於它，以至於我們自己根本就不會總是注意到，甚至完全不再意識到說我們在我們所爲與所思的一切那裡，都受到基督的宗教所影響著。基督宗教乃是那條將我們與所有那些跟我們處於同樣高的發展階段的民族與人連結起來的共同繫帶，因爲就連在我們之中的那些不想要稱自己或主張自己本身是基督徒，不想要與基督宗教有任何關係的人，也的確都吸取了基督宗教的種種基本思想，並不自覺地根據其種種學說而行動著。（MWG I/4-2: 405 f.）

宗教不僅形塑著文化的各個面向，對人的影響更是全面性的。基督新教，尤其是喀爾文教與某些教派，更對現代西方文化的形塑，有著極爲深遠廣泛的影響。並且在此一過程中，那些「想要成爲職業人」的清教徒，由於某些特定的宗教信仰內容之故，不僅在內心世界裡產生了種種極爲重要的變化，更在性格上，甚至在相貌上、生活風格上，乃至生活經營上，也產生了深刻的變化。在我看來，讀《基督新教的倫理與資本主義的精神》一書，最需要用心細細揣摩體會的、最困難但也最重要的，就是在這個方面。韋伯想要具體而微地描述某種由在宗教上與在經濟上受到制約的組成成分之同時發生所創造出來的，具有獨特品質的人（Menschentum）的發展！

六、人的意願之弔詭的發展

最後，韋伯在《基督新教的倫理與資本主義的精神》一書中分析資本主義的精神的產生、演變與消失乃至「轉變」的過程時，往往特意突顯在整個過程中的「人的意願的弔詭發展」的情況。正如我們前面提到過的：清教徒們想要成爲職業人，但我們卻必須是職業人！韋伯這樣描述此一「轉變」的過程：

因為當禁慾由修道小室走出來而被轉移進了職業生活裡，並開始去支配著內在於世界的道德的時候，它也就幫助建造起了那個「現代的、與機械的──機器的生產之種種技術上與經濟上的前提相連結著的經濟秩序」的強大宇宙，這個強大的宇宙今日將以壓倒性的強制決定著，並且或許將會一直決定著所有被生進此一驅動裝置裡的個別的人──並非僅僅那些直接在經濟上從事營利活動的人的生活風格，直到最後一公擔的石化燃料燒盡為止。（MWG I/9: 422）

而此一轉變的結果則是一場惡運，那本來應該僅僅像是「一件人們可以隨時脫掉的薄風衣」般披在聖徒們的肩上的「對種種外在的財貨之操心」，現在卻變成了一個鋼鐵般堅硬的殼（ein stahlhartes Gehäuse；一般譯為「鐵一般的牢籠」，不妥），讓現代人「必須是職業人」，動彈不得。但這只是韋伯在《基督新教的倫理與資本主義的精神》這本書中所談到的「人的意願的弔詭發展」之最著名的例子而已，如果讀者讀得仔細，應該還可以讀出其他不同的「弔詭發展」。這是讀韋伯這本書最令人驚豔的地方，韋伯不但從一般人想不到的，在一般人的觀點中最「不理性」的信仰中，找到現代西方文化之「理性化」的重要根源，還能透過對具體的歷史發展過程的分析，闡明哲學家一般都是用比較「思辯」（講難聽一點：玄想）的方式建構起來的「歷史哲學」（也許韋伯會更願意說是「文化哲學」）。

進一步言之，韋伯這本書之所以讓我這個讀哲學的人感到著迷，除上述的幾點之外，更重要的是，他竟然可以透過具體的、歷史的分析，不但將「資本主義的精神」、「效益主義」、「自由主義」等主題都納入歷史過程中加以考察，從而加以歷史化、相對化。甚至可以透過這樣的考察，將現代人的存在處境逼顯出來，達到某種具有「存在主義」味道的效果。在這方面，最扣人心弦的乃是《基督新教的倫理與資本主義的精神》結尾處的一段話：

沒有人知道，誰在將來將會住在這那個殼裡，並且是否在此一非比尋常的發展的終點存在著的，將會是一些嶄新的先知，還是古老的種種思想與理想之強而有力的再生，又或者——如果二者都沒有——是「中國式的」石化，由某種的痙攣狀的「自以為重要」加以裝飾。果真如此，則對此一文化展的那些「最後的人」（die letzten Menschen）而言，下面這句話自然有可能成真：「沒有精神的專業人，沒有心的享樂人，這種什麼都不是的東西卻想像著，已經登上了人（Menschentum）的某種之前從未達到過的階段。」（MWG I/9: 423）

韋伯竟用社會科學的著作，基於紮實的歷史分析，說出了尼采透過查拉圖斯特拉以先知式的口吻說出來的話！而我最敬佩韋伯的一點是：身為一個科學家，他高度控制自己，不做價值判斷。他在1920年寫的那篇〈文前說明〉強調說：他在這些宗教社會學的文章中（當然也包括《基督新教的倫理與資本主義的精神》）所做的乃是「嚴格的經驗研究」，因此，這裡以比較的方式加以處理的各文化之間存在著哪一種的價值關係，他將不置一詞。接著，他講了一段意味深長的話：

的確，人類命運的進程，對於概觀到其中的某一片段的人而言，會澎湃地衝擊胸臆，感動不已。但他最好將自己的那些小小的個人注解放在心中，就像人在看到大海和高山時之所為那樣，——除非他認為自己受到了召喚並有天分去進行藝術家式的形塑或先知式的要求。在大多數其他情況裡，誇誇而談所謂的「直覺」，其實只意味著與對象的毫無距離，這種態度是和對人的相同態度一樣應予批判的。（MWG I/18: 119）

談到這裡，您是否有一種躍躍欲試，想要一窺人類命運進程的一個片段——那個「最決定我們現代生活的命運」的片段呢？如果答案是肯定的，那麼就請你像「網球王子」那樣自我勉勵一番：全神貫注地上吧！

伍

《第二性》及其對於女性主義的意義[1]

陳惠馨

政治大學法學院專任教授

前言：翻譯・脈絡・婦女運動

2013年邱瑞鑾女士翻譯法國西蒙・德・波娃所著《第二性》一書中文全譯本（三冊）由貓頭鷹出版社出版[2]。這本全譯本的出版，對於華人社會關心婦女運動的讀者具有重要意義。《第二性》一書出版於1949年，中文世界在二十世紀七〇年代與八〇年代出版的中譯本都僅翻譯該書第二卷；第一卷有關女性處境的歷史論述部分並未翻譯成中文[3]。1986年臺灣婦女新知雜誌社出版德國女性主義者Alice Schwarzer（愛麗絲・史瓦茲）所著《今天的西蒙・波娃》（Simone de Beauvoir heute）一書，該書中文版以《拒絕做第二性的女人：西蒙・波娃訪問錄》名稱出版[4]。上述這兩本書開啟中文世界讀者認識西蒙・德・波娃《第二性》。但1980年代中譯本《第二性》一書僅翻譯該書第二卷冊，而《拒絕做第二性的女人：西蒙・波娃訪問錄》僅是對於西蒙・德・波娃的訪談稿，華人世界的

---

[1] 本文改寫2015年4月14日上午10:00-12:00在臺灣師範大學文學院之演講稿。

[2] 本文參考的《第二性》（Le Deuxieme Sexe）之版本為西蒙・德・波娃（Simone de Beauvoir）著，譯者：邱瑞鑾，共三冊，由貓頭鷹出版社在臺北於2015年出版。

[3] 根據中時電子報記者林欣宜記者的採訪說明，「《第二性》在中文世界最早的譯本是1972年由晨鐘出版社出版的三卷版，由歐陽子、楊美惠、楊翠屏翻譯，但只譯出原著第二卷、省略第一卷。1986年大陸也推出只節譯第二卷的版本，1998年才有由陶鐵柱翻譯的全譯本，臺灣隔年引進出版」，以上取自下面網頁：http://www.chinatimes.com/newspapers/20131106000471-260115，上網日期：2016年2月14日。

[4] 參考女書店網頁尤其是鄭至慧為《拒絕做第二性的女人：西蒙・波娃訪問錄》所寫之再版序。網站http://www.fembooks.com.tw/indexstore.php?product_id=26，上網日期：2016年2月10日。

讀者無法一窺《第二性》一書全貌。

　　《第二性》一書有了完整的中文翻譯本之後，對於華人社會理解1949年代以來，世界婦女運動發展歷史脈絡具有重要意義。本導讀主要分析《第二性》作為經典的意義及其內容，《第二性》一書的架構，本文作者閱讀心得與批判觀點以及《第二性》一書對於臺灣婦女運動與性別平等運動歷史書寫的可能啟發。

一、《第二性》作為經典的意義及其內容

　　2013年出版的《第二性》三本中文全譯本，讓讀者可以看到這本書的全貌。本書不僅呈現作者西蒙・德・波娃對於1949年期間歐洲女性處境的觀察，書中的第一卷引用甚多當時歐洲談論女性的有關文學、生物學、精神醫學等重要著作。對於二十一世紀的讀者，透過閱讀本書，不僅了解作者對於女性處境的觀察，並可以了解當時歐洲不同領域的作者有關女性社會情境的論述。本書中文翻譯者邱瑞鑾女士為了要能精確翻譯出書中所引各種書籍的論述，必須在法國國家圖書館進行本書的翻譯工作。

　　為何《第二性》一書是一本女性主義運動的重要經典？所謂經典是指一個可以呈現時代精神與時代的背景著作。作為導讀者，第一次閱讀《第二性》一書是在二十世紀九○年代初期，當時並沒有深刻體會到這本書的時代意義。這跟當時的我，對於臺灣正在興起的婦女運動並不熟悉或許有關。我的閱讀經驗主要從個人生命經驗出發，作為讀者我沒有理解到這本書所論述的女性與男性在社會處境的差異，以及這種差異處境對於個人生命長遠的影響。另外，當時我所閱讀的是這本書部分的中譯本（應該是晨鐘出版社出版三卷版），這個中譯本僅翻譯第二卷有關西蒙・德・波娃對於女性生命經驗的分析。

　　2015年在從事婦運二十多年工作以後，受當時臺灣師範大學文學院陳登武院長邀請為《第二性》全譯本做導讀時，我再度閱讀這本著作。在閱讀過程中，才深刻理解到這本書之所以能夠成為經典著作的意義。《第二性》一書作者以其犀利且具有主體性、批判性觀點，分析1949年代當

時歐洲（以法國為主）女性所處時代現況與時代環境，讓21世紀的讀者彷彿親身見到在婦女運動盛行之前，歐洲婦女的處境，並反思當前自己社會中的女性或不同性別者的處境。

這本書的經典意義在於作者作為一個處於社會第二性的當事人，卻能夠超越社會對於其生命經驗的限制，以具有主體性的角度，詳細分析並描繪1949年前後歐洲女性在社會處境。在歷經長達半世紀的婦女運動之後，今日多數的讀者，對於不同性別者在社會上被放置在不同位置的情境的理解是一種生活常識。但是身處在1949年代中，女性或男性的差別以及在社會中的角色被認為是天定的，生物性的。當時很少有人如此清晰的認知到男女之性別角色的差異是一種社會建構。因此，作者西蒙・德・波娃作為一個女性，能夠跳脫時代的既定觀點，以一個主體觀點，將她所觀察到的女性處境加以描繪，並針對當時重要的其他學術著作對於女性的描繪與論述加以批判性的分析，並不是如此理所當然。

二十一世紀的讀者如果沒有理解到《第二性》一書書寫的時代背景，就會以二十一世紀的觀點認為這本書似乎沒有特別之處。作為導讀者，筆者認為，二十一世紀的讀者，除了可以透過本書了解二次世界大戰結束之後，婦女運動啟動之前，歐洲女性的處境。讀者也可以透過本書了解1949年代，社會中有哪些關於女性的重要文學、生物學、精神分析學或其他領域學術論著如何論述女性。更重要的是，讀者可以透過閱讀西蒙・德・波娃的書寫角度，學習到作為個人，我們可以如何跳脫自己基於生物性、社會性或大環境給予的既定觀點，以具有創新觀點，分析一個社會特定角色者的處境。《第二性》一書能夠成為經典，在於作者那種超越當時社會中既定觀點，分析已經出版的社會、歷史、心理學、哲學等著作中的男性觀點，並以超越時代的視野，描繪當時社會中女性處境的深層結構。

而對於華人世界的讀者，西蒙・德・波娃所書寫的《第二性》一書，直到當代都還具有重要的啟發性。因為亞洲文化，尤其是華人社會的傳統文化，在過去一百年來，都歷經被鄙視或者視而不見的處境，直到今日尚未有所改變。華人社會的文化或各種面向在全球化世界中，依舊處於

劣勢的處境。華人文化或各種社會處境相對於西歐或美國文化，都處於類似1949年代女性在社會被當成第二性的處境。當代許多人（包括華人社會中的華人）在觀看傳統華人社會的文化時，往往從西方（幾乎是白人）優勢文化的角度加以觀看與評價，就跟1949年代強勢的男性看待女性一樣。也因此閱讀《第二性》一書，對於華人社會的讀者具有重要意義。華人社會的讀者可以藉由《第二性》一書的論述脈絡，反思可以如何突破被殖民化的處境，以具有主體性的觀點，分析並觀看自己社會的文化（傳統的、當代的）並透過論述，脫離百年來被西方政治強權或者西方強勢文化歧視或殖民的處境。

　　《第二性》一書雖然是西蒙・德・波娃以一多年的時間寫出，但是，三大冊的書籍（中文翻譯分為兩卷，第一卷一冊；第二卷分（上）、（下）兩冊）內容的豐富告訴我們，作者在寫作之前，已經熟讀過當代與女性處境有關的重要出版品。作者在書中所舉的作品，不僅是女性所熟悉的文學作品，作者還分析了當時許多重要學術著作。這些以學術之名而出版的著作，利用專業的學術觀點，論述女性角色的命定處境。因此今日的讀者可以透過本書的第一卷，一窺1949年代流行的生物學、精神分析學以及歷史惟物論等相關著作。西蒙・德・波娃在書中的序言，最後一段的論述說明她整本書書寫時的考量。她提到：

　　顯然要是我們認爲女人生來就受限於生理、心理，或是經濟這些天生注定的生命景況，討論女人處境的問題不會有任何意義。所以我們一開始要先檢視生物學、心理分析、惟物史觀論述女人的觀點。然後，我們試著明確指出「女人現實的存在景況」是怎麼建構起來的，爲什麼女人會被定義爲「他者」，並且從男人的角度看來，這帶來了什麼樣的結果。同時我們也要從女人的角度來描繪這個世界呈現在她們眼前的樣子，以便了解女人在試著逃離她現實的困境、嘗試參與人類的「共存」時遭遇了哪些困難。

二、《第二性》一書的架構

本書分為兩卷，第一卷標題為「事實與迷思」。第一卷分為三部，第一部的標題為：天生命定，論述女性受制於「天生給定」的限制。作者在第一卷第二部：歷史，從歷史角度談女性的社會處境。作者提到女性在過去由於先天體能關係並受制於生育、月經的不便等，因此在遠古社會就因為生產勞動力不足，無法成為男性的勞動夥伴。接著作者論述女性在農耕時期，以及當代婚姻及財產私有制度形成後的地位與處境。第一卷第三部：迷思，則分析1949年前後，以男性作者為主導文學作品如何刻畫女性角色，並以此說明有關女性的迷思的各種狹隘觀點與其謬誤。

本書第二卷分為（上）、（下）兩冊，標題都是實際經驗，其內容分為四部分，分別是成長、處境、存在的正當性及邁向解放等角度加以論述。在第一部成長，分四章討論：女童、少女、性啟蒙與女同性戀。而在第一章中，西蒙·德·波娃一開始就提到：

> 女人不是天生命定的，而是後天塑造出來的。雌性的人在受到社會薰陶後表現出來的女性形象，並無法以生物的、心理的、經濟的先天條件來界定。鑄造出這種介於男人和閹人之間的奇異物的，也就是鑄造出這種被我們歸為女人的，是整個文明[5]。

這是多麼偉大的宣稱，在這一章中，作者分析男童與女童初生時的相類似性，並觀察他們如何在成長過程中走向不同的發展脈絡。在書中，西蒙·德·波娃特別說明當時的精神分析家如何熱中討論女性的「閹割情結」並提到當時大部分的精神分析家都認為女性有「陽具欽羨」[6]。

在第二卷的第二部處境，作者將女性的處境分已婚女人、母親、社會

---

[5] 參考西蒙·德·波娃（Simone de Beauvoir）著，譯者：邱瑞鑾，《第二性》（Le Deuxieme Sexe），共三冊，貓頭鷹出版社，臺北，2015年，頁487。

[6] 同前注，頁493-494。

中的人際往來、妓女與交際名媛，從熟齡到老年及女人的處境與特徵加以討論。在談到已婚女人這一章，作者提到：

在許多社會階層中，年輕女人除了婚姻外別無出路。在農家，未婚女子是賤民，她是她父親、兄弟、大伯小叔的僕人，她幾乎沒有機會到城裡去，婚姻使她受到男人奴役，也使她成爲家庭主婦[7]。

在母親這一章，作者談當時社會中有關墮胎的討論，並引述當時的許多作品有關女性墮胎的論述，例如李普曼醫生《青春與性》記錄一位病人的告白；或當時法國作者可雷特・奧德莉在《我們當輸家》短篇小說中女主角如何論述孩子[8]。透過《第二性》一書，讀者不僅認識作者觀看女性角色的角度也有機會了解當時的暢銷作品中作者如何論述女性。

讓人訝異的是作者在第二卷第二部第八章將妓女與交際名媛列在一起討論。作者一開始提到：

正如所見（參見第一卷第二部）娼妓制度和婚姻制度息息相關。十九世紀的美國人類學家磨耳根表示：「在人類歷史上，自有家庭制度出現以後，娼妓制度就像家庭投射出來的陰影，一直隨著文明發展。」男人出於謹慎，要求他的妻子要守貞，但則不遵循自己定下的行爲規範[9]。

西蒙・德・波娃大膽的提到：

從經濟的觀點看，妓女和已婚女人的處境是一樣的。十九世紀末，義大利精神病學家馬侯在《青春期》一書中說：「賣春的女人

---

[7] 同前注，頁713。

[8] 同前注，頁847及頁854。

[9] 同前注，頁949。

和賣給婚姻的女人，兩者惟一的差別是價碼和契約的期限[10]。」

　　以今日觀點看，西蒙‧德‧波娃的論述顯然有問題，因為已婚女性的處境並非一成不變的。在婚姻中，女性要付出的代價跟一位用性作為交易的女性付出的代價各有不同，因此將兩者類比，太過簡化事實。但透過西蒙‧德‧波娃在本書中最後一段話，可以了解她的書寫並非僅要處理女性的處境，她還有更大的企圖。在書中最後，她引用馬克思的說法，談到：

　　人的責任是讓自由意識來統轄他所屬的這個既定世界，而為了贏得這個終極的勝利，最不可或缺的是，男人、女人要超越性別的自然差異，彼此切切實實地攜手建立有愛情誼[11]。

　　這段話說明西蒙‧德‧波娃書寫《第二性》一書最終目標跟理想。作者透過這句話說明，《第二性》的主要目標並不是在批判特定的個人，這本書的書寫目的是希望作為個人的我們可以有自由意識。雖然這是非常困難的一件事，但是為了統轄我們所屬的這個既定世界，我們需要自由意識去觀察這個既定的世界。由於有自由意識，我們才有能力了解既定的世界是一個被建構出來的世界，是一個可以被改變的世界。而，惟有當我們有自由意識時，也才有能力觀看並了解既定世界對於我們的限制。西蒙‧德‧波娃提醒我們，更重要的是我們必須互相合作，超越既定世界對於我們每個人的限制，僅在我們彼此之間具有一個有愛的情誼時，我們才能夠超越既定世界。

三、閱讀心得與批判

　　本書的讀者透過《第二性》，不僅了解西蒙‧德‧波娃對於性別的觀

---

[10] 同前注，頁950。
[11] 同前注，頁1187。

察，更透過這本書認識1949年代各種文學作品以及生物學、精神分析學及馬克思理論等的論著。透過閱讀這本書，讀者可以感受到本書作者如何努力的將當時各種論述女性的著作（或許有點枯燥），用她所理解並認為重要的角度，努力描繪給讀者們並努力提出批判性觀點。對於當代華人地區的讀者而言，《第二性》是一本值得一讀、二讀，甚至三讀的經典著作。

讀者第一次閱讀《第二性》時，由於這本書內容非常豐富與廣泛，因此，讀者會像一個初次走入一條未知的旅途的旅行者，在這個未知的世界裡，無法知道前面的路途會是如何？讀者由於不能預知作者將會如何描述她所宣稱的主題：《第二性》，因此或許初步印象會覺得作者的描述凌亂或者以今日的眼光看，不覺得有太多特殊之處。

當然，讀者可以從書的目錄了解作者整體寫作的目標與方向，但是，惟有進入閱讀，讀者才能了解作者如何書寫、布局並論述這本書的主題。因為這本書的作者以將近一千兩百頁的篇幅論述各種女性的處境。在《第二性》出版之前，歐洲或世界上並沒有作者以這樣的觀點，對於女性的社會處境做這麼深入的分析，因此，讀者在進行初次閱讀時，會彷彿走入迷宮般。惟有透過讀者的第二次再閱讀或第三次再閱讀之後，讀者才能更深入理解作者為何如此書寫或書寫的目的、企圖為何？對於像《第二性》這樣的經典著作而言，讀者如果僅閱讀一次是不夠的。

前面已經提到過，第一次閱讀時，讀者其實是走入未知的世界，閱讀過程中，讀者同時接收到許多的信息，作者所鋪陳的東西對於讀者是一連串的驚訝與突襲。作為一個讀者，很高興自己很幸運的在1990年代第一次閱讀這本書的部分之後，有機會在2015年再度閱讀《第二性》這本經典著作。在此，我再度要感謝師大文學院陳登武院長的邀請。導讀這本書，讓本文作者相隔二十年之後，有機會再度詳細閱讀《第二性》一書。而在第二次閱讀這本書時，這本書對我的意義不僅僅是再度啟蒙的意義，閱讀這本書讓我感受到知識性的意義。透過再次的閱讀，以及我多年參與臺灣婦運的經驗，我對於這本書想要傳遞的信息逐漸有更深入的認識，也終於才理解，為何這本書是個經典。讀者們會發現，縱使在作者寫作本書

六十年之後，閱讀這本書依舊可以感受到書中呈現的種種女性的處境與面向，至今依舊讓人覺得具有創意與影像鮮明。

　　雖然本書的內容如此豐富，但作為導讀者，我想跟讀者分享我在閱讀本書過程中產生的批判觀點。首先，在這本書的內容陳述的是西蒙・德・波娃作為一個中產階級看世界的觀點。由於作者是一個具有好的社會地位跟好的經濟與家庭處境的女性，她的觀點當然沒有辦法涵蓋跟她處於不一樣階級的女性的處境。當然這並不能否定本書作者切入問題的角度對於我們的啟發與可以學習之處。讀者在閱讀本書時，要時刻注意到本書是作者作為一個中產階級女性所觀察到1949年代歐洲女性處境。作者關於她自身生命經驗的描繪與觀察她所處生活世界的女性處境，並非是所有女性的絕對經驗。在當時，甚至在現在不同地區，不同階級的女性都有不同的處境。某些女性的處境或許有共同性之處。但是在本書出版六十年後的今日，讀者要記得女性處境已經不再是1949年代那種相對單一且弱勢之處境了。

　　當代的讀者，不管是哪個性別：男性、女性或者是跨性別者，可以透過本書學習西蒙・德・波娃如何書寫自己作為一個個人在社會的處境之方法與描述的角度。但是，作為亞洲的臺灣成長的女性，我再次閱讀本書關於女童、少女生命這部分時，感受西蒙・德・波娃的生命經驗跟我的生命經驗是有距離的。另外，華人社會的讀者也可以注意到本書作者在書寫已婚女性的處境也跟亞洲或者法國地區以外或中產階級以外世界的人的已婚生命經驗或許有所的不同。

　　在亞洲世界，過去的女性在走入婚姻之後，確實會一步一步被社會或者被其他人的價值觀影響，並發展出特定的行為或價值傾向，但是，男性不也如此嗎？或者跨性別認同者或同志們的處境不也如此？因此，在當下的臺灣或其他華人地區、亞洲地區的讀者，可以在閱讀此書之後，參考西蒙・德・波娃（Simone de Beauvoir）的觀察角度，反觀亞洲社會女性與男性的社會處境。讀者可以不僅僅觀察女性處境，也可以嘗試觀察在亞洲婚姻或家庭對於其他性別者的影響。

讀者或許會注意到在二十一世紀的當代社會，婚姻對於女性的束縛不再如此牢不可破。在1949年的法國社會或者在2000年前後的臺灣社會，女性必須走入婚姻似乎是一條被命定的命運。但是在2018年的臺灣社會或者當代許多其他地區的社會的人而言，走入婚姻已經不是女性或男性生命的必然處境。

　　那麼究竟在當代社會中的女性，甚至男性的社會處境為何？我們可以如何描述當前社會中，女性跟婚姻制度的關係，或者男性跟婚姻制度的關係？或許西蒙・德・波娃的寫作方式是當代讀者可以參考的範式。

　　以生長在臺灣的本文作者為例，當我1980年離開臺灣到德國留學之際，當時臺灣社會的女性多數認為走入婚姻是生命的必然。在這樣的思維下，當我於1980年代在德國進行法學知識的學習時，透過當時德國有關婚姻、家庭與親屬法之相關研究書籍，了解到當時德國社會已經有很高比例二十歲到五十歲的女性不願意或者並未走入婚姻。當時對我而言，是一個很大的文化的衝擊。

　　但是從1990年以來，臺灣社會透過婦女運動，女性在婚姻中的處境，受到注意並歷經一波又一波的婦女運動或民主化運動，社會中許多人開始注意到婚姻制度對於女性的不公平，並透過立法加以改善女性在婚姻、社會的處境（修改民法親屬編、訂定家庭暴力防治法）。目前在臺灣，有不少女性或男性主動的選擇不走入婚姻。

　　讀者在閱讀《第二性》一書時，可以看到作者主要從女性角度，分析女性作為社會中的他者的處境。二十一世紀的讀者或許也可以超越自身性別屬性的角度，思考不同階級、不同性別者在自己社會的處境？東亞地區或者華人社會的男性是否跟1949年代法國中產階級的男性一樣，處於優於女性的地位？在臺灣或東亞許多國家，一位在經濟上或地位上處於劣勢的男性，他所面臨的社會處境，事實上或許是低於中產階級女性的。這些處於社會弱勢的男性們，不管在社會公共場域或者生活中的私人場域，都可能處於被「決定」的處境。

　　也因此閱讀了《第二性》之後，亞洲的讀者可以開始去觀察自己社會

中不同階層女性、男性或跨性別者的處境，並將他加以分析、描述以便社會可以看到制度或環境對於不同階級性別者的壓迫或設計。

以本文作者個人的生命經驗而言，我雖然沒有看過我的外祖母，但是透過跟我母親的對話，我知道在那個沒有避孕藥，沒有所謂的節育措施的年代，一個已婚女性生命中的風險是很大的。女性在結婚之後，面對的是不斷的生育以及照顧子女的成長的壓力，在每次生育過程對於女性而言，都代表著隨時可能面臨失去生命的風險。我自己的外祖母就是在生了十多個小孩之後，最後血崩過世。《第二性》一書讓亞洲讀者反思，我們社會中母親角色的變遷，作為母親的女性，在很多生命情境是不同於西蒙·德·波娃在書中所描繪的中產階級母親的處境。

又例如在《第二性》第二卷中，作者選擇的特定議題，例如性啟蒙的議題，對於亞洲社會的女性是否也面臨同樣的處境呢？亞洲社會的女性所面臨的性的關於性的處境是否跟1949年的歐洲中產階級女性的經驗相同？對我來說，作為一個亞洲女性的閱讀者，我對於西蒙·德·波娃論述「性啟蒙」的議題並非很熟悉，當然「性」的議題在性別角色上具有非常大的重要性。但是在亞洲，在臺灣，我們的經驗或許跟作者的經驗有所不同？那個不同為何？具體狀況為何？或許是亞洲讀者未來可以討論的。

讓人意外的是作者在1949年出版的這本書中，深入討論女性同性戀議題，但是作者的書中並未探討男同性戀者。為何作者在這本書中僅討論女同性戀議題而並未討論男同性戀者之處境？其背後是否有其他的社會文化意涵？（例如在西歐，男同性戀在1980年代都還是社會禁忌）

另外在這本書中，作者談妓女跟交際名媛的這個議題。那麼在臺灣呢？妓女與交際名媛是否可以如《第二性》書內一樣的被等同討論？在臺灣的媒體裡，多麼喜歡報導交際名媛及她們的生活，但是，在臺灣從事性交易者（書中所稱的妓女）是上不了檯面的。性交易者在臺灣社會被當成是次等或者是可以踐踏的一個階級，也因此，將臺灣社會中的性工作者跟交際名媛放在同一個脈絡或等同討論，對於讀者的挑戰為何？我們在閱讀本章時，也可以同時反思臺灣對於從事性工作者處境應該如何給予關注。

《第二性》將妓女與交際名媛放在一起的討論是否適當？在華人社會這樣的討論是否需要被調整？在我們自身所處的社會，究竟不同處境、不同階級、身分、不同職業的人，在社會的情境是怎麼樣？我們如何將電視上，不斷出現有關官夫人與交際名媛的報導跟從事性工作者之間相連結？是一個值得思考的議題。

　　《第二性》談的是女性的處境，作者批判的是有好地位、中產階級的男性。作者卻沒有在書中討論跟她不一樣階級的男性的處境。當然，這是所有作者的困境。沒有一個寫作者可以在有限的時間與空間裡以及限於寫作的脈絡下，討論所有的議題。也因此作者所無法做到的書寫，是我們未來可以努力的方向。讀者們在閱讀《第二性》時，嘗試將眼光來回於西蒙・德・波娃的《第二性》的內容，以及我們目前所處的社會情境並加以思考。

四、《第二性》書寫方式對於臺灣婦女、性別平等運動者書寫之啟發

　　作為一個二十幾年來在臺灣大學裡，進行法學與法律的教學與研究的女性學者，我想在這一段跟大家分享《第二性》一書與臺灣婦女運動與性別平等運動的關係。

　　臺灣過去二十多年來，整體社會如火如荼的進行婦女與性別平等運動，但是如果到臺灣的書店瀏覽各種學科著作，可以發現關於這方面的論述非常少。另外，讀者在臺灣書店也會發現，女性學者的著作相對少，在臺灣不同地方的書店中看到書店所陳列的書籍，大多數的作者是男性，尤其是西方男性學者的翻譯書籍。我希望讀者跟我一起反思，為何在亞洲或者在臺灣，女性的學術作品如此之少，或者為何臺灣各地的書店中陳列的多數為翻譯作品，臺灣男性學者或者女性學者相對於西方的學者的書寫成果相對而言，顯得如此稀少？

　　二十多年來，臺灣婦女運動與性別平等運動的努力並未改變學術世界中的生態。但如果再更深入的觀察，讀者們可以從臺灣各式各樣的出版品中發現，不僅臺灣女性作者在出版界中少見，臺灣社會或者華人社會的出

版品中，也說明亞洲或臺灣男性也處於弱勢。臺灣社會的出版品充斥著西方男性作者或學者的著作，在出版世界中，具有主體性的東方或臺灣觀點的著作是稀少的。

因此，我想請問臺灣的讀者，作為一個讀者，當我們去看類似《第二性》這樣的經典著作時，我們想要從這本經典著作看到什麼？當然我們閱讀這本著作時，我們除了在經典著作裡找到對於我們個人人生生命的啟發之外，是否可能更超越這個生命啟發的目標，朝向創作者的目標走去。例如作為文學院學生的讀者們，或者作為關心臺灣不同性別處境的讀者們，是否可能透過閱讀這本經典著作，產生書寫自己社會不同性別處境者的創作想法。是否可能透過閱讀本書，書寫具有反思自己的社會不同性別者處境的寫作。

這本書對我們可能的啟發是什麼？接著下來，我想跟讀者分享我對於臺灣過去二十年來婦女運動的參與與觀察。過去二十多年來，女性在社會的處境有很大的變遷，除了前面提到多數臺灣的女性目前不再認為婚姻是人生的必要之路。走入婚姻對於當代許多人而言，或許僅是生命的一個可能選項。

在科技發達的今日，一個走入婚姻的女性或男性所面臨的挑戰是不同的？那個不同在哪裡？我們可以如何像《第二性》的作者一樣，找到各種可能的論述與書寫。我個人的觀察是同樣作為母親角色，我在1980年代作為兩位小孩的母親，我所受到的拘束與面臨的工作跟當代母親的角色已經有點差異。但是更細緻的差異在哪裡？是需要被觀察與研究的。

在1980年代的我，面對洗奶瓶、煮飯或者各種家事的處境跟現在身為母親或父親的人應該有所不同。在今日科學技術的發展，讓照顧子女工作的處境有所不同，科技的產品讓我們節省很多準備照顧幼兒的工作。目前在臺灣社會中，作為母親與父親的角色與處境為何？新的困境在哪裡？那些困境僅是女性（母親）專屬的困境嗎？還是男性（父親）也面臨新的挑戰與困境？而在我們的社會，可以超越困境的可能在哪裡？文學院的讀者們是否可以在閱讀《第二性》之後，開始嘗試練習寫作。用你的觀點與

角度分析、書寫不同性別者在我們社會的處境，分析臺灣社會現有的作品中，如何呈現不同性別者的處境。

作為讀者，我們也可以反思《第二性》這個經典對於我們個人生命的意義為何？也就是西蒙・德・波娃（Simone de Beauvoir）透過這本經典，所呈現她作為作者如何反看她自己的社會，並將它書寫成為可以傳遞的經驗或知識？而，西蒙・德・波娃（Simone de Beauvoir）這種反看與反思，對於想要書寫自己社會不同性別者的亞洲人或華人而言，有何啟發。本書的作者在1949年透過自己在哲學的訓練，去閱讀當時法國的所有的重要的著作，然後寫出一不只對法國人有重要意義的《第二性》，還對世界各國的女性有重要意義的一本書。當然我們不一定可以寫出像她這樣一本書，但是我們至少可以嘗試書寫自己的社會不同性別者的處境。

今天的讀者，不論你是屬於哪個性別？男性、女性或者是跨性別者，都可以練習從西蒙・德・波娃（Simone de Beauvoir）寫作的《第二性》一書，觀察她如何透過自己的生命歷程，選擇題目、選擇切入角度。如果我們在看這本書的目錄，可以想想她的切入路徑。而作為讀者，我們如何論述臺灣不同性別者今日的處境？我們如何在歷經1990年以來，長達20多年的婦女運動跟性別平等運動以後，觀察目前臺灣的女童、男童、少男、少女、已婚女性與已婚男性的處境？我們可以有什麼樣的可能去描繪我們社會過去20年來的歷程？以及不同性別者在這個變遷歷程的處境。

我想跟各位分享個人觀察：關心臺灣的婦女運動者大約都會注意到，傳統臺灣社會，很少人認為女性可以選擇不要婚姻，走入婚姻好像是女性命定的命運。但是男性呢？臺灣的男性有選擇不要婚姻的可能嗎？如果觀察亞洲社會，可以發現，既定的性別角色安排不僅壓迫女性，它也可能同時壓迫著男性？在東亞的社會中，社會所建構的世界裡，個人要取得自主意識、自由意志都是困難的，不僅女性在女童、少女、成年、已婚女性或成為母親之後，生命受到許多限制？很多男性（尤其是中、下層階級、在威權家庭中成長的男性）也在各種各樣的壓迫與限制中生活著，甚至到目前還找不到發聲的管道或發聲的可能。

作為讀者，可以如何在閱讀《第二性》之後，開始練習書寫自己社會不同性別處境現況。我們如何學習作者西蒙·德·波娃（Simone de Beauvoir）的書寫角度，開始練習用自己的眼光觀察、了解我們社會中不同位置的人的處境。讀者們也可以嘗試從自己身邊的人：跟你的母親、父親或者你的祖父母，或者你的曾祖父母談話，了解他們在出生到現在生命中的歷程與讓他們難忘的生命經驗或受到的壓迫與限制為何？

而除了透過親身、周遭人的生命經驗進行觀察之外，不同的學科都有不同可能的觀察切入角度。以一個親屬、繼承法的研究者而言，本文作者在進行研究過程，嘗試透過臺灣各地方法院、高等法院與最高法院的各種判決書，觀看到許多個案當事人的生命經驗。在各種不同牽涉婚姻與家庭的訴訟糾紛之判決書中，不僅可以看到臺灣社會很多人面臨婚姻困境的掙扎，也可以看到年輕一代的人在面臨家庭中、父母或者祖父母老年時的生命困境，如何也被困住的處境。究竟在我們進行《民法·親屬編》的修法後，婚姻與家庭對於臺灣社會不同性別者的意義為何？我們可以如何觀察？

還有不同性別者的老年處境為何？在面對生命的老去、衰弱與無助的時刻中，社會如何回應老齡化的問題或許都是讀者們在閱讀這本書之後，可以嘗試探索並書寫的議題？

我希望不僅女性讀者可以從自己的生命經驗去閱讀作者如何分析不同生命歷程女性處境？觀察作者如何切入？觀察點是什麼？男性讀者，跨性別者也可以透過這本書在了解女性可能的處境之外，反思我們整個臺灣社會對於不同性別，或者是對於男性，在這個生命歷程的發展過程的對待，並將你的觀察書寫出來。

臺灣雖然歷經二十、三十年的婦女運動與性別運動，我們的性別平等的努力在國際社會被看到，但是我個人認為我們的性別平等運動目標並未達到。大家只要觀察，臺灣男性或跨性別者並不會在公共論述中大聲說明這個世界對於他們的限制與拘束在哪裡？或許私底下有小小的發聲，但是公共論述是缺少的？有時因為缺乏練習。因此論述時，僅讓人認為那是傳統大男人的抱怨心態。而從我多年從事婦運的觀察，我注意到我們既有的

社會體制對於男性有非常多的限制，這個限制究竟在哪裡？用哪個形式或狀態呈現？需要有人努力將他呈現。閱讀《第二性》時，讀者一定可以感受到作者西蒙‧德‧波娃（Simone de Beauvoir）在1949年代前後，面對自己遭受到的被歧視或不平等的待遇時，嘗試透過論述找到答案，並成為世界各個國家許多女性尋求獨立自主的參考。我也期待作為讀者，我們在閱讀這本書之後，練習找出我們社會對於我們生命的限制或壓迫。

縱使在臺灣婦女運動與性別平等運動如此熱絡之後，我在生活中，常常看到當一位女性面臨職業生涯的困擾時，似乎暫時中止職業生涯，去學院進修或者回家帶小孩。在進修中一邊照顧小孩，還有能力一邊讀個碩士學位或者甚至讀一個博士學位。但是一個男性有這樣的可能嗎？女性在婦女運動之後，找到更有主體性的面對生命的限制並找到回應壓迫的可能？但是男性呢？在我們的社會有多少男性覺得他可以在職業面臨困難時，選擇回家照顧自己的小孩。男性在有了小孩或家庭之後，敢勇敢的提出要繼續讀書的期待。

當然我們在少數案例看到，確實有些男性的配偶願意支持男性繼續讀書，但為何我們在許多社會新聞中看到，男性取得學位成為教授之後，跟一個更年輕的女學者或女學生產生愛情，因此跟原來支持他的女性配偶離婚？這中間究竟發生什麼問題？或許是我們要進一步去觀察與研究的。我們的社會中在面對這樣的事件時，往往用同情的眼光看那個感覺被背叛的女性配偶，我們很少看到社會討論那個跟有點年紀的男性教授結婚的第三者的處境。

另外，我們也很少去看一個年輕二十三、二十四歲的女生跟一個老年人結婚的可能生命經驗為何？或者一個老年男性跟一個年輕女性婚姻的關係如何？我們通常面對少數、特殊個案轉過頭去，不深入觀察與了解，用默默不語的態度回應特殊與少數個案的處境。透過西蒙‧德‧波娃的論述，我們可能如何觀察並論述自己社會中不同處境的性別者。

在我們經過《第二性》的啟蒙之後，我們的社會情境改變了多少？或許讀者可以嘗試去論述臺灣社會過去二十年來的婦女運動。我自己在

1988年臺灣解嚴後，從德國回到臺灣，並經過兩年取得在政治大學法學院的教職工作。

在回到臺灣之前，我在德國海德堡生活三年半，在那三年期間，我生育了一個小孩並取得我的法學博士。在德國期間，我的感受是那個國家之所以強大並給人民很多福利，是因為當時他們的體制無時無刻不在考量何謂公平與正義，並將公平與正義的觀念在細微的制度中落實。舉例來說，我到德國讀書共七年，前三年半我跟我的配偶住在德國雷根斯堡大學學校宿舍。當我們要從雷根斯堡轉到海德堡時，我們跟海德堡大學申請學校宿舍（因為我的配偶顧忠華要在海德堡攻讀博士學位）。

我們的申請被拒絕，海德堡大學給我們的回函讓我感受到這個國家思考問題的重點。學校給我們的回信表示，你們身為外國人，到德國已經三年半了。過去三年半你們住在學校便宜且方便的宿舍，但三年半之後，你們應該有能力在德國社會自己找到房子，因此我們決定不提供你宿舍。我當時看了這樣一封回信，心中只有佩服我個人也覺得這樣的政策是對的，我自己不自覺的在德國享受了三年半的便宜且方便的學校宿舍（那是很舒適的單人房，或者有浴室，有煮飯空間的雙人房）。也因此當我們1984年到海德堡，就自己找房子。

而那個過程也是我們認識德國社會與法律最重要的過程。我在租的私人公寓中遇到我最好的朋友Elisabeth及她的家庭，並透過她認識德國更深入的生活，透過她的介紹認識德國的通識小說與文學。當時我就住在海德堡的內卡河旁邊，每天我一早將我的小孩送入學校為學生子女設置的托兒所，我馬上進入圖書館寫作博士論文，到了下午三點多時，我跟我的小孩子及我的好朋友Elisabeth 及她的小孩一起在內卡河散步、聊天。今日回想起來那真是太理想的日子。

我在寫作五、六小時博士論文之後，就在內卡河散步，然後跟我的德國朋友，那時候我那個德國朋友是幼稚園的老師，他很喜歡閱讀，所以他就把德國當時代的很多當代小說講給我聽，他正在閱讀什麼，然後如果我覺得有趣，我就趕快到書店去買一本回來閱讀。在這樣的一個日子下，寫

完論文回到臺灣，其實當時的臺灣社會，我是陌生的。

　　我在德國七年多的日子，讓我跟我自己的家鄉有很大的距離，今日回想起來，改變我生命最大因素之一是我在1993年參加女學會，那是一個由許多大專院校關心社會中女性的女性教授爲主組成的學術團體，因爲參加這個學術兼具婦女運動的團體，讓我有機會彌補我跟臺灣社會將近八年的落差。我在當時參加的另外一個重要學術團體是臺灣法學會。透過參與這兩個學會，我逐漸更深入的認識當時的臺灣社會。因爲參加女學會的關係我開始在大學開設性別與法律的相關課程。並在1995年之後參與了臺灣《民法・親屬編》的修法工作。有長達十年的時間我每一星期都要有一天到在重慶南路的法務部報到，跟當時臺灣的親屬法專家學者們一起討論如何修改《民法・親屬編》，讓這個法律可以更平等的對待在婚姻中的女性。因爲參加女學會我也開始找到跟我一樣關心臺灣社會性別議題的好朋友們。這樣的生命歷程改變了原來在大學任教的我，可能比較孤單與獨立的研究工作。我有機會跟女學會在文學、語言學、歷史學、醫療社會學、社會學、政治學的朋友們一起對話，並互相交換對於臺灣社會女性處境的觀察，甚至因此交換彼此的生命經驗。

　　而除了參加《民法・親屬編》的修法並在大學教授相關課程之外，本文作者也參與女學會、參與臺灣性別平等運動並開始加入臺灣社會各種跟性別有關法律的立法討論。在1999年到2004年之間，本文作者接受教育部的委託主持「性別平等教育法草案」的立法工作，在那四年中，我邀請其他的婦女運動者，例如謝小芩教授、蘇千玲教授、沈美眞律師及周麗玉校長加入研究團隊並在經過四年之後，在2004年完成性別平等教育法的立法[12]。

　　除了上述有關《民法・親屬編》的修法與性別平等教育法的立法工作之外，影響臺灣婦女處境或性別平等關係的法律還有《性別工作平等

---

[12] 1999年，教育部委託我負責的研究計畫名稱爲「兩性平等教育法草案」研究計畫。但在執行計畫那一年，因爲發生屏東某國中葉永鋕同學因爲性別特質的差異所發生的命案，因此我們研究團隊建議教育部將該法案改爲性別平等教育法草案。

法》，這個法關係女性在職場的處境，近年來才從《兩性工作平等法》改名為《性別工作平等法》。除此之外，1998年以來的《家庭暴力防制法》、《性侵害犯罪防制法》、《性騷擾防治法》及《憲法》增修條文關於不分區立委女性至少要有二分之一及《地方自治條例》規定女性代表不得低於四分之一等規定，都逐漸在改變臺灣社會中不同性別者的情境，使大家在人權上受到保障，並受到實質平等的對待。

結語

在本文中，嘗試跟讀者分析《第二性》作為經典的意義及其內容，該書的架構以及本文作者閱讀心得與批判觀點，最後，本文作者並跟讀者分享閱讀本書後，反思如何書寫臺灣社會不同性別者的處境。本文作者作為法學專業者，在過去二十多年，曾經透過法學專業參與各種婦女運動與性別平等運動。在導讀這本書之後，我想邀請讀者一起觀察臺灣社會在已經歷經二十多年婦女運動與性別平等運動的洗禮之後，社會中，不同性別、階級或種族的人處境為何？我們如何透過更細緻與深入的觀察，了解當下的臺灣社會現狀。透過更多人一起努力進行觀察、論述與描繪，我們才能掌握更客觀的現況。本文作者認為臺灣社會中，女性跟男性傳統處境跟過去臺灣社會處於農業社會狀況有關，在農業社會下，性別角色的分工主要目的在於簡化生活的負擔。而在沒有避孕措施的時代，女性一旦結婚就面臨生育的壓力，生育或不生育都是生活中的壓迫來源。可以生育的女性要面對的是不斷生育的生命歷程，而不能生育的女性則面對社會的各種有形無形壓力。

而在工業化、數位化時代、科技化的資本主義市場邏輯下，今日臺灣社會中的女性處境或不同性別者的處境為何？需要許多人共同努力加以呈現並論述。我們可以反思，在臺灣社會通過許多企圖改變社會不同性別者的處境的立法，例如《民法・親屬編》、《家庭暴力防制法》、《性侵害犯罪防制法》、《性騷擾防治法》等法律之後，當時立法的目的是否達到？這些法律訂定之後，對於臺灣社會不同性別者之處境的影響如何？

社會眞的有照著法律所設計的理想運作法律嗎？還是社會其實有它自己的規則跟脈絡回應法律？社會在諸多的立法與諸多的社會運動之後有沒有改變？如果有改變？改變在哪裡？改變是否已經足夠了？還是改變是朝更不理想更不平等的方向前進？我們可以如何改變呢？

　　而要了解上述的情境，重要的是要先觀察並論述現場。也因此，本文作者想要對於讀者們提出呼籲，讓我們一起努力在閱讀《第二性》一書之後，開始練習或規劃參考《第二性》一書作者西蒙・德・波娃的寫作方法與批判角度與觀點，一起書寫臺灣現階段或華人社會、亞洲社會現階段不同性別者的處境，並嘗試描繪及分析產生這種情境的背後社會、文化與經濟等各種可能影響及改變因素。

陸

《東方主義》及其不滿

單德興

中央研究院歐美研究所特聘研究員

前言：脈絡化的閱讀 —— 讀書‧知人‧論世

　　要介紹薩依德（Edward W. Said, 1935-2003）這位傑出的文學學者、文化批評家、人文主義者與公共知識分子，若只討論《東方主義》（*Orientalism: Western Conceptions of the Orient*, 1978）一本書勢必有限。任何文本或人物都不是憑空而生，而是有其歷史背景與文化脈絡，因此我一向主張要把文本與人物置於脈絡中來觀察其意義，這次演講也決定採用脈絡化的方式來介紹薩依德其人其書。聽陳登武院長說「世界思潮經典導讀」系列找了不少這些經典的中譯者來導讀，其中大都是學者。不容諱言的是，臺灣的翻譯生態並不理想，學術翻譯生態尤其如此，從事翻譯的學者很少被人稱讚是努力奉獻、不計名利，反而經常被視爲「不務正業」，對於翻譯了近二十本書的我來說感觸尤深。幸好我也出版了一些中英文論文以及幾本中文著作，得到了國內若干學術獎項，所以在研究上足以交代。然而我要說的是，這種「不務正業」，包括其中的學術翻譯或國科會／科技部經典譯注，讓我得以與華文世界更多人結緣，影響比自己的學術論述更爲廣大長遠。像是在華文世界，包括香港、新加坡、馬來西亞或中國大陸等地，都有人跟我說讀過我翻譯的正體字版或簡體字版的作品，就是明顯的例子。這種來自讀者的回饋令我驚喜，深感文字因緣難以思議，也覺得自己的努力與付出功不唐捐。當然我也很珍惜演講的機會，與聽眾當面分享彼此的經驗、感想與心得。

　　1978年薩依德出版《東方主義》，在人文與社會科學界產生了巨大

的影響，掀起了一股新的學術風潮，成為後殖民論述的奠基文本（founding text）。出版之後，華文世界的學者，尤其是外文學門的學者，多所參考與引述，但是中譯本卻遲遲未見，這不僅是華文世界在翻譯上的時間落差，也造成了知識落差。而知識就是力量，國民的知識水準攸關國力，換言之，翻譯的落差影響到一個國家的軟實力（soft power）。我一直期盼薩依德的著作能透過翻譯早日出現於華文世界，讓有興趣的華文讀者能一窺全貌，而不是只讀到學者在論文中引述的片段，但等待多年始終未能如願。身為外文學者以及中英雙語知識分子的我只得反求諸己，於是在當時和薩依德同樣任教於紐約哥倫比亞大學的王德威教授協助下，於1997年翻譯、出版了《知識分子論》（*Representations of the Intellectual: The 1993 Reith Lectures*, 1994），這是薩依德的專書翻譯首次於華文世界出現，此後他的作品中譯陸續以正體字版與簡體字版問世，包括了1999年在海峽兩岸出版的《東方主義》（簡體字版為《東方學》）。在當代的文學與文化批評家暨理論家中，像薩依德般大部分的作品都已譯成中文的甚為罕見，由此可見他在華文世界受歡迎的程度。

《東方主義》不僅樹立了薩依德的國際聲響，更在人文社會科學產生了典範轉移（paradigm shift）的效應，開拓新的研究領域，影響深遠。我在臺大外文研究所和交大外文研究所開過「薩依德研究專題」，這本書當然是必讀之作。我手上這本原文書是我當博士生時買的，今天早上我特別翻到書前，看到上面注記購於民國74年4月30日，許多在座的同學當時還沒出生。1985年到現在整整三十年，然而他在書中所描述和批判的一些現象依然存在，有些甚至於今尤烈，顯示了他的先見之明。

這本書內容淵博，有些深奧，我在外文研究所開「薩依德研究專題」時至少花兩星期、六小時來討論，還覺得時間不夠，因此今天不可能在短短兩小時內介紹清楚。既然如此，我決定採取迂迴的方式。我一向重視「讀書」、「知人」、「論世」，也就是說，我們不只是讀書，還要進一步了解作者以及他所處的時代環境與特色。所以今天就把這部著作放在作者的生平、學思脈絡與時代背景來談，希望各位不僅能多少認識這本

書，也多少認識作者和他的時代與關懷，理應有助於閱讀這部二十世紀的世界思潮經典。換言之，今天的講題「《東方主義》及其不滿」可說具有三重涵義：㈠薩依德對於東方主義的不滿。㈡華文世界對於《東方主義》其書、作者其人以及其中譯不足之處，㈢只透過此書來了解薩依德是不足的。

薩依德生平簡介

　　薩依德1935年出生於巴勒斯坦西耶路撒冷，為家中長子，下有四個妹妹，家族具有三代的基督教背景，而不是信奉當地盛行的伊斯蘭教。父親Wadie "Bill" Ibrahim（美國名字為William A. Said）是中東的大文具商，擁有驚人的記憶力與運算力，可以把公司的整個帳目都記在腦海裡。母親Hilda Musa則雅好文學與音樂。薩依德得自父母的遺傳與家教，不僅記憶力非凡，也喜愛文學與音樂，加上家庭環境優渥，所以接受的是當時英國殖民統治下最好的教育。1951年他前往美國就讀麻州赫蒙山學校，那是一所著名的寄宿學校，中學畢業後就讀普林斯頓大學，修習英文與歷史，成績優異，獲得哈佛大學研究所獎學金。他在哈佛大學主修比較文學，1964年獲得博士學位時才二十八歲。1963年起他就任教於哥倫比亞大學，直到2003年過世，長達四十年。這三所大學都是美國著名的常春藤盟校（Ivy League）。

　　由以上簡述可知，薩依德出生於中東的巴勒斯坦，自幼便接受殖民教育，熟悉歐美經典傳統。此外，他的音樂造詣甚高，鋼琴技巧幾達職業演奏家的水準。換言之，他對西方菁英文化的了解與掌握較一般歐美人士有過之而無不及。另一方面，他具有中東的生活經驗以及歷史與文化背景，知曉另一個知識體系與情感結構（structure of feeling）。因此，他能夠自由出入於兩個迥然不同的文化背景與知識體系，這點值得身處臺灣高等教育與學術環境中的我們深思。

　　中東的歷史與局勢混亂，父母不希望他接觸政治，因此薩依德早年專注於學術，打下了厚實穩固的基礎。至於他的政治啟蒙則開始於1967年

的第三次以阿戰爭，也就是著名的六日戰爭，在那場戰爭中，以色列占領了約旦河西岸與加薩走廊。當時這場戰爭對於在臺灣的我們只是新聞報導，但對於阿拉伯人，尤其是巴勒斯坦人來說，卻是重大的歷史創傷，因此激發了薩依德的政治覺醒，開始兼顧學術領域與現實世界，成為很少數能結合政治關懷、人道精神與人文素養，並且寫出擲地有聲之作的學者與知識分子。除了膾炙人口的學術著作之外，他也撰寫政治專欄，出版過幾本政論文集，然而有關時事的政論往往事過境遷就難以引人注意，成為明日黃花。相反地，他的國際學術地位崇高，像我們外文系的師生主要是讀他的學術著作，因為尊重這位學者而連帶留意他關切的事物，觀察他批評的現象，以期更周全地認識這位國際知名的學者與公共知識分子。

　　為了支持自己的族人，薩依德於1977年擔任巴勒斯坦民族議會獨立議員，致力於巴勒斯坦解放組織（Palestine Liberation Organization）的轉型，改變其國際形象。在座的許多人應該還有印象，當年一般人心目中的巴解組織是國際恐怖組織，領導人阿拉法特（Yasser Arafat, 1929-2004）就是頭上裹著頭巾、腰裡別著手槍的恐怖分子。但在薩依德與其他有識之士的努力下，巴解組織運用西方主流價值，如返鄉權等基本人權，作為訴求而成功轉型，阿拉法特甚至得以到聯合國發表演講。後來因為阿拉法特濫用親信、內部貪腐，薩依德對此不假辭色，大肆批評，雙方公開決裂，阿拉法特甚至還禁他的書。1991年薩依德罹患白血病（leukemia），辭去獨立議員之職。先前以色列政府不准他返回故鄉，直到他辭去政治職務的次年，才允許他帶著妻子兒女回到闊別四十五年的巴勒斯坦。

　　1999年適逢德國文豪歌德（Johann Wolfgang von Goethe, 1749-1832）誕辰250週年。薩依德與猶太裔鋼琴家暨指揮家巴倫波因（Daniel Barenboim）成立東西合集工作坊（the West-Eastern Divan Workshop，名字出自歌德的《東西合集》詩集，後來成為東西合集管絃樂團〔the West-Eastern Divan Orchestra，簡稱WEDO〕），希望透過音樂來促進中東和平。兩人一為巴勒斯坦裔，一為猶太裔，都熱愛音樂，具有國際觀，關心中東和平，所以結為好友知音。

這個工作坊邀集了阿拉伯和以色列的年輕音樂家，由巴倫波因帶領演奏，薩依德帶領討論。開始時，華裔大提琴家馬友友也加入，透過音樂讓原先不相往來，甚至勢不兩立的雙方共聚一堂，相互合作，促進彼此了解。比方說，阿拉伯音樂家向以色列音樂家說，你不是阿拉伯人，無法了解和演奏我們阿拉伯的音樂。薩依德就問：那為什麼你就可以了解和演奏貝多芬的音樂？因此這個工作坊不僅著眼於音樂技巧的提升與合作，也重視觀念的溝通與雙方的了解和尊重，經過磨合、互動、了解而產生默契，最終能在巴倫波因的指揮下，合奏出美妙的音樂，並把這個寶貴的經驗帶回各自的國家與地區，甚至透過國際巡迴演出與多國人士分享。

這個管絃樂團是薩依德晚年最重要也最重視的志業，在他過世後由遺孀Mariam Cortas Said繼續推動。德國導演斯馬契尼（Paul Smaczny）曾將樂團的發展過程拍成紀錄片《知識是開始》（*Knowledge Is the Beginning*, 2005，臺灣上映時的片名《薩依德的和平狂想曲》似乎太「狂想」了一些），記錄從1999年樂團成立，2003年薩依德病逝，一路到2005年樂團於巴勒斯坦首府拉瑪拉（Ramallah）演出。這部紀錄片榮獲多種獎項，包括2006年的艾美獎。而該樂團由於致力於傳播和平訊息的特色，於2009年被享譽國際的英國《留聲機》（*Gramophone*）雜誌評選為全球最具啟發性的樂團之一。

人生分期、學術分期與作品分類

回顧薩依德的一生，我個人有意劃分為五個階段：青少年期（1935-1952）、學院期（1953-1967）、政治期（1968-1990）、回歸期（1991-1998）、和平期（1999-2003）。第一階段青少年期到高中左右，然後是到美國念書與教書的學院期，於六日戰爭後參與政治的政治期，因為身罹惡疾以及理念不合而離開政治的回歸期，最後投入以音樂來促進和平的和平期。其實任何歸納或分期都難以截然劃分，而他的政治與人道關懷也貫穿了不同時期，令人油生「抽刀斷水水更流」之嘆，但為了強調不同時期的特色，有時卻又不得不勉強為之。

除了以上的人生分期之外，還有學術分期。薩依德自1966年出版第一本專書《康拉德與自傳小說》（*Joseph Conrad and the Fiction of Auto-biography*）以來，便持續在學界發揮影響，並未隨著他的過世而止息。1997年我初次與他進行訪談時，便請他爲自己的學術生涯分期。他表示如果要分期的話，第一期是對文學生產的存在問題的興趣（an interest in existential problems of literary production），呈現於早期的著作，尤其是博士論文改寫而成的《康拉德與自傳小說》。第二期是理論期，尤其以樹立他在美國學術地位的《開始：意圖與方法》（*Beginnings: Intention and Method*, 1975）爲代表，形塑了整個計畫的問題。第三期是政治期，作品包括了《東方主義》、《巴勒斯坦問題》（*The Question of Palestine*, 1979）、《採訪伊斯蘭：媒體與專家如何決定我們觀看世界其他地方的方式》（又譯《遮蔽的伊斯蘭》，*Covering Islam: How the Media and the Experts Determine How We See the Rest of the World*, 1981），這些一方面是學術著作，另一方面也加入了他的政治關懷，是爲他的「中東研究三部曲」，因爲都與中東和巴勒斯坦有關。最後一期，也就是訪談當時，更常回到美學。他提到自己正在寫回憶錄（即《鄉關何處：薩依德回憶錄》〔*Out of Place: A Memoir*, 1999〕），也在寫一本書討論音樂家與文學家的晚期風格（即伍德〔Michael Wood〕根據他的遺稿編輯而成的《論晚期風格：反常合道的音樂與文學》（*On Late Style: Music and Literature Against the Grain*, 2006），甚至還有一本關於歌劇的書，也定期爲報章雜誌撰寫時事評論。[1]

　　如果以上薩依德的人生分期與學術分期都不太明確，難以截然劃分，我們可以從較爲明確的作品分類來切入。我曾把他的所有專書依照年代順序列出，並撰寫提要，以便華文世界的讀者能迅速掌握他的學思歷程與作品大要。[2]此處則依薩依德的作品內容分爲五類——文學與文化（九

---

[1] 參閱〈知識分子論：薩依德訪談錄〉，收錄於單德興，《薩依德在台灣》（臺北：允晨文化，2011），頁249-50。

[2] 參閱〈薩依德專書書目提要〉，《薩依德在台灣》，頁464-76。

本），中東與巴勒斯坦（七本）、音樂（三本）、訪談與對話（六本）、
回憶錄（一本），並條列簡述如下。

一、文學與文化

1966《康拉德與自傳小說》
1975《開始：意圖與方法》
1978《東方主義》
1983《世界・文本・批評家》（*The World, the Text, and the Critic*）
1993《文化與帝國主義》（*Culture and Imperialism*）
1994《知識分子論》
2000《流亡的省思及其他》（*Reflections on Exile and Other Essays*）
2003《佛洛伊德與非歐裔》（*Freud and the Non-European*）
2004《人文主義與民主批評》（*Humanism and Democratic Criticism*）

在薩依德的五類作品中，有關文學與文化的著作不僅數量最多，而且
是他的主要學術論述，從剛出道的康拉德研究，到身後出版的兩本書，都
是扎實的著作。康拉德既是他的初始之作，也是畢生的興趣。《開始》是
他最理論性的作品，奠定了他在美國學界的地位。《東方主義》探討西方
世界如何透過文學、歷史、人類學等建構其東方想像與論述，以及其中涉
及的知識、權力與宰制的關係，但論述範圍侷限於中東。《文化與帝國主
義》為《東方主義》的續篇，強化前書所未觸及的地理（geography）與
反抗（resistance）等面向。《世界・文本・批評家》與《流亡的省思及
其他》是他多年來為不同場合所撰寫的論文合集，議題廣泛，顯現了他的
博學與精深。《知識分子論》與《人文主義與民主批評》原先分別為他在
英國廣播公司（BBC）以及美國哥倫比亞大學的系列演講。《佛洛伊德
與非歐裔》為他在英國倫敦佛洛伊德博物館（The Freud Museum）的講
稿與猶太裔學者羅絲（Jacqueline Rose）的回應，三本書的內容一如標題
所示。

二、中東與巴勒斯坦

1979《巴勒斯坦問題》

1981《採訪伊斯蘭》

1986《最後的天空之後：巴勒斯坦眾生相》（*After the Last Sky: Palestinian Lives*）

1994《流離失所的政治：巴勒斯坦自決的奮鬥，一九六九～一九九四》（*The Politics of Dispossession: The Struggle for Palestinian Self-Determination, 1969-1994*）

1995《和平及其不滿：中東和平進程中的巴勒斯坦》（*Peace and Its Discontents: Essays on Palestine in the Middle East Peace Process*）

2000《和平進程之結束：奧斯陸之後》（*The End of the Peace Process: Oslo and After*）

2004《從奧斯陸到伊拉克以及路線圖》（*From Oslo to Iraq and the Road Map*）

　　薩依德念茲在茲於中東與巴勒斯坦，由於他的積極投入，勇於發聲，儼然成為在西方的代言人，只要那個地區發生重大事件，媒體往往都會請他評論，而他除了對當地的局勢加以分析之外，也往往對美國的中東外交政策之偽善與雙重標準大加批評。《東方主義》為薩依德中東研究三部曲的第一部。第二部為《巴勒斯坦問題》，這是第一本從巴勒斯坦的觀點來討論巴勒斯坦的著作，著重於歷史的呈現，旨在矯正從西方及以色列觀點所呈現的所謂「巴勒斯坦問題」。第三部就是《採訪伊斯蘭》，針對有關中東的特定事件（如伊朗革命、人質危機）的報導，分析西方，尤其是美國的媒體與專家如何呈現伊斯蘭世界，讓我們省思日常生活中暴露於媒體的情境，留意官方（國家政策）、產業（媒體報導）、學術（專家意見）三者之間的共謀關係。

　　各位如果覺得《東方主義》過於艱深，可以先看《採訪伊斯蘭》，因

爲前者是由抽象的理論到具體的文本，後者則從具體的新聞事件到抽象的知識、權力與再現的關係，跟一般人的閱聽經驗與日常生活較爲貼近。另外，我強烈推薦《最後的天空之後》，這是薩依德惟一的文字影像書，收錄了他從瑞士籍人道攝影師摩爾（Jean Mohr）數以千計的巴勒斯坦人照片中，精挑細選出來的一百二十張照片，配上他自己筆下性質歧異、長短不一的文字，有議論、有抒情、有歷史、有敘事、有人物……。全書以圖文並茂的方式呈現了各行各業、不同生命階段的巴勒斯坦眾生相，讓世人得以窺探他們的日常生活及個中甘苦，迥異於一般人自西方主流媒體所得到的印象。薩依德於1947年離開耶路撒冷，撰寫這本書時爲巴勒斯坦民族議會的獨立議員，以色列當局不准他返回故土，流亡在外的他完全不知何時，甚或此生能否返回故土，只得選擇以這種特殊的方式介入。這是他所有著作中我最喜歡的一本書，英文本至少有四個版本，我那篇〈攝影‧敘事‧介入：析論薩依德的《最後的天空之後》〉前後花了大概十年才寫出來，就是因爲太喜歡這本書了，想要好好處理。[3]

　　薩依德撰寫政論多年，循著時事的發展來評論中東的局勢以及美國的外交政策，先後出版了四本政論集，只有《從奧斯陸到伊拉克以及路線圖》出版了簡體字版，其他三本很可能因爲時空的隔閡與市場的考量而沒有中譯本。即使如此，我們依然可以在其中看到他的政治主張（如重視以、巴的歷史與現狀，呼籲雙方和平相處），可與他的學術論述相互參照。

三、音樂

1991《音樂的闡發》（*Musical Elaborations*）

2006《論晚期風格》

2007《音樂的極境》（*Music at the Limits*）

薩依德的音樂造詣很深，不僅有高超的鋼琴演奏技巧，也應邀發表系

3　參閱《薩依德在台灣》，頁179-230。

列學術演講，爲期刊雜誌撰寫樂評，成果便是《音樂的闡發》、《論晚期風格》與《音樂的極境》。他的音樂論述與眾不同，一般人討論音樂往往是從技巧、音樂家、音樂史或音樂理論的角度，他則加入文化批評的面向，出入於音樂、文學、文化、歷史、政治、社會之間，融藝術與他所強調的現世性（worldliness）於一爐。值得一提的是，由於他的文學批評與文化批判的盛名，華文世界愛屋及烏，所以這三本音樂論述都有中譯本問世。

四、訪談與對話

1994《筆與劍：薩依德對話錄》（*The Pen and the Sword: Conversations with David Barsamian*）

2001《權力、政治與文化：薩依德訪談集》（*Power, Politics, and Culture: Interviews with Edward W. Said*）

2002《並行與弔詭：音樂與社會之探索》（*Parallels and Paradoxes: Explorations in Music and Society*）

2003《文化與抵抗：薩依德對話錄》（*Culture and Resistance: Conversations with Edward W. Said*）

2004《薩依德訪談集》（*Interviews with Edward W. Said* [Ed. Amritjit Singh and Bruce G. Johnson]）

2005《薩依德對話錄》（*Conversations with Edward Said* [Ed. Tariq Ali]）

薩依德爲了傳播知識、宣揚理念，多年來經常接受各種訪談與對話，結集出版了六冊。在這些訪談集與對話錄中，最具分量的是《權力、政治與文化》，收錄了自1976至2000年的二十九篇訪談（最早一篇是惟一的書面訪談），其次是《薩依德訪談集》，收錄了自1972至2001年的二十五篇訪談，內容涉及文學、歷史、文化、社會、政治……呈現了受訪者的不同面向、廣泛興趣與多重關懷。前者由我中譯，加上緒論以及我對他的第三次訪談與數篇附錄，在海峽兩岸出版。《薩依德訪談集》收錄了我與他的第一次英文訪談。《並行與弔詭》是他跟巴倫波因有關音樂、社

會、政治、歷史等方面的對談，其中有關音樂的對話是最大特色。至於其他三本則比較偏向於文化、政治與抵抗等議題。

五、回憶錄

1999《鄉關何處：薩依德回憶錄》

這本書是薩依德於1991年得知罹患惡疾之後回顧自己生平之作，透過回憶來為已消失的中東世界留下紀錄，由於集中在青少年階段，所以只能算是前傳。原版書脊是七張他從小到大的照片，顯現了傳主在不同階段的面貌。此書由我的臺大外文所同學，名翻譯家彭淮棟翻譯成中文，在海峽兩岸出版，然而呈現的方式有所不同。正體字版名為《鄉關何處》，著重於身為流亡者（exile）的薩依德於異地懷鄉的心境，四年後的簡體字版回歸譯者原先直譯的書名《格格不入》，著重於流亡在外無法自適的心境，比較符合傳主一貫的自我描述。

其次，原書各章沒有名稱，正體字版增加了章名以及摘要，還「善體人意」地把「重點」以黑體字呈現，簡體字版則未加工，維持了原貌。這些不同的編輯方式涉及不同的市場考量和讀者需求，但我們必須知道其原貌與加工，以免誤認，甚至誤引而不自知。我在與薩依德訪談時，他告訴我有些好友認為那是他最好的一本書。這種說法可能言人人殊，但《鄉關何處》的確是他最富感情的一本書，尤其對於父子、母子之間的關係有深入的剖析，對於殖民者／被殖民者的處境以及殖民教育有仔細的描繪，的確是難得一見的生命書寫（life writing）。各位如果想要認識薩依德，從這本以敘事與抒情手法所書寫的回憶錄入手會更容易。

薩依德不僅學問淵博，通曉多種語文，而且寫得一手漂亮的英文，不像許多當代批評家或理論家的文章那般詰屈聱牙，稱得上是位文體家（stylist），即使你不見得同意他的論點，但光看他的英文就很享受，因此各位如果可能的話，盡量讀他的原文，真正沒辦法時才借助翻譯。薩依德的作品中譯在海峽兩岸頗受青睞，基本上是叫好又叫座的長銷書。剛才提到，他在文學與文化方面的原著有九本，但中譯竟然有十二本，這是因

為分別出現了正體字版與簡體字版。而他的五類作品總計原著二十本，中譯三十三本，可見他在中文世界所受到的重視。《薩依德在台灣》附錄三〈薩依德專書中譯一覽表〉依中譯本的出版順序呈現，包括了在臺灣的得獎紀錄，可供有興趣的人參考。[4]

　　要提醒各位的是，翻譯本非易事，學術翻譯尤其困難，理想的翻譯更是渺不可得。因此我一向敬謹從事翻譯，除了對照原文修訂，也會只看中文修潤，務期兼顧忠實與通順，甚至找專人對照原文校讀，提供意見，儘管如此審慎行事，仍不敢完全打包票。再者，翻譯涉及詮釋，不同的譯者會因為不同的詮釋而有不同的翻譯，有許多地方是仁智互見。因此，建議各位閱讀中譯本，包括我的譯本時，都要抱著謹慎的態度，凡有疑處就覆查原文，引用時更要對照原文，以免因為譯文訛誤而影響到論證。此外，薩依德有些著作同時有正體字版與簡體字版，即使同一位譯者也可能因為不同的出版環境與讀者群而有不同的呈現方式，所以在引用時要參照原文，有所抉擇，必要時可參酌他人譯本之後自譯，以期更符合原意以及自己的行文與議論。

《東方主義》：後殖民論述的奠基文本

　　薩依德最負盛名的著作*Orientalism*簡體字版取名為《東方學》，於1999年5月出版；正體字版取名為《東方主義》，於同年9月出版，晚了四個月。其實我在1998年4月第二次訪談薩依德時，就問過有關這本書的中譯情況，當時他聽說大陸已經譯出了，但一直沒看到書。《東方學》由王宇根獨譯，《東方主義》由王志弘等六人合譯、傅大為等三人校訂，這種合作的情形相當罕見，當時可能有出版時程的考量。

　　中文世界一向講究「必也正名乎」，因此我們就從*Orientalism*的中譯名談起。我大學時看討論翻譯的書，裡面提到切忌刻板反應（stock response），例子之一就是「凡"-ism"必『主義』」。記得我大二上余光中

---

[4] 參閱《薩依德在台灣》，頁478-85。

老師的課，他講到有一次出翻譯考題，就有學生把Buddhism（佛教）譯為「布達主義」，引為笑談。但是Orientalism究竟是主義？研究論述？知識系統？心態？還是意識型態？薩依德在書中提到了此詞兼具三種意涵，彼此之間密切相關：一為學術研究，一為本體論與知識論之區隔東方與西方的方式，一為西方宰制東方的方式：

……我所說的東方主義，其實是指好幾樣事物，而且在我看來，這些事物之間是相互依賴的。最為大家所接受的這個東方主義的頭銜，是學術界所使用，誠然這個標籤仍廣為許多學術機構所採用。（"...by Orientalism I mean several things, all of them, in my opinion, interdependent. The most readily accepted designation for Orientalism is an academic one, and indeed the label still serves in a number of academic institutions."[2/3]）

東方主義是一種思想的風格，它是基於一個對「東方」與「西方」二者之間作本體論與知識論的區隔的思想風格。（"Orientalism is a style of thought based upon an ontological and epistemological distinction made between 'the Orient' and 'the Occident.'" [2/3]）

東方主義便是為了支配、再結構並施加權威於東方之上的一種西方形式。（"Orientalism as a Western style for dominating, reconstructing and having authority over the Orient." [3/4]）[5]

王宇根在他的中譯本特地加注說明此詞在中國學界「習慣上譯為『東

[5] 為了方便查考，本文引用正體字版，並參酌簡體字版，必要時稍加修訂。引文之後的兩個頁碼分指原版與正體字版。有關此書的四個中譯（兩本全譯與兩本節譯）及其商榷，參閱筆者〈理論之旅行／翻譯：以中文再現Edward W. Said——以*Orientalism*的四種中譯為例〉，收錄於單德興，《翻譯與脈絡》（臺北：書林，2009），頁269-307。

方主義』」，但原字具有「三個方面的涵義（一種學術研究學科、一種思維方式、一種權力話語方式）」，他則將之通譯為「東方學」，並「請讀者注意對上述三種涵義加以分辨。」[6]其他還有人譯為「東方論」、「東方論述」、「東方研究」，不一而足。對照薩依德本人提到的三種意涵，顯見王宇根的詮釋與堅持，甚至「明知故犯」，留給讀者自己去分辨。有趣的是，簡體字版的封底簡介用的還是「東方主義」，顯然出版社在說明時依然「從眾」，對於「東方學」一詞表示了一定程度的保留。

　　至於正體字版的書名使用「東方主義」的原因為何，初版中未見說明。傅大為在2000年修訂版的〈校定再記〉中，為了回應筆者與其他學者的討論，則稍加說明，並且指出「我覺得將書名譯成『東方學』是很不恰當的。但是在字裡行間之中，有時將之譯成『東方學學者』，倒是好的。」[7]至於我個人在翻譯書名時也是採用「東方主義」，這是身為譯者的我的怠惰，還是刻板反應嗎？其實這個選擇是深思熟慮的結果。我在《翻譯與脈絡》中強調翻譯時「雙重脈絡化」（dual contextualization）的意義與重要，簡言之，翻譯時除了要考量譯出語（source language）的文本及其脈絡，也要考量譯入語（target language）的文本及其脈絡。[8]而出生於臺灣的我們這一代，與此相關的歷史及知識脈絡就是「三民主義」。

　　在座的同學生長於解嚴時代，考大學時已經不必考三民主義了。在座的許多老師，包括我在內，大專聯考總分六百分，三民主義是共同科目之一，跟國文、英文、數學（社會組加上歷史、地理）一樣各占一百分。我來自南投鄉下學校，數理不如人，只能考社會組，靠死背來拿分數，三民主義的教科書更是畫了又畫，背了又背。《三民主義》開宗明義第一句就是：「主義就是一種思想、一種信仰，和一種力量。」坦白說，這一句並不是很好的中文。但是回到剛才提到的譯入語或在地的（local）脈絡，

世界思潮經典導讀

---

6 王宇根譯，《東方學》（北京：三聯書店，1999），頁3注。

7 傅大為，〈校定再記〉，《東方主義》修訂版（臺北：立緒文化，2000），頁20。

8 有關「雙重脈絡化」的論點，參閱筆者，《翻譯與脈絡》，尤其頁1-7。

在當時主流的意識型態與話語中，主義（ism）既是思想，又是信仰，也是力量，是一而三、三而一的，有如「三位一體」。思想涉及哲學、思維方式、學術、知識論、本體論，信仰涉及權威與宰制，力量涉及權力與掌控，三者之間「是相互依賴的」。因此我把Orientalism翻成「東方主義」是根據這個脈絡下的考量，顯示的是譯者的用心，而不是惰性。由此可見譯名之難，有如百年前嚴復所說的「一名之立，旬日踟躕」，其中涉及對原文的理解、詮釋以及表達、再現，原文的涵義愈是繁複，翻譯也就愈困難。這就是爲什麼今天在介紹這本書之前，先花了不少時間來說明薩依德的生平、背景、學思歷程，因爲任何書或學問都不是憑空而生，了解來龍去脈更有利於掌握。

因此，我難以接受一本譯書沒有前言、後語，有時甚至連譯者的名字都不見了，就只是光禿禿或赤裸裸的譯文，沒有任何交代，我戲稱爲「裸譯」。職位的「裸退」是乾淨俐落，值得肯定；文本的「裸譯」是有虧職守，不足爲訓。照說譯者翻譯一本書一定有他的理由，而翻譯過程有其甘苦，想必有一些感想值得與讀者分享。出版社決定在某時某地譯介某本書也有理由，編輯在選書、看稿、校對時也會有一定的看法或感受，這些都該記錄下來，作爲文本迻譯時的紀錄，即使是暢銷書，或者說尤其是暢銷書，更該說明爲何此時此地會出現此譯本。比方說，像薩依德這樣的重量級學者，爲什麼他於1978年出版的《東方主義》，會於1999年在臺灣出版？爲什麼會有那麼多的譯者與校訂者？譯者、校訂者、編輯、出版者（甚至與原作者、原出版社、經紀人、版權代理商）之間如何互動？成品爲何以此面貌出現？這些都是知識移轉過程中的紀錄，甚至史料。正體字版的初版與修訂版都有三位校訂者的導讀與說明，不僅協助讀者了解，也爲研究者提供了材料，成爲此書在華文世界接受史（reception history）的重要資訊。至於簡體字版除了偶爾出現的譯注，譯者基本上是隱藏在譯本之後，以致讀者只知其然，而不知其所以然。

這種東方／西方的關係也見於原書的封面設計，採用的是十九世紀法國古典學院畫家傑洛姆的《弄蛇人》（Jean-Léon Gérôme, *The Snake*

Charmer, 1870），大廳四壁鑲著深淺藍花瓷磚，上面繪著阿拉伯式的圖案，後側一群僕從、士兵靠牆席地而坐，當中是一位佩著彎刀、留著長鬍子的大人物斜倚在躺椅上，右側是一個年邁的吹笛人，最吸引目光的就是畫面中間站在地毯上那個身上纏繞著長蛇的裸體童子，顯然是畫中眾人凝視的對象。《東方主義》選用這幅富有東方色彩與性暗示的畫作爲封面，顯然是爲了配合全書主題，暗示東方是在西方的慾望、凝視、監看、管制、操控之下。

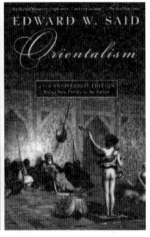

圖6-1　傑洛姆的《弄蛇人》與《東方主義》的封面設計。

　　《東方主義》分爲四部分，除了〈緒論〉（*Introduction*）之外，全書分爲三章，每章各四節：〈緒論〉綜述全書，設定議題，釐清觀念，以利讀者進入狀況，是全書的精華，值得一讀再讀，仔細理解與體會。接著是第一章〈東方主義的範圍〉（*The Scope of Orientalism*），第二章〈東方主義的結構與重構〉（*Orientalist Structures and Restructures*）、第三章〈當代的東方主義〉（*Orientalism Now*）。薩依德本人對全書有如下的整段說明：

　　這本書區分成三大章與十二個較小的分節單元，便是希望盡可能地詳盡解說。在第一章〈東方主義的範圍〉中，我畫了一個大圈

圈以便將這個主題的所有面向都包含進去，不管是從歷史時間與經驗來看，或是以哲學與政治主題爲考量。在第二章〈東方主義的結構與重構〉中，我嘗試以一種較廣泛的編年，描述近代東方主義之發展，並且也將一些重要的詩人、藝術家以及學者的作品中，一些共同的手法揭露出來，用來追溯東方主義的軌跡。在第三章〈當代的東方主義〉中，接著先前結束的部分，大約自1870年開始分析。那時期開始有大規模向東方的殖民與擴張，並且一直累積至第二次世界大戰。在此章的最後節次中，將強調出英法霸權轉移到美國的情形，最後，我打算勾勒出當今美國東方主義的知識與社會現實。（25/33-34）

換言之，全書的討論方式由廣泛到具體，由古代、近代到當代（尤其是由英法帝國主義與文化霸權到當今的美國帝國主義與文化霸權），既有理論的分析、歷史的說明，也落實於特定文本的解讀，甚至引進地緣政治、國際關係與時事。此書出版後大爲轟動，許多學門的學者紛紛回應，肯定者眾多，質疑者也不少。於是薩依德寫了〈東方主義之再思〉（*Orientalism Reconsidered*）進行自我反思，對別人的意見加以回應或反駁，並爲2003年出版的《東方主義》二十五週年版撰寫新序，爲四分之一世紀前出版的經典之作再加說明，值得追蹤閱讀。[9]

先前說過，在《東方主義》之後，薩依德緊接著探討巴勒斯坦的歷史與現狀，寫出了《巴勒斯坦問題》，並進一步探討西方主流媒體與專家如何再現伊斯蘭世界，是爲《探訪伊斯蘭》。英文書名*Covering Islam*中的"covering"爲雙關語，兼具「報導」與「遮蔽」之意，表示媒體與專家在

---

[9] "*Orientalism Reconsidered*"原刊於*Critical Critique* 1 (1985): 89-107，經薩依德授權，由林明澤中譯，名爲〈東方論再思〉，刊登於《中外文學》24卷6期（1995年11月）的「種族／國家與後殖民論述」專輯，頁76-93。2003年的二十五週年版序（"*Preface to the 25th Anniversary Edition*," *Orientalism*, xv-xxx），由閻紀宇中譯，名爲〈後九一一的省思：爲《東方主義》二十五週年版作〉，收錄於《東方主義》修訂版（臺北：立緒文化，2000），頁1-16。

報導伊斯蘭時，也遮蔽了相關的真相。此外，這三本書中的前後兩本在理論方面很受傅柯（Michel Foucault）知識與權力的關係之啟發。由薩依德的理論架構、學思歷程與書寫脈絡更能看出為什麼這三本書會被視為「三部曲」了。

　　值得注意的是，這些論述以學術介入政治與社會，既有學術性，也有現世性，啟發我們以另類觀點來看待一些習以為常的現象，包括自身日常生活情境中的一些事物，認知其中自我／他者、強勢／弱勢之間的權力關係，知識、權力與再現的共謀現象，介入與翻轉的可能性等。以中東局勢為例，以往國際社會與新聞報導對巴勒斯坦抱持著極為負面的態度，幾乎一面倒地支持以色列，然而近年來頗為改觀。其中的因素當然很多，但我個人認為薩依德的研究著作、學術演講、報章雜誌的政論、電臺與電視的訪問，甚至參與美國國會的聽證以及聯合國的諮詢等，發揮了一定程度的啟蒙與引導作用。因此，不要覺得人文學門的學者無法像科學家般在科技方面研發創新，或像社會學門的學者般參與政策的擬定與推動等，其實牽涉到人的事情，很多是難有立竿見影的效果，尤其觀念的萌芽與發展都需要時間來醞釀累積、潛移默化，等到主客觀條件成熟後自然水到渠成。切勿看輕自己身為人文學者或今日作為學生的角色，因為觀念的啟蒙與影響是不容忽視的，而薩依德正是你我的範例。

　　該書〈緒論〉中提出了西方由來已久的東西二元對立（binary opposition）。在這種思維下，西方（主要是歐洲）與東方（此書以中東為代表）處於對立的態勢：

西方／東方
理性／非理性
崇高／卑劣（沉淪）
成熟／幼稚
文明／野蠻
啟蒙／蒙昧

強健／虛弱

陽剛／陰柔

「正常」／「歧異」（40/55）

　　在建立起這種二元對立的思維與論述之後，先進的西方便「順理成章」、「理所當然」地能對落後的東方遂行「文明化的任務」（"civilizing mission"），施以教化，使其脫離野蠻進入文明，以致歷史上有多少的侵略、占領、統治、宰制、操控、圍堵……都假文明、教化之名而行？薩依德的《東方主義》就是要揭露、挑明、顛覆這種二元對立的知識系統與權力關係，透過文本解析與論證來指摘其謬誤。因此，此書一出不僅對西方知識系統構成巨大挑戰，對西方論述所建構的東方提出批判與反駁，也為東方及其他弱勢者提供了有力的借鑑、反思的契機、對反的論述（counter-discourse），以及反擊的策略。

　　先前談到觀念，有些觀念與用語大家習而不察，視為當然，遭到蒙蔽而不自知。就「東方」這個觀念而言，日常用語中常出現「近東」（Near East）、「中東」（Middle East）、「遠東」（Far East）等字眼，也常用「遠東」來指涉臺灣、日本、韓國等地，但一般人可曾想過這些用語中的「近」、「中」、「遠」是從何而來？其實，這些都是歐洲中心論（Eurocentrism）的用語，以歐洲為中心，距離歐洲較近的是「近東」，其次是「中東」，最遠的是「遠東」，彼此的界線有些模糊，其實正式的地理術語應該是「西亞」、「南亞」、「中亞」、「東亞」、「東北亞」、「東南亞」。因此，單單這些習以為常的用語就已涉及「誰在發言？誰在描述？誰在定義？誰被定義與指涉？彼此之間的（權力）關係如何？」諸如此類的問題，值得我們警覺與思索，不要陷入圈套，人云亦云。

　　又如經線的劃分以經過英國格林尼治皇家天文臺（Royal Greenwich Observatory〔「格林『威』治」為誤譯〕）的經線作為本初子午線（Prime Meridian，即0度經線），當成東經與西經的起點，許多遊客特地到此跨立在這條經線的兩側，以示同時腳跨東半球與西半球。在更標

準的原子鐘發明之前，全世界的時間也以這裡為準，是為格林尼治標準時間（Greenwich Mean Time）。其實經度與時間的設定是人為、武斷的，以英國倫敦格林尼治為準是因為大英帝國的緣故。我曾數度站在此天文臺的小丘往北望，由近而遠依序映入眼簾的是女王皇宮（The Queen's House）、國立海事博物館（National Maritime Museum）、舊皇家海軍學院（Old Royal Naval College）、泰晤士河（The River Thames）、倫敦市區的商業中心，讓經薩依德啟蒙的我，深深感受到科學、知識、皇權、軍事、海運、商業、文化等密切結合，造就了大英帝國的歷史偉業，直到第二次世界大戰之後才為美國所取代。然而，「百足之蟲，死而不僵」，更何況是號稱「日不落國」的國家，因此今天英國在國際上，尤其是文化上，依然扮演著相當重要的角色，英語成為最強勢的通用語（lingua franca）。

　　薩依德自幼接受英國殖民教育，曾受過英籍老師杖責，對於帝國與殖民者的感受更是深切，因此在《知識分子論》〈序言〉一開頭就提到，小時候在阿拉伯世界收聽英國廣播公司來自倫敦的廣播，「甚至現在類似『倫敦今天早晨表示』的用語在中東地區依然很普遍。使用這類說法時總是假定『倫敦』說的是真理。」[10]由此可見殖民主義影響之深遠，也反證出挑戰殖民主義以及歐洲中心論（現在應為歐美中心論）之必要。《東方主義》正是此一取向的扛鼎之作，難怪一問世就廣受矚目，成為後殖民論述的經典之作。這本書揭露了東方主義的由來，以及其中綿綿密密的知識與權力的關係網絡，在自稱為續集的《文化與帝國主義》中則進一步運用薩依德所謂的「對位閱讀」（contrapuntal reading，此法引申自音樂中的對位法〔counterpoint〕），從另類的觀點挖掘出文本中以往隱而未現的意涵。例如以往十九世紀文學研究往往忽略了文本中有關殖民主義的細節，薩依德獨具慧眼地指出像是英國長篇小說中的莊園生活，其實是由帝國在海外殖民的經濟與物質條件所維持的。這種獨特的解讀有如在主旋律

---

[10]單德興，《知識分子論》經典版（臺北：麥田出版，2011），頁40。

之外，同時聽出了另一種不同的旋律。因此，他示範了如何透過文本解讀來進行抗拒，提出有別於西方傳統的讀法，與之相庭抗禮，進而豐富了世人對於經典文學的認知。

結語：知己知彼的知識力量

　　薩依德的成就來自於他能夠知己知彼，一方面接受了西方最好的人文藝術傳統與菁英教育，另一方面又具有中東的生活經驗、歷史背景、文化脈絡、知識條件，對於東西雙方都能入乎其內又出乎其外，自由自在地遊走於兩個知識體系之間，所以能夠成功挑戰西方文化霸權，引領思潮。否則，若只知己而不知彼，按照《孫子兵法》的說法，可維持一半的勝算，但在面對強大的知識體系時，勝算相對更小。更何況在全球化的時代，知識界若不知彼，處於「敵暗我明」的情況下，恐怕會被時代巨輪拋到腦後。這一切的一切都要以知識為基礎，尤其是來自經典的知識結晶與智慧傳承。至於身為雙語知識分子的我們，在日漸緊密的地球村時代，更有責任以遠大的視野、開闊的胸襟與努力的實踐，來促進異文化之間的接觸、交流、了解與尊重，以尋求多贏的局面，切忌心胸狹隘，目光如豆，故步自封。

　　對我個人而言，閱讀《東方主義》以及相關作品，讓我留意其典範轉移的效應，警覺知識與權力的勾連，強調知己知彼的重要，重視位於東西之間的雙重意識與視角，運用對位閱讀以期建立有別於歐美主流的另類文學解讀與知識體系（至少不要臣服於單一的文化霸權），肯定文學與文化深入人心的功能與淑世的作用。而從事薩依德研究、翻譯、訪談與教學，更開拓了我的知識領域，成為華文世界的薩依德研究者與推廣者。他的一些理論與觀察引發我去反思自己的發言位置，珍惜自身的語言、文學、文化與知識體系，善用臺灣利基與國際學界對話，這點尤其見於臺灣二十多年來的華美／亞美文學研究與發展。

　　薩依德對於帝國主義與殖民主義的批判，對於流亡者情境的深入剖析與現身說法，對於人文主義與人道主義的堅持，為弱勢者仗義執言，身為

知識分子的典範，在在引人深思，令人景仰。在學術的走向上，出身比較文學的他示範了如何以堅實的文學與文化基礎，深入了解其他的文學與文化，促進知識的傳播與交流。他不故弄玄虛，也不以理論家自居，以精準流暢的文筆抒發見解，分享看法，發揮巨大影響。

因此，今天我很榮幸能參加我國高等教育重鎮的臺灣師範大學文學院舉辦的世界思潮經典導讀系列演講，以當代的知名學者暨公共知識分子薩依德與他的經典之作《東方主義》為主題，和貴校師生分享個人多年閱讀、翻譯與研究薩依德的些許心得，希望多少達到讀書、知人、論世的作用。此系列的其他講者也都是該領域的專家學者，相信各位在參與這項閱讀七十部古今中外人文經典的系列活動之後，必能擴大視野，開拓胸襟，厚植知己知彼的知識力量，做一位具有獨立思想與解析能力的當代公民，進而貢獻於我國的人文傳統。

延伸書目

《鄉關何處：薩依德回憶錄》，薩依德著、彭淮棟譯（臺北：立緒文化，2000）。

《知識分子論》，薩依德著、單德興譯，經典版（臺北：麥田，2011）。

《薩依德的流亡者之書：最後一片天空消失之後的巴勒斯坦》，薩依德著、梁永安譯、摩爾（Jean Mohr）攝影（臺北：立緒文化，2010）。

《薩依德在台灣》，單德興著（臺北：允晨文化，2011）。

《權力、政治與文化：薩依德訪談錄》，薩依德著、薇思瓦納珊（Gauri Viswanathan）編、單德興譯（臺北：麥田出版，2005）。

柒

《第三種黑猩猩》——
人與自然的連續與斷裂

王道還

臺灣大學共教中心兼任助理教授

前言

　　《第三種黑猩猩》是1992年出版的書，中譯本在2000年出版。當初是我跟出版社提議，請他們買版權、我來翻譯，所以這本書是由我介紹到臺灣來的。我很榮幸成為本書的譯者，有機會跟大家介紹這麼一本好書。它出版後很快成為世界級的暢銷書，翻譯成許多國的文字，現在仍然是長銷書。換言之，它仍然有市場需求，而且它的內容還沒有變得過時。一本二十多年前出版的書，現在還有銷路，仍受歡迎，是了不起的成就，特別是跟科學有關係的書。

　　我先說明一下臺灣中譯本的書名《第三種猩猩》。請大家留意，本書的英文書名，不是「猩猩」，而是chimpanzee。我要利用這個機會，順便提醒各位，有一些基本的、重要的科學術語，甚至日常用語，到現在都還沒有統一的、適當的中文翻譯，連英漢字典、大學教授的著作使用的譯名都未必恰當，這是嚴重的問題。因為知識的流通需要一致的詞語。教育的核心其實只有一個，就是語言。任何一個領域，入門第一件事就是學習相關詞彙，以及使用那些詞彙的範例，以表達那個領域的思考方式與重要發現。甚至還要背誦一些「成語」，以表達那一領域的經典見解。我最後會就這一點來發揮。

　　言歸正傳，在現代中文裡，「猩猩」是一個普通名詞，對應英文

123

ape。世界上有好幾種不同的猩猩。"chimpanzee"則是專有名詞，指特定的猩猩。這本書的英文書名*The Third Chimpanzee*，出自作者的特殊用意。"Chimpanzee"的流行譯名是「黑猩猩」，不是我發明的。重要的是每一種猩猩都應該用一個不同的名字，在討論相關問題的時候，大家才知道談的是什麼，討論才能深入。本書書名的正確中譯應該是「第三種黑猩猩」，我當初就這麼翻譯，可是出版社認為書名不能過長，堅持簡化書名，把「黑」刪掉。我這個譯本，中國大陸出版了兩次，第二次由上海譯文出版社出版，他們倒是尊重我的意思，使用《第三種黑猩猩》。

《第三種黑猩猩》是一本人類學好書，我強調這一點，是因為本書作者戴蒙（Jared Diamond, 1937-）不是人類學家。這樣說其實頗有遺憾：為什麼我們人類學家寫不出這樣的好書？這是外行人寫的內行書，作者展現了許多"insights"。這個英文單字也不容易翻譯，不過你可以從它的組合揣摩它的意思。這個單字由兩個單字組成：in + sight，字面的意思是「從內部才能看到的東西」（比較好的翻譯是「妙悟」）。可是戴蒙卻是外行人，換句話說，他不是透過專業訓練養成的內行眼光。這可不容易，這是需要天賦的。

一、作者

本書出版於1992年，當年戴蒙才五十五歲，現在他已退休。我要跟各位好好介紹戴蒙，因為他是非常罕見的學者——他有兩個不同的專長。現在大學教授都是博士，其實是「狹隘的專家」，而戴蒙有兩個不同的專長。現在是二十一世紀，這種人基本上已經不存在了。戴蒙是美國波士頓人，因此他大學讀哈佛，理所當然，然後他到英國留學，1961年在劍橋大學獲得生理學博士。他的博士論文研究的是胰臟的功能，他憑這個生理學博士學位，在美國加州大學洛杉磯校區（UCLA）醫學院找到了教職。在醫學院裡他有自己的實驗室，研究消化系統。

戴蒙的第二個專長是鳥類生態學，這就不一樣了，更難得的是，1979年他因此當選了美國國家科學院院士。他研究鳥類生態學的田野基

地是紐幾內亞，然後擴展到南太平洋大洋洲諸島，因此他成為那裡許多政府的保育顧問。到了1980年代，也就是戴蒙當選美國國家科學院院士以後，他又有了一個新的身分——科學作家，他開始寫專欄。事實上《第三種黑猩猩》的主要內容，許多都在他的專欄發表過，藉專欄整理自己的思緒是非常好的寫作策略。

也許有人會好奇，一個哈佛大學畢業的美國人怎麼會到英國留學，這個問題可以從兩個方面回答。首先，戴蒙是移民之子，他的父母親來自東歐，接受第一流的教育是實現美國夢的王道。其次，戴蒙是在1950年代末到英國留學的，美國成為世界學術的霸主是第二次世界大戰之後逐漸成形的現實。在二次大戰之前，對學術有興趣或者有抱負的美國人，到歐洲留學（「壯遊」）是重要的洗禮，這個趨勢到1960年代才明顯逆轉。

有趣的是，戴蒙完成博士論文之後，跑到紐幾內亞調查鳥類，他說那是因為上哈佛的時候對鳥類學發生了興趣。上大學可以影響一生，戴蒙是個活見證。更重要的是，他是到紐幾內亞做田野調查的，紐幾內亞是世界第二大島，面積超過臺灣的二十倍，是一個很獨特的地方。讀過《第三種黑猩猩》的人，一定知道紐幾內亞獨特之處在哪裡。紐幾內亞有非常豐富的人類學現象，就密度而言，紐幾內亞是人類語言（或族群）密度最高的地方。在島上，橫越一公里的距離，很可能就會碰到三、五個說不同語言的族群。二十世紀1960年代初，戴蒙到紐幾內亞調查鳥類，從此三不五時就回紐幾內亞、大洋洲諸島。他最重要的鳥類生態學研究全都是在那裡做的。紐幾內亞的原住民有兩大類，比較早的跟澳洲土著同源，皮膚黑；比較晚登陸的是南島語族。

從以上的介紹，大家應該可以理解，在我們這個專業化時代，戴蒙是罕見的通才。腸道生理學是實驗室科學，鳥類生態學是田野生物學，這兩種研究使用的方法、需要的技巧，甚至人格特質都不一樣。他的實驗室研究，足以讓他在醫學院當生理學教授；鳥類生態學的研究，又足以讓他當選國家科學院院士。由於他的調查基地是在紐幾內亞，所以他是先接觸到人類學的現象，再開始思考有關的問題，巧的是那些問題都是我們人類學

家念茲在茲的。最後戴蒙超越了人類學，討論人類的大歷史。

二、大歷史

在英語世界，從1990年代初，大歷史變成一個潮流。現在美國幾乎每個大學都開設了大歷史的課，已經超過二十年了。有些大歷史的書已經介紹到國內，但是除了少數幾本，沒有引起特別的注意。

什麼是大歷史？還是先從歷史談起吧，什麼叫作歷史？「歷史」就是變化，因此，永恆的東西沒有歷史。歷史學者研究變化之因果，所謂大歷史，探討的是影響深遠的變化。例如哥倫布發現新大陸，影響太深遠了，對我們東方人而言，我只要舉一個例子就夠了：番薯。番薯可是美洲的原生種。不過「大歷史」的流行題材之一是探討「世界觀」的變化，歐洲現代世界觀的演進，科學扮演了重要的推手，例如哥白尼革命直接衝擊了關於「人在宇宙中的地位」的傳統觀念。十九世紀上半葉，影響力很大的日耳曼自然學者洪堡德（Alexander von Humboldt, 1769-1859）已經開始宣傳這樣的概念。因此談大歷史不是文學院教授的專利，非文學院的教授提出的觀點可能更有意思。

戴蒙是科學作家，《第三種黑猩猩》出版後，他成了暢銷書作家。他意猶未盡，從這本書裡又變出另外三本書，都有中譯本，分別是《槍砲、病菌與鋼鐵》、《大崩壞》，以及《昨日世界》，都是非常好看的故事書。《第三種黑猩猩》在我看來，最有創意的部分是第四部，談人類遍布全球的歷史。第四部有四章（十三至十六章），最後擴張成一本專書《槍砲、病菌與鋼鐵》，1997年出版，在美國得到1998年的普立茲獎。

三、自然史

《第三種黑猩猩》談的是人類自然史，所以我要先介紹自然史（natural history）這個概念。全世界的著名都市都有自然史博物館（Museum of Natural History），歐洲第一個自然史博物館是巴黎的自然史博物館，是法國大革命期間建立的（1793）。這裡我要提出呼籲，不要再使用日

文漢字把Natural History翻譯成「博物學」。要是把Natural History翻譯成博物學，那麼Museum of Natural History怎麼翻譯？更重要的理由是，「自然史」才能傳達natural history的理論意義。（其實臺灣也有一個Museum of Natural History，而且是非常好的博物館，可惜知道的人不多，就是臺北市二二八公園裡的臺灣博物館。那是典型的自然史博物館，1908年開館。）

剛剛說過，history的核心意義就是變化，所以Natural History的意思，顧名思義，就是指自然世界不斷變化：今天的自然是演變而成的，眼前的自然與過去的自然不同。這個概念興起於18世紀，不是在東方，而是西方，因爲那時西方人已發現地球有悠久的歷史，《聖經》年代學不能反映自然的歷史。所謂自然，在當時具體的說，是指地球以及地球上的生物。學者注意到，不只地球有悠久的歷史，地球上的生物世界也有悠久的歷史，所以自然史包括地球史與生命史。

「地球上的生物世界也有悠久的歷史」，是說過去的生物與現在不一樣。西方人怎麼知道的呢？透過地質學研究。地質學自文藝復興時代起開始發展，西方人逐漸覺悟地球表面到處都可以看到的地層，代表地球的歷史：每一地層都是地球歷史的一章。

然後學者發現不同的地層中有不同的生物化石，舉個簡單的例子，大家國中就念過的，以脊椎動物來說，古生代早期的地層裡只有魚類，古生代晚期出現了兩棲類、爬行類；中生代一開始出現了恐龍、哺乳類的祖先；中生代中期恐龍獨霸陸地生態系；哺乳類、鳥類到了新生代才繁盛。這就叫作生命史，化石是生命史的史料。

四、人類自然史＝人類演化史＝人類學

現在我可以介紹人類自然史了。人類自然史的意思是：人是自然的一部分，也是變化中的物事，這是十八世紀興起的概念，也是離經叛道的概念。因爲西方人對於我們人類的認識與理解，最基本的經典是《創世記》。根據《創世記》，人是造物者的作品，可是人擁有造物者的形象，

因此人與造物者創造的其他生物不同：人比其他生物的地位高。因此人不是自然的一部分。

而人類自然史的涵義正相反，我們現代人是演變出來的。過去的人與現代人不一樣，也就是說人的祖先與現代的人不一樣。這麼追根究柢，結論很清楚：人的祖先不是人。人類自然史就是研究人演變的過程，就是我們人類學。人類學的英文anthropology是用希臘文字根造出來的單字，把希臘文字根翻譯成現代英文，就是science of man。一直到1970年代，美國出版的人類學教科書大部分用這個書名，我當年使用的教科書就是這個書名。

人類自然史是研究人類演變過程的學問，又叫作人類演化史，演變過程可以分成三個方面討論：身、心、靈。身體的變化比較好講，我們知道，人類的祖先不是我們現在這個樣子，根據比較解剖學與古人類化石，以長相而言，人類祖先比較像猩猩。心指行為，古人類的行為與現在也不一樣。靈是1990年代開始出現的新題目，科學家不再迴避「心靈」（mind）問題，人類學就是研究人類身心靈的變化的學問。總而言之，人類自然史＝人類演化史＝人類學。

讓我們回到「人類自然史」這個詞，它最基本的意思是人是自然的一部分，可是從生物分類學的角度來說，這句話到底是什麼意思？我們知道，現代生物分類學在18世紀誕生。生物分類學之父林奈（Carolus Linnaeus, 1707-1778）是瑞典人，他在18世紀中完成了動物分類學。根據林奈，人是一種靈長類，跟猴子、猩猩同類。（後來學者才發現，猴子跟猩猩是兩種不同的靈長類，猩猩是猩猩、猴子是猴子，不可混為一談。古代中國人「猿」、「猴」不分，現代德文仍然以同一個名詞（Affe）指猿與猴。現代英文裡，ape指猩猩、monkey是猴子。）

一百年之後，也就是1863年，英國動物學者赫胥黎（Thomas Huxley, 1825-1895）以比較解剖學方法證明：猩猩與猴子相似的程度，比不上猩猩與人相似的程度。簡言之，人是一種猩猩，而不是猴子。

再過了整整一百年，到了1960年代末，美國加州大學柏克萊校區的

一群化學家，利用生物化學方法，證明人與黑猩猩來自同一個祖先。這一個結論引起了激烈的辯論，整個1970年代；1980年才塵埃落定，寫入教科書。我在1970年代學人類學，親身經歷了這場辯論。

到了現在，支持這個結論的證據越來越多，包含化石和DNA，已經鐵案如山。這裡不妨向各位介紹一篇「老」論文，是2001年被引用次數最高的論文之一，作者是中央研究院院士李文雄與他的博士後研究員陳豐奇（現在已是大研究員）。他們算出人、黑猩猩、大猩猩、紅毛猩猩的基因組差異：人與黑猩猩是1.24%、人與大猩猩1.62%、人與紅毛猩猩3.08%，非常漂亮的數據。這是2001年發表的研究結果，當時使用的DNA定序機器還是第二代的，現在是第三代，得到的數據更精密，並沒有改變這結論。

人與黑猩猩來自同一個祖先，事實上所有的猩猩來自同一個祖先，但是人與非洲的兩種黑猩猩很晚才分化，直到八百萬到六百萬年前才你走你的陽關道，我走我的獨木橋。因此千萬不要問我：動物園裡面的猩猩最後會不會變成人？剛剛不是說得很清楚嗎，我們與黑猩猩在八百萬到六百萬年前就分別演化了，牠們不會變成我們的。

五、究天人之際

人類自然史是究天人之際的學問。天人之際的意思是老天給你的跟你自己成就的，是兩回事，對於人類自然史，大家最感興趣的是：人怎麼變成萬物之靈的？因為人類的始祖是像黑猩猩一樣的靈長類，在過去六百萬年的演化過程中，古人類充其量不過是大型哺乳類之一而已。這個問題涉及到人與自然的連續與斷裂，人的祖先是一種猩猩，人來自自然，可是最後跟其他動物完全不同。孟子說：「人之所以異於禽獸者，幾希」，這句話講得太棒了！人本來就是禽獸嘛！關鍵在「幾希」。

人怎麼變成萬物之靈的？從人類學角度來說，這個問題是在討論人性的生物學基礎，我們現在已經有很多化石，我們對於古人類過去六百萬年，特別是身體的變化知道得相當清楚。譬如人類的始祖可能跟黑猩猩非

常類似，然後經過好幾重演變，才成為我們現代人。這個過程有非常多的古人類化石可佐證，細節我就不跟各位介紹了。現在學者重建的人類演化系譜，從六百萬年前到現在，其實滿清楚的。

人類自然史的第一部重要著作是達爾文的*The Descent of Man*，1871年出版，將近一百五十年前。這本書的書名意思是「人類的系譜」，重點在人與自然的連續性，或者說人與動物的連續性。達爾文想說服大家，所有的生物都是從先前的生物演化而來的，人也不例外，他舉出了許多證據支持人與其他動物之間有連續性。《第三種黑猩猩》可以視為達爾文那本書的現代版，*The descent of man 2.0*，可是重點不一樣。因為達爾文那個時代的需求，跟我們現代的需求並不一樣。在一個半世紀前，達爾文必須說服大家接受演化論，現在那個需求並不強烈。《第三種黑猩猩》強調的是最近幾萬年的人類大歷史，特別是最近一萬年。例如本書討論了「人什麼時候成為萬物之靈」這個問題。

六、開卷有益的秘訣

寫作這樣的書，作者必須視野宏闊又有學習能力，視野宏闊，才能夠開拓讀者的眼界，可是要是沒有學習能力，就不能利用其他專家的研究成果。人不可能什麼都懂，寫作大歷史勢必要依賴其他專家的研究成果，更重要的是寫作本身，寫作是需要磨練的技巧。閱讀這樣的書，讀者也必須視野宏闊又有學習能力，也就是說必須有長期的大量閱讀的經驗。那也是需要磨練的技巧，並不容易。（不信的話，請試試介紹一本你認為非常好的書，看能不能有條理又有重點。）缺乏這種本領，讀書難免目迷五色，不得要領。你讀到一連串有趣的故事，可是你不知道如何串接那些故事，意義又是什麼。

七、族群不平等

我已介紹過，本書最有趣的部分是第四部，後來作者將它擴充為《槍砲、病菌與鋼鐵》。戴蒙透露，寫作《槍砲、病菌與鋼鐵》是為了答覆

一位紐幾內亞原住民的問題，那位紐幾內亞原住民是黑人，跟澳洲土著同一血緣，不是南島民族。他的問題涉及族群不平等的現實，非常敏感的問題。戴蒙的結論是：非戰之罪；天作孽猶可違。這位紐幾內亞原住民提出的問題是：「為什麼是白人做出那麼多玩意兒運到這裡來？」請問你看出來這句話涉及族群不平等的問題了嗎？千萬不要讓「帝國主義」等詞彙先入為主，先想一想客觀的事實：為什麼是白人發明，製造出那麼多的東西，讓人目迷五色；為什麼其他人種沒搞出什麼名堂？

戴蒙高明的地方，是他把這個問題轉化成「各大洲人文發展的速率不一樣」的學術問題。歐洲、亞洲、非洲、美洲、澳洲之中，澳洲「原住民」的確沒有創造什麼稱得上「文明」的成就，美洲其次。戴蒙的答案分近因跟遠因，近因就是槍炮、病菌與鋼鐵，可是更重要的是遠因（ultimate cause）。簡言之，戴蒙認為各族群的歷史是循著不同的軌跡開展的，關鍵在於生物地理。戴蒙相信所有族群（或人種）的先天稟賦是平等的，世界上沒有劣等族群、劣等民族。表面看來，戴蒙在鼓吹生物地理或是地理決定論，可是這裡面有學問。戴蒙的創見背後，他沒有明說的是，文明誕生有條件的。人不會自然而然地創造文明，人不會自然而然地成為萬物之靈。

八、生物地理

條件是什麼？生物地理──生物的地理分布。這就涉及關於人類的一個重要事實，那就是：人類是地球上惟一遍布全球的物種。這是理解人類大歷史、理解人類的重要線索，可是我們從小上學，一直到大學，沒有人提醒過我們。為什麼？因為我們對這一個事實太熟悉了，它像是空氣、陽光與水，我們不會把它當成問題，我們甚至難以想像一個沒有人的地方。請回想一下小學讀過的《魯賓遜漂流記》（1719），魯賓遜遭遇船難，漂流到一個──聽清楚了！──荒島上！荒島！可是那「荒島」上卻有許多人。其他生物每個物種的地理分布都是有限的，而且大多數非常有限。過去科學家相信海洋中沒有地理阻隔，海洋之間是連通的，因此海洋生物

的分布可能不像陸地生物一樣。因為陸地上有各式各樣的地理障礙，如河流、有高山，可是最新的研究發現海洋生物的分布也是有限的。

這裡我使用的概念是物種（species，生物分類學最基本的單位），有一次有些天才班的小天才聽了我的說法很不服氣，跟我抬槓，舉出蟑螂、老鼠當例子。他們不知道蟑螂、老鼠是普通名詞，分別指涉許多物種。臺灣至少有兩種不同的蟑螂，油亮的大蟑螂是東亞蟑螂，體型小的是德國蟑螂。而老鼠屬於哺乳動物中最成功的齧齒類，種類太多了，十四世紀（元朝末年）將黑死病帶到歐洲散布各地的是玄鼠（*Rattus rattus*），原生地大概是印度。最近巴黎鬧鼠患，是灰褐色的溝鼠（*Rattus norvegicus*，俗名挪威鼠），原生地是華北、蒙古，大約一百五十至兩百年前才由亞洲進入歐洲。此外，蟑螂、老鼠的例子提醒我們一個更重要的事實：使蟑螂、老鼠離開原生地、散布到全球的人類社群中，那是人自己造的孽，細節就不多說了。

九、人類遍布全球

人類是地球上惟一遍布全球的物種，有後果。任何一件事都有後果，這個後果要從地球的兩個特徵來談。在太陽系，地球有兩個特徵是其他行星沒有的，第一、地軸是傾斜的。這是我們小學就學到的，一談到地軸是傾斜的，就會提到嘉義，因為北回歸線通過嘉義。地軸的傾斜角相當大，二十三點五度，不是一度兩度。月球的軸大致是正的，地軸是傾斜的，而且傾斜幅度很大，後果是什麼？各位，這可是小學學的，答案我已經說過了，我提到了嘉義，然後咧？後果是什麼？因此地球上有了四季。月球上沒有四季，因為它的軸是正的。

地球的第二個特徵是：地殼是由活的板塊構成的，因此地球表面的地圖會不斷變化。例如今天的五大洲，在古生代與中生代之際，聚集成一塊「盤古大陸」。今天世界各地的許多山脈、高山是新生代造山運動的產物，例如青藏高原、喜馬拉雅山等。我想強調的是，由於地殼是活的板塊組成的，所以地球表面陸地上的地形地貌在不斷地變化。例如現在中亞氣

候乾燥，有許多沙漠，可是在中生代的時候，中亞有大片的森林、草原，爲什麼？因爲當年沒有喜馬拉雅山脈的阻擋，印度洋的水氣可以長驅直入，喜馬拉雅山脈隆起之後，中亞才開始沙漠化。地球這兩個特徵相加的後果，是地球上每一點都有獨特的氣候，因此每一點的生物相都不一樣。人類在這樣的地球上散布到每個角落，結果是每個社會都生活在不同的物質與生物環境裡。

十、人類大歷史

每個人類社會都生活在不同的物質與生物環境裡，造成了兩個後果。第一是人類的生物多樣性，例如膚色不同的人種。第二就是人文多樣性，不同的社會有不同的語言、文化、政治體制、宗教信仰。這充分展露了人類的特殊本領：以文化來適應環境。但是我們感興趣的問題不只是這一點，而是一個相關的重要事實：只有極少數的人類社群發展出文明。

關於文明，首先我們必須注意的事實是，在人類大歷史中，文明是極爲晚近的人文產物，以出現的頻率而言是極爲罕見的人文產物。讓我們先簡略回顧人類的大歷史，人類的始祖大概六百萬年前出現；人類開始製作石器是在三百三十萬年前。光從這兩條史料，你就產生疑問：人類是注定會變成今天這副模樣的嗎？我們現代智人的直接祖先，根據化石紀錄最晚二十至十五萬年前出現，而舊石器時代晚期直到四萬年前才開始，新石器時代一萬年前開始，有城牆的聚落八千八百年前。什麼叫作有城牆的聚落？因爲當時已有戰爭。文明什麼時候出現的？想想看，人類的舊石器時代光是早期、中期就花了超過三百萬年，然後新石器時代一萬年前開始。從新石器時代進入核子時代、太空時代只花了一萬年。這是文化發展「速率」的問題，是另一個人類學的重要問題。

十一、文明誕生之謎

我們回顧人類大歷史，第一個結論是：文明的誕生並不由腦容量決定，因爲文明太晚出現了，過去三百萬年中，腦量的擴張與技術的進步根

本沒有直接的關係。我認為人的腦子只有在極為特殊的情境中才可能產生智慧，關鍵在文字，只有極少數的社會發明文字、使用文字。我要再次提醒大家，在今天這個民主時代，很多重要的問題大家反而忽略了。假如歷史上絕大多數的人類社會都不使用文字，那就不能說使用文字是人性的正常表現。假如絕大多數的社會都沒有發展出文明，你就必須說，發明文明並不是人類的自然稟賦。

我認為文字與文明同源。

文明的條件是農業創造的，這是考古學上的「新石器時代革命」（Neolithic Revolution）概念，十九世紀馬克思、恩格斯就做過初步討論。農業是關鍵，沒有農業的話，人不會定居；沒有農業的話，人口也不可能增長；人口要是不增長，社會就不會分化。社會生活複雜了之後，才會有發明文字的需求。

戴蒙的創見在於產生農業的必要條件是生物資源。人必須先發現適合馴化的生物，不管是動物還是植物。地球上第一個農業起源區在中東，是有客觀條件的，因為麥子的祖先只分布在中東一帶。五穀裡，小麥的營養最高，米可以煮成飯吃，麥子不能煮來吃，因為麥子含有大量的蛋白質，質地非常堅硬，煮不軟，所以吃麥子很麻煩，要先磨成粉才能進一步變成食物。華北在商代的時候（距今至少兩千五百年前）小麥已經傳入了，可是中國人很晚才知道怎麼把麥子變成麵條吃，因為吃麥子跟吃米，不管是小米還是大米，所需要的技術不一樣。中東出現了人類第一個農業社群，因為麥子的祖先剛好生長在那裡。

生物資源在地球上的分布是不平等的（前面已經解釋過了），所以人文成就不平等。

十二、文字

人類最早的文字出現在兩河流域，今天的伊拉克，五千三百年前。可是那種文字與我們熟悉的文字不同。最早的文字只有一個功能，就是記帳。我舉個例子：張三，牛一狗二豬三；李四，雞一馬二駱駝四；那是記

帳。那種文字沒有文法，不能用來作文。換句話說，文字一開始不是講故事用的，而有實際的用途，還要幾百年，人才發明了有文法的文字，可以作文。

　　對於人類的語言能力，大家都知道說話是天賦，不用學習。一個孩子出生以後，只要在正常的人類環境裡生活，你不必教他，他自然而然就學會說話，這叫天賦，不需要努力就學得會的東西。剛出生的嬰兒丟進游泳池裡，自然而然就會閉氣，這是天性，因為子宮裡面也都是水。可是使用文字不是天性，所以要上學，刻苦的學習。而且文學很晚才出現。我們知道，有文法的文字是五千年才出現的，可是東西文學史的起點都是三千年前。西方是荷馬的史詩，東方是《詩經》，《詩經》最早的篇章大約是西周晚期收集的。

　　我認為文字是創建文明的基礎，因為我受波普（Karl Popper, 1902-1994）的影響，他對文字的看法啟發了我的看法。根據波普，我們心裡（或者腦海裡）的念頭即使是自己想出來的，都沒有辦法reflection。老共把reflection翻譯成反思，我贊成，reflection本意是鏡子裡的影像，引申為客觀的批判即反思。自己心裡的想法，自己不容易做客觀的批判。請想想這句話的意思。換句話說，一個人胡思亂想，通常想不出什麼好東西。波普認為，你必須用文字把心中的想法客觀化，才能夠對它做有效的批判，你要把它寫成白紙黑字。人有抽象思維的能力，所有的人都有，任何一個社會的人都有。但是以抽象思維的能力建立文明與科學，就難了，需要technology。想想看我們改變自然環境的力量是哪裡來的，不是肌肉，而是透過technology。

十三、腦子用的技術

　　腦子利用的technology，英國人類學家古迪（Jack Goody, 1919-2015）發明了一個詞，叫作technology of the intellect。發揮智力也需要技術，要是沒有這種技術，就沒有辦法從事複雜的思考。什麼叫作複雜的思考？複雜的思考有三個特徵：第一個特徵sustained、第二個特徵consistent、第三個特徵systematic。我最喜歡舉的例子就是歐幾里得的幾何學，它有嚴密的邏輯組織，而不只是幾何事實的堆砌。你必須從公設、公理出發，先學會第一個定理才能證明第二個定理，學會第一、第二個定理才能證明第三個定理，學會第一、第二、第三個定理，才能證明第四個定理。這叫作複雜的思考。複雜的思考才能夠發揮抽象思維的力量，創造文明與科學。

我再舉一個最近的例子。我給你兩個年分，從1895年到1945年，請你說出其中最重要的歷史發展。你會想到什麼？千萬不要提《馬關條約》。我期望的答案是：從1895年到1945年＝從X光到原子彈。1895年發現X光，是核子科學的起點，經過一連串的邏輯發展，結果發現釋放核能的技術，產品之一是原子彈。

十四、文字的神話

絕大多數人類社會不使用文字，文明是極少數社會的成就。我們從小就要背「四大文明古國」的歷史事實，幾乎沒有人同時提醒我們：事實上地球上到處都有人，那麼為什麼只有四大古文明呢？而且這四大古文明有三個在地理上有關聯：中東兩河流域、埃及、印度河谷。華北黃河文明反而是個outlier（離群值）。

我認為，文字是最基本的腦力技術，關於這一點，我想從文字的神話談起。說起神話，我們心中自然浮現的是古希臘羅馬神話，相形之下，中國上古史的神話資源很貧乏，讓人覺得中國人是一個沒有神話的民族。古希臘羅馬神話有複雜的情節、複雜的角色、複雜的問題。中國的神話非常單調，通常只有事件、結果，缺乏過程，即使是大家熟悉的愚公移山，都沒有意思。荷馬史詩《伊利亞德》一開篇，就是阿基里斯（Achilles）的憤怒，他的憤怒貫穿了全篇，帶出了眾神之間的鬥爭。

但是，我認為中國關於文字的神話太精彩了，反映中國人對於文字的獨到看法。古人傳說「倉頡作書而天雨粟，鬼夜哭」（《淮南子・卷八・本經訓》），為什麼？因為人類發明了文字，因而掌握了開啟宇宙奧祕的

鑰匙，從此鬼神便無法主宰人事了。有意思吧！小的時候我還經常看見「敬惜字紙」四個字，那涉及中國人對於文字的信仰，中國人認為文字有magic，所以寫了字的紙是不可褻瀆的。過去在鄉下，如果小孩生了急病，又沒有藥，就找寫了字的紙燒了，讓孩子把灰服下。我並不是說這樣做有效，我是說這種行動反映了中國人對於文字的信仰：文字有magic。這是很深刻的觀念。

這種關於文字的信念，其實不是我個人的看法。我認為，流行文化的創作者對於人文世界的認識，有時比大學文學院教授還高明。請回想電影《臥虎藏龍》（2000）在講什麼？那部電影就在講文字的奧祕！不相信回去再看一遍。《臥虎藏龍》電影海報上四位主角的命運都被文字改變了，真正的主角並沒有出現在海報上（這幾乎是歷史研究的關鍵，明顯的事情通常不重要）。《臥虎藏龍》的真正主角是碧眼狐狸，她想報仇，可是武功低微，只好犧牲色相弄來一本武功祕笈。可是很不幸，她不認字，拿到這本武功祕笈只能練圖不練字，所以無法登堂入室，武功沒什麼進境。可是碧眼狐狸的徒弟玉嬌龍出身官宦世家，從小讀書識字，拿到同一本祕笈，練圖又練字，年紀輕輕武功就極為高強。想想看竹林大戰那一場戲，不滿二十歲的妙齡少女居然與正值盛年的江南大俠打成平手。李安真的很高明，把那場戲拍成調情戲。你想想，手上刀來劍往的調情，武功要是不高，辦得到嗎？再舉一例，《為愛朗讀》（*The Reader*, 2008）。這部電影我不用多說了吧？你要是不認字，連最起碼的尊嚴都沒辦法維護，也不受法律的保護。還有《偷書賊》（*The Book Thief*, 2013），講戰亂時代，文字建構的世界是我們心靈惟一的避風港。

結語

絕大多數人類社會缺乏文字，也就是說絕大多數社會缺乏開發腦力的技術，the technology of the intellect。而累積經驗、鍛鍊智慧，需要文字，經驗與智慧加起來，就是學校傳授的知識。

言歸正傳，今天介紹的兩本書，《第三種黑猩猩》，以及從其中擴充

出來的《槍砲、病菌與鋼鐵》，都提醒我們：絕大多數的社會都沒有找到開發腦力的法門，文字；絕大多數的人也沒有找到開發腦力的法門。教育是開發腦力的惟一途徑，請回想我們高中讀的名篇〈傷仲永〉：天才不可恃，還是必須讀書、受教育。許多人都沒有適當利用現成的教育資源，請自問：有沒有好好聽講、好好做筆記、好好利用圖書館？我在1970年代讀大學，那時的圖書館館藏都很貧乏，哪裡像今天！

今天更重要的結論是：文字、文明以及教育，其實放大了社會之間以及個人之間的差異。有許多人頭腦不清楚，相信社會進步、世界大同，最後人人都能過安和樂利的日子。沒有的事。進步只會創造更大的不平等，因為只有極少數人才能夠利用進步的果實。

引用書目

Terrence Deacon, *The symbolic species*, New York: Norton, 1997.

Jack Goody, *The Domestication of the Savage Mind*, Cambridge: Cambridge University Press, 1977.

世界思潮經典導讀

捌
《想像的共同體》的閱讀經驗

吳叡人

中央研究院臺灣史研究所副研究員

　　大家好，我是吳叡人，現在正在中央研究院臺灣史研究所服務。今天很高興有機會跟榮幸能夠來到經典七十的活動，某意義上它是一種我們體制教育的補充，特別是我們臺灣比較缺的博雅人文的基礎教育，所以經典閱讀是形成人格，人的Formation的很重要的過程。關於經典閱讀的方式，我剛剛也跟劉老師聊起，何謂經典？經典為什麼稱之為經典，並不是因為它被國立編譯館，或者是國家用國家權力的方式說「我是教育經典你非讀不可」，經典不斷的被再三閱讀之後，證明它具有成為經典的一種厚度，所以經典有一個很重要的特色，它是經過時間錘鍊之後的東西，這個錘鍊裡面最重要的過程叫作Reading，閱讀的過程。經典是為了閱讀而存在的，經典不是擺在某個地方鑲金而成為經典的，所以經典之所以能夠成為經典，最關鍵是因為它不斷的被閱讀，每一個人一生可能閱讀很多次，然後眾多的人反覆的閱讀數十年數百年，不斷的閱讀的過程當中，證明了這本書在每一次閱讀都可能有新意。我不是說只有這本書是如此，所有的經典都是這樣。所以經典閱讀，其實最重要的觀念就是深度閱讀，深度閱讀又包含了反覆閱讀。今天我們這樣當作一個Lecture的話，其實只是為了要引導大家，或者說給大家分享我個人的閱讀經驗，但是最終，我的閱讀經驗無法取代各位的閱讀經驗，所以我還是要請各位回到經典本身，比較深入的、比較仔細的去閱讀它。我把今天這樣的一個分享，當成是讀者Anderson的粉絲俱樂部聚會的分享。這是一個叫卡爾維諾的小說家的一篇文章，叫〈什麼叫作經典〉，裡面也有提到，你反覆閱讀，每一次閱讀都

有新意。所以我們從這一個角度，我個人來講，從二十幾年前接觸到這本書以來，在開始正式翻譯它之前，已經先讀了很多次，後來因爲教學研究的關係，更是反覆的不斷閱讀。特別是這些年我在教高中生讀這本書，我必須用一個高中生能夠理解的語言來講、來跟大家談，過程當中每一次都有新的收穫，所以我自己個人來講是，覺得這本書作爲當代經典應該是完全無愧。不管怎樣，我今天很高興能夠把這一部，我們稱爲當代經典的書來介紹給大家。

　　我在芝加哥大學讀書的時候，原本不是在做臺灣史方面研究的，而是在做西洋政治思想史，所以我有十年的時間，我都在跟著老教授讀思想史經典。但是閱讀的過程，你說對我們而言的經典是什麼？比方說古希臘的，再下來是什麼？再下來是羅馬時代如西賽羅，再下來有可能是中世紀奧古斯丁，然後再來是文藝復興跟馬基維利、但丁，然後再來啟蒙運動，各種法國或者是德國的什麼運動，各種著作，然後再到十九世紀我們稱爲近代的modern的很多思想家，包括馬克思、托克維爾，一直到當代這樣子。一般我們所認爲的經典是時間的，是距離我們比較久，被錘鍊了很多次之後，終於獲得經典的地位。可是這本書第一版出版在1983年，距離現在也不過三十二年而已，可是稍後它卻變成一個bestseller，學術書賣到那麼好的很少，它總共出了三十一種語言的譯本，在三十三個國家出版，其中中文跟英文各有兩個版本，中文就是臺灣版跟中國大陸版這樣子，賣得非常非常好。不過各位不要誤解，我賺得很少，臺灣翻譯版稅非常低，所以我沒賺到什麼錢，但是我透過翻譯這本書交了很多朋友。我的意思是，就一個比較晚近出現的當代作品來講，這本書有那麼大的影響力，而且不只是賣得好，它在學術上的reception極廣，受到影響的學科幾乎橫跨人文社會諸學科——看起來大概除了搞實驗的心理學沒有興趣以外，其他的政治、社會、哲學、歷史、人類學都受到影響，文學更不要講了，文學幾乎是受影響最深的其中一個學科，而且影響延伸到與文學相關的文化研究和後殖民研究。另外心理學裡面，特別是社會心理學，因爲研究social identity的問題，也就是社會認同的問題，也會討論本書。所以有那麼多

不同的學科這樣相互影響，結果經濟學的經濟史部門也跟著受到影響，因為這裡面研究印刷資本主義的問題。等一下我會跟各位用簡單的方式介紹，各位就會知道其實這本書，看起來像是一個多面體一樣，其實有明確的學科取向，作者本身的論證方式也可以明確定位，不是像各位想像中那麼奇怪，好像什麼都在搞的。但是因為作者Anderson除了他的專業領域之外，他本身的知識背景非常的博雅、廣闊而深厚，特別是對世界史以及各種不同人文社會學科，所以他能夠運用跨學科的方式去發展他的基本論證。換句話說，這本書在知識上有一個基本定位，但是作者可以優遊穿梭在各個不同學科之間，而且他完全熟知這些不同學科裡面的頂尖的作品。也就是說，他熟知不同學科之間經典的作品，然後能夠自由的去取用他們，然後運用到、放進到他的架構當中，來發展來充實他原來的基本論證。那麼他是怎麼做到這點呢？其實就是「教養」問題。各位未來是不是一定會從事學術工作我不曉得，如果沒有從事學術工作，我希望把這本書當作你教養的一環，作為一個人、一個現代公民、一個世界人所必要的教養。如果你未來要從事學術工作，類似這樣子的經典閱讀過程，就是需要的，不管你在哪個學門。如果是在廣泛的人文社會學科領域裡面從事學術工作的人的話，我想類似像這樣經典的閱讀，會成為一生享用不盡的寶藏，Anderson本人就是一個見證。各位透過廣泛的經典的閱讀，擴充並且加深自己的人文素養跟教養，對於未來各位成為一個博雅的知識分子，會有很大的幫助。

這是一個簡單的介紹，接下來因為時間上我們不一定有很多時間，《想像的共同體》作為一個講綱，是可能可以講一個禮拜的。不過我今天就簡單的用一個扼要的方式來跟各位介紹，今天我們的目的純粹就是介紹，各位不可以把我的介紹取代了你們的閱讀，某個意義上而言，我是Anderson教授的推銷員，我在幫他推銷，我是深度推銷員。各位，這幾年我做了很多深度推銷，史明我是深度推銷，鄭南榕我也深度推銷，然後三一八學運我也是在半島電臺，做了一個多小時的英文的深度推銷，這是敝人在臺灣社會的一個小小角色。所以我現在繼續持續做我業務員的工

作，思想業務員。沒辦法，這年代就是得要推銷，如果您聽了我的推銷覺得說你受到一點點感動，覺得說在充滿謊言的世界裡面，好像有一點眞誠的話，那各位有空就去買一本、翻一翻。

一、關於作者Benedict Anderson

我們既然要談書，先從作者Benedict Anderson談起好了，因爲這本書的作者眞的太有趣了，通常一個人能寫出那麼有趣的一本書，那個人應該還滿有趣的，所以我們來稍微介紹一下。其實對於這位學者，臺灣應該不是很陌生，他來過三次，第一次是中譯本剛剛出來的時候，後來又來了兩次，都是我邀請的，他跟不少的臺灣年輕學子有過接觸，不過我還是簡單介紹一下他的背景。他一輩子拿的是愛爾蘭護照，這對他整個的思想有非常重要的意義。他的母親是愛爾蘭裔的，而且不只是普通愛爾蘭裔，講得白話一點，他的母親是愛爾蘭民族運動家族出身的，但是他父親是大英帝國的官員，是派到大英帝國的東南亞，後來到中國的海關工作，然後因爲他出生在中國的雲南，所以他對整個東亞有種奇妙的感受，可是for some reason，最終他告訴我說，叡人，I don't care about China. I only care about Taiwan. 這是他告訴我的，他爲什麼會達到這個地步？我想可能跟他的愛爾蘭出身的背景有很大的關係。1941年發生太平洋戰爭的時候，他們就離開中國想要回到英國去，但是戰爭的關係沒有辦法回到英國，所以留在北美待了幾年。父親過世之後，母親帶著他們兄弟回到了愛爾蘭故鄉，從此就是以愛爾蘭籍的身分活下來。他父親是大英帝國的官員，但他母親是反大英帝國的民族運動的家族出身，這給他很深的微妙的感受，所以人世間很多事情是很難辨證的，情義恩仇之間有很複雜的關聯。

接著我們談談他的教育經驗。他的母親是一個非常賢明的女性，熱愛閱讀，從小讓她的小孩做很多閱讀。Benedict Anderson的弟弟叫Perry Anderson，也是一位超級大師，全世界在人文社會科學最有名的一對兄弟，就是Anderson家的Benedict和Perry這兩兄弟，等一下我會介紹一下Perry這個人。回到Benedict，Ben，他都叫大家叫他Ben，不管你跟他差八十

歲，他還是讓你叫他Ben，不准叫他Professor Anderson。他很有趣，我第一次見到他的時候，因為我幫他翻譯之後他很高興，一直跟我通信，後來他找我去他家，在Cornell康乃爾大學那邊。結果我去找他，請朋友載我，我們開車到他門口的時候，發現有一位白頭髮的一個先生在那邊歡迎我，穿短褲，仔細一看，他這個石門水庫沒有拉，這是第一印象。他是一個很不羈，很不拘小節的人，非常非常的親切，我的經驗告訴我說，真正傑出的心靈，所謂top mind，絕對不會在那邊搞pretension，假仙，越裝模作樣的越不厲害，這樣知道意思嗎？越厲害的越不裝模作樣，各位知道這一點，以後這是給各位參考人生的一個經驗，我看了很多世界上的那些高手，我發現越厲害的都越不裝模作樣，都很親切，但是很會裝模作樣當大師的那種人，都通常都是不大厲害，都是空心菜。他的教養背景是很重要的線索，他中學的時候就從愛爾蘭來到倫敦讀書，大家知道倫敦有一種教育系統，叫Public School，其實是私立的，最有名的就是伊頓公學。他跟他弟弟都是伊頓的，而且是獎學金進來的，伊頓大部分都是前貴族或上流階級的人讀的，只有他們少數一批人，是獎學金進來的窮學生，所以在學校裡面常被欺負。他永遠都是第一名，他們兩兄弟大概都是各自入學那一年入學考試成績最高的第一名。接下來他就進到劍橋讀書，反正就是一個典型的超級菁英的養成過程，他在劍橋讀什麼？很有意思，跟政治學一點關係都沒有，他讀Classic Studies，他讀古典研究。他學的是古典文學，現在所謂Classic Studies，就是我剛剛在講希臘羅馬那一套，所以學希臘文學拉丁文是最起碼的，學希臘文是因為需要讀柏拉圖等古希臘作品，然後拉丁文主要是要讀羅馬時代的哲學跟文學，那些東西是非常重要的。當然，他還有一些基本的素養，比方說法文、德文，還有很多其他語言。他的教育背景中，這時期的古典研究是很重要，他後來到了美國才去讀Cornell大學的政治系，所以最後他拿的是政治系的博士學位，但是他整個的背景完全是古典人文的。你就可以想想看，說那個年代，有一種可以跨越不同領域，很古典的，英文說叫a man for all seasons，所有季節都可以都適用的一種人，一種博雅之士，那個世代大概已經消逝了，因為他們那個

世代可能是最後一個世代，因爲連歐洲這種教育都開始消失了。我們現在看到比較多都是專家，受限於自己的專業領域。值得注意的是，很多寫出經典作品的作者，通常都有這一類的博雅背景。

他的政治啟蒙很有意思。他是愛爾蘭出身的，所以他很意識到愛爾蘭，特別是他媽媽是愛爾蘭民族運動者家族後代，所以他會碰到愛爾蘭跟英格蘭之間的關係。然後他到了倫敦讀書的時候，他的愛爾蘭口音被嘲笑，像講國語不標準這樣被嘲笑，因爲他愛爾蘭口音是很重的。後來他在Cambridge讀書的時候，曾經碰到英國的白人學生欺負印度人，他說他看了整個人氣得發抖，這是他所謂「反帝」立場很重要的啟蒙，大概他的愛爾蘭的靈魂，跟那個被欺負印度人的靈魂，在那一刻重合在一起。所以人生有一段時期，英文有個概念叫Formative years，一個人格形成過程當中，有些經驗也許是超越理智的，很情感性的，因而是特別深刻的。所以你可以看他的愛爾蘭身分，之後他在英國遇到的英國白人對印度、前殖民地人士的欺負跟歧視，還有後來他到美國去的另外一些經驗。關於他到美國讀東南亞研究的背景等一下我會跟各位說明。他到美國去讀書以後，他就決定說，他不要再去做一個古典文學的研究者。那個年代剛好是二次大戰後，大家知道所謂「去殖民」開始之前，帝國主義最後的榮耀年代。當時是蘇伊士運河衝突爆發，英帝、法帝這種舊的帝國跟新的美帝再互相衝突的時候，而中國跟蘇聯另外一種新的帝國也出現。Anderson當時就很感興趣，想要去了解帝國主義，所以他跑到了美國讀書。剛剛好當時美國國務院爲了冷戰外交戰略的問題，需要了解更多冷戰前緣，也就是東亞，而他們覺得東南亞這塊沒有人研究。當然美國已經有很多所謂China Hands，從費正清以來已經訓練了非常多研究中國的專家，也有很多研究日本東北亞的專家，但是沒有一個東南亞專家，於是在Cornell創立了一個專門研究東南亞的機構。這是整個北美東南亞研究的開端，那裡大概創造了一整個世代，或者一兩個世代，直到現在最傑出的東南亞研究專家。Anderson就是他們訓練出來的第一代，這一代有兩個主要特色，一個是非常完整的在地語言的訓練，他主要的研究對象是印尼，在印尼Bahasa

Indonesian是他們的語言，其實是一種馬來語，所以你可以看到他就是印尼跟馬來都可以通，然後他又學爪哇文，然後又學泰文，他又學菲律賓的Tagalog，其實他在當地應該還有學一些其他語言，我沒有跟他確認，那加上原來的英文、希臘文、拉丁文、德文、法文，他另外也可以讀俄文。他學習這些語言都非常快，他在至少他可以準確閱讀的語言大概超過十種，當然在他可以流暢的交談的語言中，印尼文應該是最好的。他的印尼文好到就好像一個美國媳婦來臺灣來講臺語一樣，我真的曾經和印尼朋友確認過。所以康乃爾大學東南亞研究訓練的第一個特色是關於在地語言的重視。他的作品為什麼人類學精神很重，和這點有很大關係。所謂From the native point of view是人類學的基本精神，也就是說看什麼事情，我們知道做研究的時候，觀察的主體跟被研究的客體，研究人類學的時候，你要克服主客之間的對立，要進入到被觀察者的情境當中，去理解他們在看什麼他們在思考什麼，但要做到這點，首先要嫻熟於在地語言。這是整個康乃爾東南亞研究的一環，而且是從一開始就要非常注意的一點，所以在語文訓練上非常加強。

　　第二個特色就在整個康乃爾東南亞Program的負責人，也就是Anderson的老師喬治‧凱亨（George Kahin）身上。凱亨是一個強烈的反戰和平運動者，他的經典著作叫作《印尼的民族主義》，所以你可以看到Anderson會研究印尼，以及他們會研究民族主義，就是直接受到這位老師的影響。由此各位可以看到，家庭背景還有師承，還有時代，都對一個人的生命的歷程有很大的影響。不只是這樣，凱亨還很支持什麼呢？Anderson這個老師寫的印尼民族主義，主要是寫印尼的蘇卡諾（印尼獨立的第一任總統）的反帝的民族主義。蘇卡諾反對西方帝國主義。大家知道印尼是被荷蘭占領了好幾百年，而整個東南亞裡面，印尼是荷蘭統治，英國統治馬來亞，法國在中南半島，美國則是在菲律賓，大概就是這樣一個情況。整個印尼獨立的過程，就是印尼的民族主義形成、興起的過程。凱亨寫的書非常同情印尼的反帝行動，所以Anderson也受到老師很深的影響。不只如此，凱亨的反帝是反什麼？反英帝、反美帝。就是說他的老師，其實是

美國境內，對美國國家的擴張跟帝國主義政策有很強烈的批判反省的一個人。我認為這些背景的解說，可能會滿重要的，對於理解Anderson對民族主義比較複雜跟微妙的態度是很重要的。為什麼？因為我們有時候在臺灣，在社運界或知識界常常會碰到一些比較庸俗的態度，以為說凡事都可以用左右來區分，左就是反民族主義，右就是民族主義，像這一類非常在知識上可以說非常不負責任，不愛讀書的人想出來的一種無聊的故事。事實上就Anderson的背景來看，他本人既是一個同情弱小者民族主義的人，同時也是一個馬克思主義者，你說他是如何把這些東西整合在一塊的？這當然是有道理的，因為反帝反殖民與弱小民族自決本來就是左翼傳統的重要價值。臺灣中部有一位自稱左派的著名社會學家，在這本書第一版中文版出來的時候，讀了我的導讀之後很訝異的說：「不大可能吧，Anderson怎麼會支持nationalism？這本書是Verso出的啊！」Verso是英國的一個出版社，左派的，是所謂New Left Review新左評論的出版社，所以他根據出版社的屬性來推論，「照理說左派出版社不應該出版一本同情民族主義的書啊。」不過，我想他應該是很感激我的，因為我幫他糾正了對一個重要問題的認識。我之所以會跟各位說明這件事情，並不是要調侃這些人，而是要說明這是一個很重要的認識方式。我們面對當代的情境裡面，最近香港也在發生一些類似的狀況，因為香港的年輕世代開始在主張，他們是「香港民族」，要民族自決，這類想法都跑出來了。對於這種新生事物，你是該用一種很教條的方式，去放在一些錯誤的框架裡面理解，還是說你應該要從生活中理解這類現象的複雜性呢？所以為什麼我今天會先把Anderson的這些背景做一些說明，讓我們先放在心上，這樣會幫我們更深入理解他的著作。

然後接下來他有一個重要的事件，他本來是在印尼住了好幾年，然後寫了一篇講二次大戰後期日本占領印尼的博士論文，後來出書*Javaina Time of Revolution*（1972），這本書可以說是印尼近代史的經典，不過在臺灣沒有被翻譯，因為臺灣的東南亞研究很弱。近年臺灣開始有一些東南亞研究，但是主要似乎是研究東南亞臺商，並非研究東南亞本地社會。所

以呢，我希望如果大家慢慢有在注意，希望持續引進一些關於東南亞研究的基礎著作。總之，《想像的共同體》這本書，是Anderson從他對東南亞做的第一手研究當中產生的。直到1990年代為止，他所有這些關於東南亞研究，被認為是當代的第一人，這是美國西北大學的一位東南亞研究的教授說的。Anderson在1960年代的時候，還可以自由進出印尼，而他也非常喜歡那個年代的印尼，那種反帝的，但是自由自在，有一點點威權但還沒有太腐敗的氣氛。可是後來發生一件事情，也就是在1965年的時候，印尼軍事強人蘇哈托，發動軍事政變取得政權，殺了非常多的印尼共產黨員，還有親共派人士，然後藉口說是這些共產黨想要搞政變，所以我要來鎮壓。事件不久後，Anderson跟幾個康乃爾同事寫了一篇分析，說明說這個事情從頭到尾都是捏造的，這篇文章被稱為*Cornell Paper*，流傳出來後影響也很大，蘇哈托整個政變的合法性完全被毀掉，於是Anderson被禁止入境二十七年。對一個很重視在地觀點，很重視native point of view的研究者來講，這等於是宣告他這一部分學術工作的死刑。此後他就完全無法再像從前那樣進到印尼的內部，從印尼內部透過人類學式的訪談方式來研究印尼，所以他必須要調整他的研究方向。首先，他對印尼的研究從此只能夠做資料、文本的研究跟解讀，例如政治思想的解讀。另一方面，他把他的人類學研究，就是田野研究轉移到幾個不同焦點地區，最重要一個是泰國，所以他寫了幾本關於泰國文學與泰國政治的專著。另一個焦點就是菲律賓，特別是菲律賓建國的過程。他對菲律賓國父黎剎博士（醫學博士），也就是菲律賓的孫中山，或者菲律賓的蔣渭水，以及他領導的整個菲律賓民族獨立運動的過程，做了深入的研究。這部分的研究是在《想像的共同體》之後進行的，在2000年代初期的時候結集出書，原來的版本叫*Under The Three Flags*《在三面旗子之下》。本書以菲律賓的獨立革命為例，討論在十九世紀末期，民族主義並非如現代的左派人士講得那麼反動，而是跟無政府主義運動與全世界的反殖民運動結合在一起的進步運動。做這個研究過程中，Anderson直接閱讀大量菲律賓Tagalog原典，當他無法進到印尼以後，就轉移焦點來研究這些題目，而且做出了傑出的成

果。這段無奈的歷史說明，一個人即使被迫離開原先的研究場域，卻仍然可能在其他場域中發現某一些普遍的共通性。所以當我們在講這些不同國家民族運動者的故事的時候，不只是在講這些特定的故事本身，而是要試圖掌握在哲學上叫作human condition，也就是普遍的「人的處境」的東西，因爲人經常會有一種普遍的處境會不斷的發生。

現在讓我們來談他的弟弟，應該是小他兩三歲的Perry。很有趣的，Perry出生在倫敦，所以變成他決定後來選擇英國認同的原因，因爲兩兄弟拿的是不同國籍：Perry拿的是UK的國籍，而Ben拿的卻是愛爾蘭共和國的國籍。不管怎麼樣，Perry也是驚才絕豔，非常非常的天才，1960年代的時候，他跟一些朋友創辦了一直到現在都還影響力很大的*New Left Review*，也就是《新左評論》。所謂「新左翼」當然主要是針對舊左翼，而所謂的舊左翼指的是說，受到二次大戰前所謂第三國際影響、受到蘇聯影響，不斷的以蘇聯老大哥爲馬首是瞻的，那一套各國的左翼知識分子教條的想法。後來在1960年代的時候，被年輕一個世的代知識分子加以批判，認爲要重新評估左翼的agenda，因爲整個左翼馬克思主義在新的年代當中要面對的課題是不一樣的。比方說，資本主義高度發達的消費社會中的「異化」情況，可能出現在文化的層面，所以對文化的批判很重要。早期的馬克思，在還沒有談資本論之前的馬克思，他在討論人文主義的1844年經濟學哲學手稿中，特別提到人性這些東西，你必須要把人性加以解放等等這些問題，重新被拉到1960年代的綱領上。還有，歐洲的這批新左翼也開始注意到，事實上自由民主人權很重要。傳統的左翼覺得爲了世界革命什麼都可以犧牲，史達林是對的，非常支持史達林主義，後來因爲在1950年代中期，史達林所有過去進行屠殺鎮壓的事情，被他的後繼者赫魯雪夫暴露出來以後，全世界的左派知識分子受到很大的震撼，他們開始想，我們理想中的社會主義，烏托邦怎麼會是這個樣子？怎麼會有大屠殺？怎麼會有古拉格群島？大家知道古拉格群島嗎？古拉格群島就是我們的綠島放大一百倍，我們的火燒島裡面那些政治犯監獄，把它放大一百倍，包括體積一百倍，還有那個刑求的殘酷一百倍，這就是整個蘇聯

1930年代，一直到史達林年代的蘇聯的恐怖統治。很多西方知識分子，他們夢想的社會主義烏托邦，竟然是由這種恐怖來構成的。這個在1950年代中期，赫魯雪夫在蘇聯共產黨二十次大會，把他全部講出來，一掀開來引發全世界的震撼，左翼知識分子被迫開始進行一次反思，在這個過程中就出現了新左翼，在各地都出現，歐洲最先，日本也出現，很多地方都出現。他們跟舊的左翼斷裂，重新思考左翼的agenda。無論如何，Anderson的弟弟Perry就是英國新左翼最早的創立者之一，他們創立了《新左評論》，因為他是一個比較強烈的社會主義者，所以Perry比較主張說，應該從英國，也就是聯合王國這個脈絡來進行社會主義革命，所以他跟他哥哥選擇的愛爾蘭認同不一樣。簡單說，他哥哥Ben比較重視帝國強權對周邊或者對殖民地的支配與抵抗關係。前面說過，Ben因為自己的身分認同經驗，比較重視愛爾蘭，而且他又研究東南亞，所以他注意到帝國對弱小民族的壓迫。結果Anderson兄弟中，哥哥選擇的發言位置在愛爾蘭，弟弟則留在英格蘭。也就是說，弟弟選擇在英格蘭，英國資本主義的核心去批判資本主義，哥哥則在愛爾蘭，也就是站在殖民地的位置去批判帝國主義，這樣知道意思嗎？但是資本跟帝國，在左翼的分析裡面是兩面一體的，也就是說資本擴張的時候，有時候會轉化成帝國形式，因為賺錢需要政治力量，或者反過來說，政治力量需要賺錢，這兩者有時是先有時是後，有的時候是一起的，而依照每個國家的資本主義發展先進或後進的程度不同，而有不同的組合型態。英國、法國這些國家是先進國，所以是資本發展之後再擴張成帝國主義，日本是後進國，所以帝國主義起來提攜資本主義，大概就是這樣的邏輯。

不管怎樣，資本跟帝國是兩面一體的這個命題具有高度的當代意義。各位試著想想看，什麼叫「一帶一路」？這是一種資本輸出，要透過國家的力量去維護資本輸出的一種形式，也就是說陽光底下沒有新鮮事，繞了一圈我們又回到古典的帝國主義的脈絡裡面來。

剛剛把作者Anderson的背景做個介紹，等一下會簡單的講這本書的論證與結構，但是有一個部分大家比較少聽到的，我就跟各位再說明一下。

Anderson是這樣一位人物，他的出身他的背景、他的經驗他的訓練，使得他選擇了某一個發言的位置，然後發展出某一種關聯。他會多去關懷民族主義，整個背景剛剛已經做一個說明，然後順便拿他弟弟做一個參考座標，來看到這裡面一個非常有意思的關聯：左翼主義跟民族主義，特別是弱小者，反壓迫反殖民反帝國的這個民族主義，兩者之間在歷史的根源上，在思想上有很近的關係，不是互相排斥的。之所以如此，一部分是歷史事件的結果，另一部分是全世界的左翼思想反省的結果。我們要從這當中來了解，所以說我們翻譯這本書，我們必須試圖深入去理解像這一類想法的出現，如此，你就會了解所謂左翼的Verso出版社，為什麼會出一本基本上是同情民族主義的書。要先搞清楚這個歷史和理論的脈絡，不然的話你會覺得很奇怪，為什麼？Verso出版社那些左翼知識分子被Anderson騙了嗎？因為Anderson看起來像是一個非常善良的歐吉桑，所以被他騙了嗎？當然不是，因為這本來就是新左翼的思想光譜裡的一環，也就是反帝民族主義。從這角度去理解，你就知道說為什麼這本書會讓很多各地不大讀書的左翼覺得非常的uneasy不安。最近香港傳來一個一個新的粵語名詞「左膠」，就是說當你拘泥於某一些教條，對理論本身沒有讀好，同時對現實的分析沒有做好，於是你對世界的認識，是用一種先驗的公式去理解，所以你覺得這個世界上就是如同漫畫版馬克思*Marx for Beginners*講的一樣，分成左跟右兩半，左一定反對民族主義、右一定支持民族主義的話，那你就永遠沒有辦法認識這個世界，而且會不斷的一直去犯錯，同時也會不斷的去給人家貼標籤。

二、民族主義的起源與散布

前面的討論是理解本書作者與其思想的一個重要的起點，接著我們要問，本書在思想史的定位該怎麼去理解？我們現在回到這本書的學術範圍。Anderson這本書的書名是《想像的共同體：民族主義的起源與散布》，所謂「想像的共同體」是他coined出來的一個名詞，主要目的是要討論nation這個概念。他在本書的主要目的是要研究民族主義的起源跟散

布，然而爲什麼他會研究民族主義？剛剛已經向各位做了一些說明，主要是他自己注意到愛爾蘭的位置，以及他研究東南亞的位置。但是另一方面，1970年代中期，在越戰之後，中國和越南、柬埔寨三個社會主義國家發生過一次戰爭，這個戰爭引發Anderson很大的好奇心：社會主義不是主張國際主義嗎？社會主義不是認爲說階級超越於民族嗎？social class，人類的世界最重要的切割分界是階級，階級是跨國的，工人無祖國不是嗎？那爲什麼三個工人國家會打起來了？而且是爲了什麼打起來？是爲了「祖國」打起來的！所以這裡面有一些東西，可能是左派一些舊的公式沒有辦法解決的，他迫不得已開始去思考the power of nationalism。民族主義發生在佛朗哥底下的西班牙，或者是蔣介石底下的臺灣，我們就一點都不奇怪，因爲這兩個都是右翼民族主義政權。但是在一個不應該動員民族主義的國家，竟然因爲民族主義動員而互相殺起來了，這就是構成了一個問題。這一類的研究，你說Anderson是第一個研究的嗎？當然不是。關於民族主義作爲一個客觀的學術探究的對象，人類試圖去解這個謎，事實上已經有了一百年的經驗。那麼該怎麼去理解這個知識上的累積的經驗？

我在芝加哥大學的一個老師Ron Suny，他原本是密西根的歷史學的教授，後來移到芝大來教書，他提出一個很有意思的架構，我想很適合讓我們來理解。他說過去一百年來，民族主義研究的幾個狀況，大概從二十世紀初期到末期中間的一百年來，經過了三波的民族主義研究。這三波研究時間剛剛好跟三次帝國瓦解的時間是重合的，每一波的帝國瓦解之後，原本的帝國內部就會出現一堆弱小民族的獨立運動，民族自決的運動，然後接著就會有一批學者在這個運動之後開始去研究這波運動的起源，百年來總共有三波。各位想一下二十世紀，第一波的帝國瓦解是什麼時候？一戰哪些帝國瓦解？主要是奧匈帝國跟鄂圖曼土耳其帝國，瓦解後出現了很多新國家，比方說中東巴爾幹很多小國，包括捷克等國當時都是第一次獨立，而鄂圖曼底下則有土耳其獨立，我們今天講的亞塞拜然的大屠殺，也是發生在那個過程。這是第一波，帝國瓦解，然後很多弱小民族掙脫帝國的牢籠而獨立。歷史學家有一個講法，說奧匈帝國是the prison of nationalities，弱小民族的監獄，也就是說一個帝國裡面關了很多不一樣的群體，這帝國一崩解之後，這些不同的民族整個就冒出來了。當然，帝國不會只是自動崩解的，當時出現的一些思潮，例如左派跟右派都主張民族自決。左派這邊最有名的就是列寧，列寧提出來的所謂弱小民族自決。爲什麼他要說弱小民族自決？因爲原來馬克思認爲，弱小民族應該要等他發展成資本主義之後，再開始搞革命，但後來列寧發現這樣不行，因爲全世界只有西歐是有資本主義的，其他地方全部都是農民，都是生產力落後的地方，而那些地方最嚴重的社會矛盾不是階級矛盾而是民族矛盾，因此要用辨證的去思考歷史的發展，在西歐以外的很多地方，比方說東亞、中亞很多地方，應該要先去解放弱小民族。基於上訴思考，列寧認爲應該階段性的，以及策略性的承認弱小民族的主體性，承認他們先有民族自決權，這個階段先以打倒帝國爲主，因爲帝國就是資本的另一面。所以列寧就很策略的主張民族自決。另一方面，右派則從自由角度來主張民族自決，認爲各民族都有自決權，這就是美國總統威爾遜的民族自決主張。

在這裡，其實我們又談到臺灣的脈絡了，臺灣人第一次開始說，「臺灣非是臺灣人的臺灣不可」，就是在這個第一次世界大戰的脈絡裡面。一批臺灣的留學生跑到日本去讀書，在課堂上聽到了威爾遜跟列寧的話，開始反過來想，那我們也應該有自決權啊，又開始這樣想這些問題，所以說當時候的《臺灣青年》雜誌的出現，以及後來成立臺灣文化協會，開始要主張臺灣人的自決權，就是這一個脈絡，在這一波運動裡面。

大約到了1930年代以後，這一波民族主義運動慢慢止息下來，於是有一些學者開始研究這個現象是怎麼出來的，這是我所謂二十世紀的第一波民族主義研究。這一波研究比較大的特色是，方法論上他們採用思想史的方式，也就是說他們會去研究不同的民族主義思想的內涵。其中最有名的兩個學者，一個叫Carlton Hayes，另外一個是德國裔的美國人Hans Kohn，他們追溯到十八世紀末，研究民族主義這種想法的起源和發展。什麼叫民族主義？簡單講，他們主張全世界的人類，依照種種不同的判準，劃分爲一個又一個不同的群體，比如說以文化的或者是政治的群

體，然後這些不同的人群，他們主張自己應該由自己來自我統治，不應該受別人管理，這一類的想法。而且這一種秩序是合理的、是符合天性的、是上帝創造人類以來就應該是這樣的。這種主張是怎麼來的？他們就開始從十八世紀末期，從研究浪漫主義的思潮，兩個最重要的理論家，法國的盧梭跟德國的赫德，這兩個人剛好代表兩個對立的傳統。法國的盧梭認為說，語言什麼的都不重要，共同的意志最重要，一群人不管怎麼樣亂七八糟的理由，最後他們決定我們要在一起，我們就是在一起，我們就是一個nation。另外一派是德國派，他們認為不是這樣的，意志在後面，先出現的是一個客觀的文化標準，比方說語言，上帝創造一個一個不同的語言，就如同他在人類的花園當中栽種一株又一株的花朵跟植物一樣。所以這裡有兩個觀念：一個是文化族群的民族想法，一個是政治的民族想法，或者公民的民族想法。這樣的差異在一開始就出現了，然後到十九世紀產生很大的變化，有各種不同民族主義的出現，大家知道最有名十九世紀有什麼呢？有德國統一運動、有義大利統一運動，也有各種弱小民族的獨立運動，都在十九世紀出現。大家知道十九世紀音樂史有所謂「國民樂派」，國民樂派是日語的翻譯方式，英文叫Musical nationalism，就是民族樂派的意思，最有名的是蕭邦，波蘭獨立運動的一個很重要的音樂家。除此之外還有很多，例如詩人裴多菲是匈牙利的民族詩人，所以十九世紀是民族主義的年代，他們稱為「可以為民族而死」的那種「神聖的瘋狂」。還有比較開明的民族主義者，比方說義大利建國三傑之一的馬志尼。馬志尼主張什麼？民族自決可以跟個人民主自由權利，還有世界主義並陳，所以這一派的主張，就是說liberal nationalism 自由民族主義。陽光底下沒有新鮮事，思想史研究途徑不是沒有好處，讓你了解到很多想法那時候早就有人在講。另外一種講法就是所謂重商主義轉化成經濟民族主義，比方說我們總統李登輝提倡南進就是一種經濟民族主義，也就是說他希望臺灣的資本，不要外流到強國去，然後把臺灣鞏固起來。這個想法的始祖，就是十九世紀的那個叫List，德國的一個經濟史學家。所以，所有很多關於民族主義的想法都在那個時候出來，這批學者從思想史的系譜角度，對這些

想法做了相當詳盡的研究。

　　但是有一個比較大的缺點是，他們沒有去研究民族共同體這個現象本身是怎麼樣形成的。這個時候的社會科學的概念還很弱。什麼叫社會科學？社會科學有一個很重要的一個概念，就是說不只是要描述一個現象，而且要解釋一個現象，社會科學研究的目的很多是這樣。不只想要描述人類的現象，比方說民族主義，你把他描述出來，把他們的思想性都整理得很清楚，你還是沒有解決一個問題：為什麼它出現？它背後的經濟的因素是什麼？社會的因素是什麼？國際政治的因素是什麼？或者制度的因素是什麼？這個理論上的盲點，反映了一次大戰之後那個時候，社會科學的發展不是很發達。第一階段大概就是這樣。

　　那第二波是什麼時候？第一波是第一次大戰，那第二波就是二戰後。二戰後是一系列的漫長的帝國瓦解過程，最先瓦解的當然是戰敗的日本，還有德國的一部分。德國也算是一種，有學者稱為大陸型帝國。然後接下來，大家知道到1960年代前期，非洲很多國家紛紛獨立，這整個是一個漫長的崩解過程，也可以說整個二次大戰後就是這樣。這一波過程當中主要崩解的帝國就是英國跟法國，大家知道大英帝國占全世界四分之一以上的土地，橫跨亞非，沒有拉丁美洲，瓦解的過程也出現了另一波的民族主義。這就是學界一般講的去殖民化或解除殖民的過程，在這一波的運動當中開始出現了第二波關於民族主義的研究。這一波的研究跟上一波最大的不一樣的地方，或者說最大進步是什麼呢？就是開始引進了社會科學的概念、解釋，開始說這些現象出現是有理由的，有一個根源，是社會結構上的一些理由，因此你必須加以解釋。這一派有共同的理論跟立場，也就是現代化論。這些理論家相信現代化是一個很激烈的社會變遷，讓一個社會從傳統社會型態整個斷裂，整個社會改變，如社會結構、人與人的關係，家族成員的關係，還有價值觀全面的改變。這個過程包含了工業化，也包含了民族國家的形成等。在這個現代化理論的脈絡當中，出現了一系列關於民族主義的研究，最早是有一個從德國逃到美國來的學者Karl Deutsch，在哈佛大學，他1950年代出版了一本書：《民族主義與社會傳

播》（*Nationalism and Social Communication*）。他認為一群人會形成民族意識，主要是因為社會整合形成一種傳播網路。過去在傳統社會裡面，互相之間四分五裂，沒有連繫，沒有交通網把大家連在一起，所以互相之間不認識，村落之間好像就是在異國一樣，可是現代化過程當中，透過交通網形成把他們連繫起來。另外一個是教育，讓共同意識擴散，進而形成整合。所以這是第一本具有比較明確社會科學意識的民族主義研究專書。

在這個基礎下又出現了新的作品，也就是英國社會人類學家Ernest Gellner在他1964年出版的*Thought and Change*一書中寫的一篇文章。文中他主張工業化的過程當中會產生一種同質化的功能性需求，這就是民族主義興起的社會基礎。在傳統的農業社會裡面，整個社會四分五裂，有村落或部落意識但沒有共同意識，但是工業化過程會產生某一種要求把社會同質化的功能性需求，以便應付工業化的大量生產，於是出現了共同教育、共同語言，而民族主義就由此而生。換言之，這就是工業化社會內在的同質化要求，所產生出來的政治上的結果。這是我們一般社會科學叫作「結構功能論」的論證方式，就是以果證因：為什麼一個社會會出現某個現象或事物？因為這個社會有需要。他這個論證對不對我們先不講，我們是先說明他的思路。他說，開始有注意到工業化會產生，整個社會同質化的需求，然後就會產生了一個具有共同意識的共同體，而民族主義就是政治上的表現。到了1983年，Gellner把這個論證發展成一本書，叫作*Nation and Nationalism*，臺灣有出中文版。在民族主義研究領域裡面，這本書和Anderson的《想像的共同體》剛好成為並立的兩大經典。

Anderson的書出版於1983年，廣義的講，這是這一波現代化的理論後期出現的著作，但他基本上也承繼這個現代化的概念。整體而言，這批現代化理論家有一個很重要的想法就是說，「民族」這種東西不是自古就有，而是現代的產物。傳統理論家，比方說德國的赫德，他們主張說自古以來就存在著民族，因為上帝創造人之後，同時也創造了各個不同民族。Gellner和Anderson他們把這些觀念全部解構，然後告訴大家，我們現在講的nation這種東西，是現代化的產物，傳統社會因為社會各地區成員互

相之間不認識，又被封建身分制所切割，不同階級之間怎麼會有共同意識？我是封建領主，你是我的農奴，我們之間怎麼會有共同意識？我這個地域跟你那個地域之間，我們交通又不方便互相不認識，語言也不一樣，我們怎麼會有共同意識？要到了工業社會之後，共同意識才會出現。問題是，工業社會、工業化什麼時候出來？就是我們在歷史上定義的modern，也就是現代。因此民族其實是現代性的一環，很重要的一環。這一派學者有各自的不同著重點，但是他們有一個共通地方，就是強調現代化的重要性。現代化造成社會激烈的變遷，讓社會整個整合跟同質化，才會出現民族這樣的想法。所以你可以看到跟我們認識的，或者說很多官方意識型態，講說什麼中華民族五千年，或者是大韓檀君神話是四千多年，或者日本天照大神一萬兩千年之類的講法，現代化論就有很激烈的解構的效果，這是第一個。

從現代化論可以引申出第二點。民族是現代化過程形成的，這個形成過程通常有人為的介入，所以民族是建構出來的。社會結構與制度的變遷不會自動讓社會形成一個整體，還要有人去行動，那個行動的過程就產生一種建構效果。這個建構論的觀念什麼叫作一個nation，到底是天生形成，還是被後天建構出來的一個想法？—— 就開始出現在我們這個時代。政治的共同體，不管你叫作民族或者國族都沒有關係。等一下我會跟各位說明，我為什麼會翻成民族，我不介意你們是用民族或國族，都沒關係，重點在於，不管是民族或國族，反正英文或法文叫nation這個東西，其實是一個現代的產物，是一個建構的東西，這個觀點大概已經相當成為知識界的共識。大家都知道，在法國大革命以前的全世界各地很少有這種nation的想法，當時那種傳統社會型態也不會產生這種想法，雖然有一些共同的文化的意識，但是沒有這種政治上的意識。但是從1950到1980年這段時間之中，現代化建構論的出現很激烈的改變了我們的對nation的理解。慢慢的，人們就知道nation是可以建構的。上個世代有一個人類學家叫作Clifford Geertz，他寫了一本書叫作 *The Interpretation of Cultures*，就是人類學的經典《文化的詮釋》，事實上同時也在進行關於東南亞的新興

國家的研究。東南亞很多國家都是在二次大戰以後紛紛獨立出來的，獨立的過程中間，他們事實上不是只有獨立而已，獨立完之後還要建國，什麼叫建國？nation building，爲什麼？因爲這些國家獨立的時候，事實上只有一小撮的菁英擁有共同意識，大多數人民之間沒有共同意識，所以還要想辦法去塑造共同意識。最典型的就是印尼，因爲印尼有一萬多個島嶼，五百種以上不同的語言，最初他們裡面眞正有「印度尼西亞」想法的，可能只有一小撮人，他們先獨立之後，還要想辦法再把這個國民創造出來。所以這裡出現一個叫作nation building的概念，你看build，nation是打造出來的，他不是自然而然就在那裡的，你要去塑造他。整體而言，二戰後現代化論類似作品甚多，政治學、人類學很多都講這種東西，而Anderson就在這個年代受教育，自然受到的影響很深。他已經認識到這些新興的國家，他們的民族意識本身也很新，也是現代化的產物，也是慢慢正在被建構當中。在這個基礎上，他持續在觀察這個現象，所以《想像的共同體》等於是在這一波的後期寫出來的作品。

那第三波帝國解體是什麼時候？就是1989到1990、1991年之間的蘇聯瓦解。第三波帝國瓦解之後，又釋放出一堆弱小民族，波羅的海三小國最有名，事實上，整個波羅的海那一邊的很多國家都獨立了。換言之，一整波新的獨立運動、民族主義就出現，而這又帶動新一波的民族主義研究。這一波民族主義研究，在研究取徑上非常多元，它已經不再像前面兩波，有統一的方法論，或者是比較一致的某些共同假設跟觀點，它們很不一樣，爲什麼？因爲前兩波已經把人類對nation的理解推到一個地平線，接下來是要深入去理解。所以你發現，當我們要去研究每個不同地方的民族主義，你就沒有辦法用單一的理論，於是研究開始產生分化。比方說，研究蘇聯瓦解以後爲什麼那些共和國紛紛要獨立，很多學者都注意到一點就是，蘇聯過去叫作「蘇維埃社會主義共和國聯邦」，其實是一種邦聯制，邦聯制有一個很重要的特色是，比方說烏克蘭、小俄羅斯，是一個republic跟一個nationality，它承認民族身分，沒有抹煞。換句話說，各民族形成自己的共和國，然後這些共和國再結合成一個邦聯，所以在制度上

它承認民族存在，承認民族可以獨立建國，但這是在往共產主義過渡的階段當中，先成立一個邦聯，慢慢過渡，在這個過程當中承認以民族形成的國家。弔詭的是，雖說是過渡性設計，它還是制度化了民族意識。什麼叫制度化？比方說身分證，規定你是本省人，他是外省人，我們一輩子就依照這個制度活下去，你就會被塑造出本省人或外省人的認同意識。這在社會科學裡叫作制度論，制度會塑造認同、行為。有不少人就用制度論在研究蘇聯。另外還有很多不同的理論，比方說理性抉擇論。在社會科學有一種概念叫rational choice，中文翻成理性抉擇，這個研究取徑認為我們人的行動不是基於情感，完全從頭到尾都是依照想要把自己的利益最大化的理性選擇，所以民族認同雖然有一些情感基礎，但基本上是一些政客、菁英為了要獲取政治利益，而去動員認同的一種作法。在這個動員過程當中，逐漸被建構出一個民族認同。

　　我在芝加哥大學的一位老師David Laitin，他就是用這個方法研究蘇聯的一些獨立的弱小民族，也出了好幾本書。此外，也有學者採用文本分析的方法，也就是研究意識型態。比方說，過去大家都在研究社會基礎、社會條件、制度對認同有什麼影響，現在卻有人說，你們都在研究這些外圍的條件，為什麼不研究民族主義本身？比方說Anderson講《想像的共同體》，結果大家都沒有在研究想像本身，然而到底所謂想像過程是怎麼一回事？於是出現了一批專門在研究民族主義的意識型態過程的學者。例如說，我們都是臺灣人，但問題是，所謂「臺灣人」是什麼？關於這個問題到底有哪些人提出了什麼想法？到底「臺灣人」是什麼？包含了什麼內容？包含了原住民幾族？有一些種族主義者會跟你說「臺灣民族」是一個種族。然而這個問題大家的定義都不一樣，出現了許多不同的想像，現在很多學者都在研究這種題目。最典型的例子是後殖民研究的開創大師Partha Chatterjee，他寫了一本書《民族主義思想跟殖民世界》，開創了這條研究路線。另外一種路數就是文學研究，研究什麼？研究小說或者各種文學文本當中，「民族」是如何被再現的。比方說吳濁流的《亞細亞孤兒》裡面如何再現臺灣人？比方說吉卜林的《叢林奇談》裡面如何再現了英國

殖民者對印度的這個二元對立，殖民與被殖民關係？從這個研究取徑觀點來看，小說裡面經常內含某種關於民族的想像，而這些民族想像可能最終對會閱讀者的民族意識具有塑造效果。Anderson就在《想像的共同體》當中暗示說，透過小說、報紙的閱讀，長期下去會得到一種共同認同。總之，第三波的民族主義研究越來越分化。

三、現代與後現代的橋梁：民族意識

那麼Anderson該怎麼定位？他剛好就在第二波跟第三波之間，處於非常特別的位置。我簡單說明他的定位就好，詳細論證我希望大家可以去閱讀我為《想像的共同體》寫的導讀。有一個北歐的學者，把《想像的共同體》定位為：連接現代與後現代的橋梁。為什麼他會這樣講？我剛跟各位提到，Anderson的書其實算是現代化論的一個版本，但事實上他又更複雜：他有一整套的論證是屬於現代化論的，還有屬於歷史社會學或比較政治的論證，但他運用了非常多不同學科的洞見，insight，來做細部的分析。這本書在學科上是很容易定位的，大概就是歷史社會學跟比較政治。什麼叫歷史社會學或者比較政治？歷史社會學的意思是什麼，你以過去歷史作為對象，你的目的是要研究歷史是不是有pattern，人類歷史是不是有某一種類型、某一種通則，比方說革命怎麼爆發？國家怎麼形成？資本主義怎麼形成又怎麼衰落？像這一類大的問題，有沒有一個pattern可以去尋找，歷史社會學的作法就是透過對過去的檢視，去找出說是不是革命有一些共通的條件，或者說一個社會為什麼會變成民主，這個社會為什麼會走向民主、那個社會為什麼會走向獨裁？背後是不是有一個大的結構性，而且是長期的因素在形成？這類問題就是歷史社會學有興趣的東西。Anderson這本書其實就是這樣，各位看到他裡面從十五、十六世紀開始講起，從中古轉向early modern，也就是從前現代轉向現代初期的時間點開始講起，這本書的跨越的時間是五百年，空間是全世界，因為他試圖去尋找一個通則，來解釋民族主義是怎麼出來的？怎麼擴散到全世界的？所以這本書可以說是一冊歷史社會學或者比較政治的著作。在這個研究取徑下，我

們的目的是要透過比較的方式，去探尋歷史上的一些現象是不是具有某一些共通的pattern、某一些規則，所以從這一個角度是滿容易理解與定位他的。大概很少人聽到過這種定位，因爲對這個領域不熟悉的人不容易看出來。雖然他拿的是政治學博士，但整本書寫起來，你覺得好像是一篇很有學問的跨學科的散文。他有一個學生，就是我的師兄、日文版的翻譯者白石隆教授，他非常不滿意這本書，他說這本書只不過是一篇essay，因爲從比較嚴謹的學術論文寫作方式來講，這本書旁徵博引，大開大闔的勾勒出一段民族主義大歷史的書寫方式，讓很多比較死板的學者受不了。但是我認爲，要寫這種主題就必須要突破一些學術體制、限制。他這本書在現在SSCI或TSSCI的審查制度下絕對不會過，我可以保證，但是我們要記得，不會通過學術官僚體制審查的東西才會成爲經典。我不是在煽動，我是在討論一些知識上很重要的問題。

所以Anderson用的是一個比較大的觀點，去捕捉這個世界史裡面的一些脈絡，他試圖在混亂的歷史現象找出一些規則，這應該是滿明顯的。但是你可以說，他要提出的是一種結構性的論證，來看懂民族主義還有民族認同興起的結構性條件。但是他在這個論證底下，還運用了很多不同學科的分析方式，我舉一些例子來說明，比方說最有名的就是他的定義。他把「民族」定義成「想像的共同體」，很多人誤解說想像共同體，他的英文叫imagined，有d，Communities，不是imaginary，imaginary的話是純想像的，是假的、虛構的，imagined指的意思是主觀認知的，這個imagined指的是一個cognition（認知）行動，人的認知，你對這個社會的理解要透過認知。所以他指的是說，被你認知到的那個共同體，所以他是一個眞實存在的東西。他這種認知的概念，也就是說認同雖然有客觀的面向，但是他比較重視到認同的主觀面向。有些人會共同的認定他們是在一起的，這個心理的認知過程，就是Anderson所謂的想像。比方說臺灣的九二一大震災，我們把第二天以後的報紙打開來看，整個版上載滿從北到南的各種災情新聞，在那一刻，你雖然不可能認識所有的臺灣人，但是你卻覺得你跟他們在一起。這是一種眞實的認知作用，不是假的，不是虛構的。這就

是Anderson的目的，他這個概念背後其實有來自社會心理學的一些概念，你這樣想就不會覺得很奇怪。社會心理學裡面在談到所謂social identity，社會認同的概念，就是類似像這樣的想法，你不可能認識所有人。很多比較有個性特立獨行的同學，同班同學都不認識了，但是你還是覺得他們是同班的，你知道我的意思嗎？在一起也不一定會認識，同村莊也不過幾百人，也不一定認識的了，但是somehow我們還是覺得我們是一體的。就好像當我們看王建民比賽的時候，他的成敗會讓我們跟著他悲喜一樣，這是心理學的主觀概念。書中還看得出另一種學科運用，就是大家熟知的法國的年鑑學派。年鑑學派認為，整個社會不是只是一個個人的群體的組成，它存在著一種東西叫集體意識，稱為mentality，這個概念事實上也很符合Anderson的想法，集體意識是法國思想傳統中一個很重要的概念。近代以來許多法國的社會與政治思想家認為，所謂「社會」不是只是個人的組合，在個人的組合之上還存在著一個共同意識，這也是Anderson的「想像的共同體」背後存在的另外一個社會學概念。所以對他來講，這種想像出來的東西本身是實在的，是一個fact，是實體，不是假也不是虛構的。

　　另外一點，是他對民族主義的定義也頗有人類學精神。譬如史明先生講「臺灣民族主義」，那是一種意識型態跟政治運動，但是Anderson在講民族主義的時候，他不是在講意識型態和政治運動，他講的是民族意識，一種群眾的sentiment情感。他認為對一個共同體的認同這種情感，就如同社會中永遠會存在親屬、親族或者是性別一樣，是必然存在的東西。所以他從人類學的角度認為說，現代社會必然會存在「民族」這樣的社會事實，它無善無惡，你喜不喜歡都沒有辦法，它就是會出現。那它是從哪裡來？從人類學角度而言，nation很像kinship的概念，就是說一個社會基本結構，會有幾種共同的結構性規則，比方說我們會依照「親族」去分析和認識社會，同樣我們可以依照「性別」或「階級」，或者「族群」等不同角度去理解社會，民族主義也是一個類似的現象，Anderson不是把民族主義當成意識型態或者運動。

　　所以你看到這本書從頭到尾，作者講的東西比較像是民族「意識」。

其實nationalism這個概念可以有不同層次的指涉，有時候它可以指涉這種民族意識，或者是群眾的情感，群眾對某一個土地，或者國家的一種認同情感。有時候你可以說它是一種意識型態，也就是說你有明確的想法，主張說一群人在什麼條件下可以稱為一個民族，它有自己的歷史，那個歷史又是歷經多少年，是怎樣來的等這樣一套想法。民族主義的第三種意義指涉一個組織性運動，它涉及明確的運動和運動的團體，比方說大家知道文化協會就是一個臺灣民族主義的組織。全世界很多地方都有類似的組織，例如巴勒斯坦解放組織就是一個民族主義運動組織，或者是愛爾蘭的新芬黨、加拿大的魁北克黨、蘇格蘭民族黨，這些都是民族主義運動的組織型態。所以當你在談nationalism的時候，會指涉幾種不同層次的東西，Anderson比較強調是第一個面向，也就是群眾情感與意識。

另外，他在書裡面也有提到一些人類學的概念，比方說「朝聖」（pilgrimage）。比方說他說拉丁美洲那些不同的地方，原本是西班牙跟葡萄牙的殖民地，被切割成這一塊那一塊，為什麼殖民者經過一段時間後會變成智利人或阿根廷人？明明一開始都是西班牙人，為什麼有一天你會變成玻利維亞人、變成智利人呢？根據Anderson的說法，那是因為每一個人被關在一個行政邊界當中，長期在那的邊界範圍內不斷移動，不斷地繞著繞著，彷彿每天都像螞蟻一樣，在這幾個定點在那邊繞，這樣繞了幾十年之後，你就認為開始認為你是那的地方的人了。那這個想法哪裡來？這個想法是從人類學者Victor Turner的「朝聖」概念來的。

四、認識論的條件與社會結構的條件

這本書另外一種跨學科應用是文本分析，文學研究或哲學研究都很重視文本，《想像的共同體》這本書裡面很重要的一部分就是討論文本分析，比方說Anderson在書裡提到「想像的共同體」被想像出來的媒介，主要是小說跟報紙，所以他就去分析如何從一本小說的敘事結構去再現一群人，一個共同體？今天在這個時間，我們在臺師大的這個地方，但小說可能透過情節的生產，把這些不同位置的人在同一個空間呈現出來，然後讓

大家感覺到他們是在一起的，這就是他的小說如何把一群看起來互相不認識不同的人整合在一塊，然後讀者透過閱讀小說，知道了原來我們都是在一起的，是一家人，是一個共同體。各位，這種功夫一般社會科學家哪裡會？社會科學家只會統計，只會說最近臺灣什麼認同，現在統獨認同比例多少這樣，社會科學家只會講這個或是投票率，都是這樣非常庸俗、很表層的東西，可是Anderson就是有辦法用文本分析告訴你認同狀態。比方說我剛剛提到的報紙，日本三一一地震的時候，最初那段最危險的時間我都在日本災區，每天看到的報紙就是在呈現「想像共同體」，因為這些報紙每天不斷在想像震災下的日本，想像我們是一個共同體等。這種報紙的共同體的呈現功能，沒有一個社會學家懂，但Anderson就是懂得透過文本分析和文學理論的方式來向大家解說報紙的共同體呈現功能。除此之外，剛剛也提到他也用了制度論解釋，另外也討論到歷史敘事如何塑造認同等。這就是為什麼會有那麼多人，那麼多不同學科的研究者對這本書有興趣，想要從不同角度去研究它，儘管這本書真正的大論述其實是「結構」，是宏觀的，講的就是說民族主義興起的結構條件，一群人活在某一個領土上面，在哪些的條件出現下，會讓這群人開始覺得說我們是一個nation。這個nation的意思還包含了一個東西，就是說我們是自我統治不被別人管的，我們是主權的，這個想法是怎麼出來的？Anderson想問的是這個問題，這個問題還滿社會科學，而他確實也提出一個很社會科學的論證。我這裡簡單整理一下這個論證。

第一個，你必須要先滿足兩個條件，我們剛剛提到民族主義或者民族的這種想像，在現代的條件下才會出現。然而「現代化」的具體內容是什麼？Gellner強調是工業化，但Anderson談的主要不是工業化。他強調首先要有兩個認識論上的條件出現，第一，人類對於世界的理解方式要從傳統方式改變成現代人的理解方式。如果你活在過去的時代，不可能想像有所謂民族這種東西，首先是因為前現代的人都活在王朝統治下，而王朝就是「普天之下，莫非王土」的普遍主義，所以並沒有一個有界限的民族或國家的概念，也沒有內部同質性的概念。王朝或者帝國，是一種異質性

的概念，當時的人活在一個以異質性爲自然的世界之中，因此不會出現政治上面要有同質的一群人來組織國家，或者政治體的想法。另外還有一種超越民族國家普遍概念，就是宗教的共同體。比方說，英文有一個概念叫Christendom，基督教世界，或者是伊斯蘭，各位看到最近的伊斯蘭國，它就隱含一種普遍主義。普世的宗教共同體跨越了被世俗認定的這些平常的文化邊界，把不同地方的人把整個整合在一塊，因此基本上也是異質的，只是被宗教統一起來。帝國、王朝是被皇帝統一，宗教則是被教宗統一，但是底下的人群依然是異質的。這些概念如果不打破，如果大家會始終認爲這樣是對的話，你永遠不會出現民族主義、民族國家的想法，一定要等到這些概念都被打破才行。

另外一個認識論上的條件是什麼？就是關於「時間」的想法，連時間的觀念都要改變。所以Anderson的論證很複雜，這裡哲學的概念就進來了。他認爲時間觀念必須改變，因爲民族主義需要一種線性的時間觀。例如當你在想像一個中華民族，它是從黃帝以來，經過堯舜禹湯文武周公這樣傳承下來，在這種想法中你必須預設一種線性發展的時間，時間是由某個起點然後往下，以一種必然的，目的論式的方法往下一直無限流動。可是，依照基督教的想法，人類是有開端也有結束的，而且在神的眼中，現在、過去跟未來是集合在一點的，也就是說在神的概念裡，時間是不存在的，但是你必須把時間從神解放出來，讓它變成世俗的、空洞的、同質的時間。在這個新的世俗時間觀之中，從以前到現在順流而下，在時間之流當中的每一點，都共同經驗著共同命運的那些人，就是一個民族。所以如果你沒有一點人文背景的話，根本無法用這種方式去理解Anderson所謂人類世界從傳統到現代經驗的改變。

這是第一個條件，所謂認識論的條件，也就是說，看世界的想法要改變，民族必須要首先是imaginable，必須是可想像的。如果你滿腦袋都是上帝或者是阿拉、皇帝、成吉思汗，就是這種普世概念的話，你永遠不可能去想像一個nation，因爲帝國或普遍宗教底下都是異質的人並存，但nation的成員是同質的。而且同時你要有能力去想像說，雖然我生爲臺灣

人是偶然，但臺灣人這個群體卻是永恆的這個想法。為什麼？我要能想像說，當我死後之後，我的後繼者會繼承我，繼續把臺灣人這個共同體給延續下去。這背後隱含了一個時間的觀念，線性的、一直發展下去的時間的觀念，像這些觀念如果不改變，就沒有辦法產生這種nation的概念。

另外一個條件是資本主義，我稱為社會結構的條件。剛剛談的是認識論的條件，接下來要討論的是社會結構的條件。剛剛那樣的觀念在慢慢改變了，這是意識面，但是現實當中，物質面也要有點改變。要改變什麼？第一，要出現資本主義，還有印刷術。為什麼？要開始想像，你需要有一個媒介，把一群互相不認識的人想像為互相是同胞兄弟姊妹，而對Anderson來講，最重要的媒介就是書籍，特別是方言印刷的書籍。剛剛提到的帝國，或者是宗教共同體有一個特性，他們都透過某種普遍語言來進行傳播，比方說希伯來文、傳統中國文言文，或者拉丁文，這些都是普遍語言。你要把傳播媒介變成地方性語言，然後地方性語言再跟資本主義與印刷術結合。為什麼呢？因為當大家想讀用地方性語言寫作的書時，就出現了一個閱讀市場，而資本主義很重要的功能，就是為了賺錢而去印這些書，結果印出來的書越多人讀，閱讀市場就會擴大，於是根據資本主義規律，這些書就會繼續印。Anderson用了一句很高明的話來描述這個現象——「資本主義、印刷術以及人類語言宿命的多元性三者爆炸性的結合」。為什麼在文藝復興時代開始各地方言興起的問題，書裡面都有提，我只是要跟各位談這大開大闔，優遊上下五百年的書的論證結構。

這三個條件出來之後，特別是在歐洲出現了一批當地語言印刷書籍的閱讀者的共同體，這個閱讀者的共同體開始透過閱讀這種地方語言所印刷的書籍，特別是透過現代小說的形式，想像他們的共同性。現代小說是最能夠承載我們剛剛提到的那種，講述一個家族或者是一個民族的故事傳承、線性時間的過程的媒介。讀者透過閱讀小說去看到，原來我們屬於這個群體。所以你可以看到在文藝復興前後，這個世界開始出現一個又一個方言的閱讀共同體。他說這種東西就是民族的原型，所以你可以看到，第一在意識上，看待世界方法有改變，第二，要物質條件改變。首先，人類

要出現一種很想把利益不斷最大化的一個想法，叫作資本主義。自古以來人類就很愛賺錢，賺錢是一個重大的動機，但是資本主義是一種最新的賺錢動機，也就是它要不斷的自我擴張，資本主義利潤要不斷的擴大，這是第一個。第二個你要促進產業革命，工業化，其中一個很重要的工業化就是印刷術要創造出來，才有辦法創造出一種商品叫作書。所以Anderson之所以為左派的理由就在這裡：民族意識的社會基礎或者物質基礎，就是資本主義出現加上工業，工業裡面的印刷術，動機是賺錢，不是為了去創造一個神聖民族。所以說他才會說，民族主義這種想法的出現，其實是很多各自獨立的、互相不相干的歷史的力量或者因素，在某些時點交會，交會當中自發出現的東西，不是什麼壞人或政客，例如李登輝或是陳水扁操作出來的。它是某一些大的結構，超越任何人能力的一些巨大的力量，相互交錯出來之後，把人類慢慢凝結成一個又一個的共同體，準備好民族要登場的舞臺。這是他的論證的第一部分，所謂大的結構部分。首先，沒有這些現代性的條件，現代的民族主義不會出現，然後他才要解答：在這個確定條件下面，民族主義到底又是怎麼出現？如何傳播與擴散到全世界？他提出了一個叫作「擴散式論證」，而這也是來自馬克思的。馬克思說資本主義的擴張方法——其實不是馬克思講的，應該是托洛斯基說的，他主張資本主義向全世界擴散的方式是，從中心向邊陲擴張，擴張的方法是一波又一波，而且互相的關係是很不平均的，所以才會出現中心跟邊陲，有新進資本主義，有落後資本主義。Anderson就借用這個概念來描述民族主義擴張。同樣情況下，民族主義也是先出現在某個地方，然後往外擴散。剛才提到共有四波，第一波就是南北美的獨立運動，發生在十八、十九世紀之交。然後接下來再傳到歐洲大陸的群眾性民族主義，就是像我剛剛提到的馬志尼等志士想要由下而上，推翻王朝的民族主義，這是第二波。結果第二波民族主義又引發了統治歐洲的那些皇帝、國王們的緊張，他們覺得現在怎麼變成這樣？這些愚民百姓以前都沒有意識到自己在當奴隸，為什麼突然之間變得開始有意識？於是他們想到，既然如此，那我就反過來將你一軍，在你還沒有動員起來我先動員，你要講民族主義，比方說你逼我

說臺語是嗎？好，那這樣，在你還沒有講以前我先拿過來講，於是用官方的方式，先動員去操作民族主義，用民族主義來收編群眾運動，這個是第三波。這一波擴散出去之後形成一個對外的變形，從原本收編內部群眾運動的官方民族主義，又擴散到外部變成了帝國主義，到海外領有、支配殖民地。所以根據Anderson的定義，帝國主義是官方民族主義的一個型態。最後一波，就是大約蔣渭水他們那個時代，二十世紀初期開始的那一波，叫作反帝國主義或反殖民的民族主義，指的就是非洲的這些被殖民地化的地方出現的民族主義運動。

　　對於每一波出現的民族主義，Anderson都會以那一波特殊的情境來解釋它的形成。每一波民族主義的形成，雖然有一個共同的現代性的大條件——也就是至少要有印刷資本主義的這種經濟形態跟技術水準，而且在這個地方，大家看待事情的方式已經開始在改變。在這些共同條件之外，每一波、每一個地方出現民族主義的原因都不一樣。南、北美為什麼會出現民族主義？本來南北美洲都是從殖民母國過來進行拓墾的殖民地，為什麼會突然想獨立？為什麼在殖民地住久了會想獨立？簡單說，這些歐洲裔的入殖者、海外移民被母國長期封鎖在殖民地，因為歐洲的母國對殖民地產生歧視，不讓歐裔移民有向上（回母國）社會流動的機會，像美國或者拉丁美洲就是如此。母國的人覺得我是純種西班牙人或者英國人，而那些跑到了美洲殖民地的歐洲人已經變成不純粹的歐洲人了，所以他們不能夠回到歐洲母國來當官，只能夠永遠留在殖民地。結果這些歐裔移民和入殖者一輩子只能夠被關在殖民地裡面，日久他鄉變故鄉，於是突然之間我變成American美洲人，我們都變成了Americans美洲人。這就是第一波的論證方式，這是一種制度論的解釋，也就是說如何透過行政的制度，讓歐裔海外移民沒有辦法往上流動，當你不斷被歧視，長此以往，你就會產生把歧視你的人當成他者，把你們這些共同被歧視的人當作「我們」。這是第一波民族主義形成的解釋。

　　第二波民族主義，主要是一種群眾的語言的民族主義，出現在十九世紀上半，我們所熟悉的音樂史上的國民樂派，以及當代歷史學的出現，這

些都是這一波以語言爲主的民族主義的產物。然後到第三波的官方民族主義，就是我剛剛提到的，統治者爲了要防止底下群眾運動用民族主義來推翻他的統治，於是反過來利用民族主義，把民族主義「官方化」。這些統治者現在趕快說，好，那我也是英國人、我也是俄羅斯人，於是突然之間他們突然就有了歷史，屬於這個「民族」了。其實歐洲統治王朝的貴族原本並沒有在地歷史，哈布斯堡家族事實上在好幾個不同國家統治，他們沒有國家意識，只有互相之間的親族意識，可是到了群眾性民族主義出現之後，他們開始不認同橫向認同，轉而向下認同，這種情形有點類似現在在臺灣，過去統治者突然開始說「我們都是臺灣人」一般。也就是說，當群眾運動用的是民族主義語言的時候，被統治者反過來運用民族主義的語言；當民眾認爲自己是某一個民族的時候，統治者害怕被民眾推翻，於是趕快搶先認同民眾的民族，大約就是這樣的邏輯。

然後到最後一波，也就是殖民地的民族主義的時候又需要另外一種解釋邏輯。臺灣在1920年代的臺灣民族主義運動是怎麼出來的？其實除了前面講的印刷資本主義這些條件之外，你還得要看看臺灣是不是符合他所描述的那些條件。他指的例子是最有名的例子，就是像印尼，印尼有一萬多個島，講幾百種語言，爲什麼會冒出一個「印尼人」的意識？這當然沒有那麼容易，所以Anderson就要去解釋殖民者如何「創造印尼人」。印尼領土的邊界是荷屬東印度群島的邊界，荷蘭殖民國家把一群歷史上完全互不相干的人湊在一塊，他們沒有什麼族群文化共通性，但卻共同被荷蘭殖民了三百多年，然後三百多年後，十九世紀末期這些被殖民者之中出現了一小批的菁英，他們母語族群都不同，但是到巴達維亞受共同教育，都會講荷蘭文，用荷蘭文和一種通用的馬來語當作共同語言，因此產生了印尼人共同意識。Anderson提醒我們，所以你該研究的就是這一小波人是怎樣出現的。同理，各位也可以來研究看看到底「臺灣」怎麼出來的。

書中討論的就是這四波。這是這本書原本的論證，非常的完整。我們臺灣1999年出版的中譯第一版是依據增補版所譯，多了兩章，但英文原文1983年的初版，原本只有九章，而這九章結構剛好依循起、承、轉、

合開展，非常清楚。Anderson一開始的問題就是，中國為什麼會跟柬埔寨在越南打仗？然後最後第九章的〈歷史的天使〉，他又回到了為什麼他們打仗的原始問題，所以這本書的結構非常完整。各位想想看，寫這種社會科學作品，你要駕馭上下五百年、範圍橫跨全世界，而全書九章總共只有兩百多頁而已，你的文字駕馭能力要有多好，才能夠把一切整合起來。結構緊密、文字駕馭漂亮，加上博學，能夠善用各個不同學科的理論語言，把那麼複雜的現象，用一個清楚的架構加以解釋——你贊不贊成他的論證是一回事，這本書毫無疑問寫得是非常漂亮。

五、民族主義的兩面性與歷史性

接著我再簡單說一下，Anderson這本書對於民族主義現象的態度，還有他跟臺灣的關係，然後我就做一個結論。

從今天演講一開始，我跟各位報告Anderson的背景，各位應該就可以知道他在情感上對民族主義的態度。他的態度是兩面的，他是一個左翼知識分子，非常清楚搞民族主義很容易被統治階級或資本家利用，從而掩蓋社會的矛盾，但是他也知道說在某些時候，例如當外來強權壓迫弱小民族的時候，作為抵抗權力的民族主義是可敬的，是必須支持的。由此我們知道，第一，Anderson很清楚民族主義的兩面性，它有時候是進步的，有時候是反動的，因此你沒有辦法用一個簡單的概念去籠統的去界定、評價這個很複雜的現象。其次，我們會理解民族主義與民族認同具有高度的歷史性。什麼叫歷史性？就是說他們都是透過一個歷史過程當中形成的，你要理解這些現象，必須回到那個歷史的形成過程去理解他。所以談民族主義的時候，你不能夠以為這是任何一個個人操作出來的，民族主義與民族認同通常都是經過一個漫長的歷史過程，以及非常複雜而巨大的社會變遷的過程才出現的東西，因此我們要了解其歷史性。在這裡存在一個重要的教訓，關於我們應該如何去認識、理解這個世界上，包括我們自己在內，以及我們周邊的人，所有不同的人的民族主義情感與認同。如果容許我引伸Anderson論證的意涵，他的意思就是說，你應該要把這些不同的民族認同

予以歷史化，要去理解跟你不同的這些認同是怎麼來的，也要去理解你們自己認同形成的歷史過程。而在理解之後還有一個很重要的工作：要學會把你自己的立場相對化，人家有一個過程出來才形成這個想法與認同，我自己也有一個過程，大家互相把自己相對化，於是我會理解我不是惟一跟絕對的，在這過程當中就出現了我們對話的開端。我稱此為一種「認識的倫理」。

那《想像的共同體》和臺灣的關係呢？我提出兩點，一點叫「除魅」，一點叫「建構」。除魅是什麼意思？就是我剛剛提到的這本書，或者說以他為首的1960年代以來的這一批建構論的民族主義研究，很重要的一個功能就是，他們認識到任何民族認同，因為它是歷史當中形成的，是建構的，所以它是相對的。有了這樣的認識，你就不會把自己絕對化，也不會相信任何神話，堯舜禹湯文武周公所有這一切。科學已經證明，除非你把一個群體長期封閉一萬年，否則它不可能形成明確可辨識的DNA共同性，所以這類種族神話並沒有任何意義。因此，我想臺灣對於這本書的引進，以及接下來跟他同世代的幾本建構論的民族主義研究經典的引進，在本地引發的種種後續關於民族主義的認識跟研究，事實上對臺灣社會有很大的除魅效果。為什麼今天習近平講中華民族在臺灣沒有什麼市場，很大的原因並不是因為我們瞧不起習近平，而是因為我們在知識上比中國進展，因此我們知道民族主義現象的歷史性跟建構性，所以我們不會被這一類血緣的語言所迷惑，這個就是我所謂的除魅效果。我們最早當然是從除魅國民黨意識型態開始，接下來我們也陸續除魅了一切這一類想法。我們說「一切」，當然包含任何試圖運用歷史虛構的臺灣民族主義在內。

那什麼叫建構呢？建構就是說在上述這個基礎上，如果我們還想要建構自我認同的時候，你就必須要避免重蹈過去，透過國家力量由上而下，透過謊言透過洗腦，透過灌輸透過強制，透過同化的方式來塑造認同的途徑。這種十九世紀模式你必須迴避、必須避免。其實現在在臺灣已經不可能複製這種路線。如果你真的覺得說，你還是認同臺灣，你希望為大家建

構一個我們大家都可以包容進來的、開放的，進步的、多元的臺灣認同的時候，你就沒有辦法再走過去那種國家暴力，由上而下的老路。你要由下而上，很耐性的去尋找共識，這是另外一個效果。我覺得我們臺灣因為有民主體制的關係，事實上一直在往認同建構上發展，而且是有一條由下而上的認同建構道路。放在世界的規模來談，這幾年來有很多這一類事情在發生。蘇聯瓦解之後有一段時間，將近二十年是美國的霸權穩住這個世界，可是大家知道從2002年以後，中國因為加入WTO開始崛起，美國霸權開始衰落，俄羅斯在普丁的領導下，要恢復他的帝國主義的路線，整個全世界現在進入到一個天翻地覆的狀態。在這個混亂情況下，一方面是新帝國要擴張——大家知道中國要擴張，現在走的是很明顯的帝國主義的路線，另一方面舊帝國美國也不打算退讓，於是有所謂的「東亞再平衡」戰略，換言之，中美爭霸會是一個重要的重頭戲。蘇聯不甘寂寞也要進來插一腳，所以要進攻一下烏克蘭，這就是所謂復國主義，也就是民族主義轉為擴張性帝國主義的先聲。另外，還有像IS伊斯蘭國的這種跨地域性的泛伊斯蘭主義運動。伊斯蘭國事實上是想要把一、二次大戰以來，英法帝國強權用殖民地邊界所畫出來的那些阿拉伯國家的邊界全部打掉，要以當地伊斯蘭信徒的領土為核心重建伊斯蘭國家，因此這是一個建構新國家的行動，也具有一種跨領域的帝國主義特質。所以現在全世界天翻地覆，一方面有帝國的擴張，另一方面在邊陲地區則出現了很多被壓抑的弱小者的認同運動，蘇格蘭的公民投票就是其中一例，雖然沒有過關，但這兩天的英國大選，SNP蘇格蘭民族黨，從六席得到五十六席，整個工黨只剩下幾席，工黨跟自由民主黨都大幅下降。另外，沖繩的民族主義運動也在起來，連香港都出現香港民族主義運動，再加上臺灣的三一八運動，簡直就是邊陲地區國家意識大爆發。

我們可以預見，新一波民族主義的紛擾即將出現，在這樣的局勢下，《想像的共同體》書中討論的過去這幾波民族主義的歷史實踐經驗，和理論的反省經驗，對我們有什麼幫助？從臺灣角度而言，我覺得臺灣處在一個相對進步的階段，對這個問題已經有一定的進步反省。一個社會如

果為民族問題所苦惱，為認同的分裂問題所苦惱，但願意很真誠去反省這些問題的話，通常經過一段時間會找到一些解決方法，所以可以看到為什麼UK聯合王國（英國）懂得使用公民投票的方式來處理蘇格蘭的問題，為何加拿大也可以用公民投票處理魁北克問題，而為什麼澳洲、紐西蘭可以用高度自治的方式，在憲法層次上解決原住民主權的問題。這個都是一種進步的反省。我認為民族主義這個現象會不斷一直出現，因為它源於核心對邊陲的壓迫這種結構，如果不平等的結構不消失，而且又和文化的差異重疊，全世界隨時都會爆發出新的民族主義運動。在這種情況下面，過去的歷史跟理論的學習，可以帶給我們什麼呢？首先，我們會知道，儘管民族主義可能會一再發生，但它的發生是有原因的，不是任何人惡意操作出來的。其次，我們要想辦法針對那個原因去尋找解決方案。第三，就如我剛剛所提到的，把這個民族主義運動歷史化，把自己相對化，然後找到一個對話的可能性跟基礎。當我們今天對民族主義現象已經理解到這個程度的時候，再說什麼烏克蘭是俄羅斯固有的神聖領土，或是臺灣，或是沖繩、釣魚臺是我的固有領土，這種話就代表你沒有讀書，沒有反省。

　　和先進國比起來，臺灣在這方面的反省也許不是最進步的。不過，臺灣處在大中華的邊陲，離開威權核心雖然不夠遠，但是依然有一定距離，這樣的地緣位置使得臺灣得以有機會民主化，並且有了一點批判性知識累積的經驗，所以我們今天應該多少可以跟UK或者是加拿大的比擬。換句話說，我們對於民族主義問題的反省至少是相對較進步的。

結語

　　最後，讓我做一個結論。《想像的共同體》在全球有三十一種語言的譯本，Anderson在最新的那一版，就是我們臺灣2010年出的這個中譯定本，在這個版本的最後，他加了一章叫〈旅行與交通：《想像的共同體》的地理傳記〉，在文中他對本書在全世界被翻成三十一種語言的譯本的過程，做了一個非常有意思的考察。我把這章翻完之後，才第一次體會到原來整個過程是這樣的。他告訴我們，這本書被全世界各地翻譯的時候，幾

乎很少例外的，都是每個地方的比較開明跟關懷社會的進步知識分子，爲了希望能夠讓整個社會不要那麼反動而去翻譯的。也就是說，《想像共同體》全世界三十一種語言譯本，三十二個出版《想像共同體》的國家，自身形成了一個想像的共同體。各位，《想像的共同體》的翻譯，自身形成了一個想像的共同體，而且這個想像的共同體的特性是進步的，不是所謂反動的、法西斯的、右派的那種由上而下的民族主義，而是一種社會改革的、開明的、多元寬容的民族主義。它認識到人類對認同的需求，但是它也知道人類的認同一旦缺乏自我反省，就會失控，《想像的共同體》就是一部試圖兼顧自我反省跟同情理解的作品。所以我們非常高興，也非常榮幸的說，我們臺灣系列全世界三十一個《想像的共同體》的會員國之一，而且我們是中文世界的領頭羊。爲什麼要這麼說呢？因爲我們這個版本，自從跨海到了中國大陸以後，就變了樣。大家知道所謂「七不講」不是今天才開始的，七不講很早就開始了，我這本書被刪是最早的例子之一。它的第一版簡體字版是我還在美國的時候收到的，一打開書來看，糟糕了，有些地方很怪，結果發現原來少了第九章，整章都不見了。爲什麼不見？因爲裡面稍微開了一下鄧小平的玩笑，結果整章都不見了。還有我的導讀裡面關於臺灣的部分全部刪掉，我的譯後記裡面關於自己作爲一個臺灣史研究者的自述，也被刪掉了「臺灣史」字樣，大概就是這樣的狀況。後來Anderson知道這件事情之後非常惱火，準備要隔海去告上海人民出版社，可是因爲離得很遠很難告，所以就暫時擱置了。等到要出最後這個定版的時候，因爲我們是具有光榮進步傳統的臺灣，當然就出了完整的版本，沒有一點問題，也沒有刪一個字。結果中國大陸又說他們也要出，然後呢？Anderson就故意跟他們說，我還是要用吳叡人這個版本，中國方面就跟我聯絡，我跟他們說希望你這次不要再刪，他們回答說我們會努力看看，結果要寄回來的時候還是刪掉了。不過這次他刪的比較技巧，以前刪的是整章，現在就是刪了前面那幾段這樣，另外乾脆就把我的譯後記全部刪掉。問題是，Anderson在那篇講這本書如何旅行了三十三個國家故事的新章節〈旅行與交通〉裡面，一方面小小的稱讚了本人一下，但另一方面又大大

的修理一下中國胡亂刪書的行為，批評他們非常野蠻、不文明。這一整段中國版當然也全部刪掉了。所以說，抗議了半天，他照樣刪，只是這次刪的有技巧一點而已。

這整件事給我一個很大很大的啟示。臺灣作為一個在國力上相對的弱勢的國家，在政治上、軍事上，在經濟力上沒有辦法跟中國這樣的強權對比，那麼，相對而言到底臺灣的優勢在什麼地方？我不敢說《想像的共同體》的翻譯，代表了什麼了不起的意義，但是它可能是一個小小的例子，讓我們可以說明我們有擁有的「軟實力」在什麼地方。各位，請容我再強調一次，這本書是全世界人文社會科學界的超級暢銷書，這本書譯本構成的共同體裡面我們是會員國，還都不用花錢我們就加入了會員國，而且是一個進步共同體的會員國，而中國還不是，中國嚴格講只是觀察員，因為他們刪了書，因此喪失了完整會員國的資格。我的意思是說，到底我們的優勢在什麼地方？老實講，不是在經濟，更不是在軍事，我們的優勢應該是在知識跟道德，這是我從個人經驗中得到的體悟。

最後，我做一個結論。所謂「認同的重量」是什麼意思？這是我為《想像的共同體》寫的導讀的標題，它有兩重的意義。第一層意義是說，認同是歷史的產物，所以不是隨便任何人可以製造出來的，歷史一個有重量的東西，經由歷史過程形成的認同，是一種植根於歷史的情感，因此也是有重量的，而且是穩定社會的一個錨。一個社會如果沒有一個核心的價值，沒有對這個社會的一個根本的認同的話，這個社會很容易被兩樣東西帶著跑，一個是政治強權，另外一個就是資本。我們對後者大概感觸特別深，這些年來的新自由主義在臺灣到處炒作、掠奪土地。而掠奪土地等於是掠奪認同，因為很多情感和認同附著於土地之上，很多人因土地炒作與開發失去了故鄉，很多農民失去了耕地，整體而言，資本對土地的掠奪讓我們臺灣逐漸從根本失去了文化與認同。如果沒有認同，就不會有一個土地，也不會有一個國家，也不會有一個進步的社會。所以，如果我們讀《想像的共同體》這樣的書的話，首先會讓我們感受到認同的重量——這句話的意思就是說，人不是輕飄飄地，無根地活在這個世界，你需要有一

個anchor讓你穩住踩在這個土地上，那個東西叫作認同。它不是被操作出來的，而是從歷史當中出現的一個真實的情感，這是第一點。第二點是我剛剛提到過的，要去學習、理解自己的過去與認同形成的過程，尤其當我們是受高等教育的知識分子的時候，不僅要直覺地去做一個臺灣人，同時要更進一步去學習臺灣的歷史，以及他人的歷史。透過這個學習歷史過程當中，去理解我們彼此認同跟情感的形成，原是一個大的歷史過程的產物，有時候不是我們個人可以控制的。我為什麼從來不跟統派吵架？統派經常對我挑釁，但是我從來不吵架的原因何在？你說，認同的鄉愁的方向要如何辨論？鄉愁的方向是一種情感，你今天喜歡余光中的〈鄉愁四韻〉，你要唱長江黃河，而我喜歡淡水河、濁水溪，喜歡南湖大山或者是玉山，這個事情根本沒有辦法辯論，那個是歷史形成的情感，而你沒有辦法選擇你的出身背景跟歷史。然而我們透過學習自己的歷史，以及學習他者的歷史認同，確實可以得到相互理解，得到彼此同情，從而把自己的立場相對化，於是創造了一個可以對話的基礎。我認為今天臺灣內部的對話，已經達到一個階段，我們慢慢得到一些相關的理解跟諒解，但是現在臺灣跟所謂「強國」中國之間，還沒有真的開始對話國，國共之間還在搞「一中」之類的歷史虛構，簡直在侮辱我們的智慧。在臺灣，我們早已因精讀這本書而獲得相互理解與和解的線索，但是中國依然停留在歷史虛構和政治宣傳的層次，到現在還不懂得要回到歷史的過程去理解，臺灣人為什麼會產生一個跟中國不大一樣的認同，以及臺灣人的情感是什麼。我們過去已經學了太多中國了，現在應該換他們來學我們，來了解我們的歷史。所以我真的很希望有一天，這本書可以以不經刪節的方式，登陸在中國，然後由此開啟兩個國家、兩個人民以及兩段歷史的真實的對話和理解。謝謝各位聆聽！

玖
集體美夢與自由之名

鄧育仁

中央研究院歐美研究所研究員

前言：伯林生平與思想概述

我今天主要是用以賽亞・伯林（Isaiah Berlin）的《自由四論》（*Four Essays on Liberty*, 1979）這本書，來談他對於自由的看法。伯林他對自由的看法，一般而言，談的就是他的積極自由跟消極自由——他對積極自由的批判，以及對消極自由的說明跟闡述。我把今天的講題稱為「自由四論」，副標題則為「集體美夢與自由之名」。集體美夢是指他的那個時代，就是二十世紀的時代，特別是社會主義與自由主義，或者說是共產主義與資本主義，或者是說以蘇聯為主導的集團，跟以美國為主導的集團，在全球競爭之下所形成的二十世紀對峙格局。他在那個格局之下所做的一種觀念史的反省，一種哲學見解和闡述（他自己或許不會這樣講，但別人會這樣看）。

我的演講大致上分兩部分，第一部分就是要跟各位談談伯林怎麼看自由這件事。伯林有一本書叫《觀念的力量》（*The Power of Ideas*, 2000），他一直強調觀念會產生非常大的影響力，有些學者不曉得他的觀念會對人類歷史造成非常大的影響力，他們不知道有些很重要的觀念可能會造成很不好的後果，需要學者站出來批判、分析、解構。如果沒有人站出來做這件事，那麼當這個觀念滲透到各個地方的時候，就會產生非常強大的威力。

我回頭過來講一下伯林年輕的時代，他是猶太人，在蘇聯出生，後來戰亂發生，他們舉家遷往英國，他就在英國受教育。這幾個身分背景，讓

他在英美世界的哲學傳統裡站在一個獨特角度的觀點，來看問題及進行論述。他本來是念哲學，但後來發現他難以認同當時的哲學主流，因此自認為在那時候的哲學氛圍之下，大概不會有什麼貢獻，所以轉到思想史。他以觀念為主導，然後從歷史的角度，來看一個觀念所產生的流變跟影響力。他最著名的就是關於自由的論述，在此論述之下，他有一個很根本的看法，到現在影響還是非常大，就是多元價值的觀點。等一下我也會把自由跟多元價值，兩個具有怎麼樣關聯向各位做一個概略的說明。

第二部分我會稍微從另一個角度，從二十一世紀的新情勢，特別是在臺灣的情況之下，來看伯林對自由跟多元價值的觀點。我認為要看臺灣的問題，不能只由臺灣來看臺灣，那會把臺灣給看小了，必須要從全球的角度、全球的發展，來看亞洲崛起之下，臺灣有什麼新的機會。我覺得從這個角度來看，才能夠把臺灣給談活起來，有人或有一群人來想這件事，這是一件在現階段很值得做的事。

我今天會從這兩個部分，來跟各位談談伯林他對自由的論述。這個是我從史丹佛網路百科全書下載的伯林的照片，它有對伯林做一個簡明的介紹。這是他的照片，活了一大把年紀，1909年至1997年。他在英國有很大的影響力，除了是一個學者，他還是一個公共知識分子，對當時候很多公共議題提出他的看法，不但接受

圖9-1　伯林
（資料來源：https://plato.stanford.edu/entries/berlin/）

訪問，還有BBC的記者訪談，以及雜誌的訪談等。他的影響力不只在學術界，也滲透到英國社會裡，我對他的說明會從觀念的歷史及哲學的見解來談。剛剛也跟各位提到了，這主要是說伯林把自己的定位放在一個觀念史的學者和公共的知識分子，比如說他在寫自由四論的時候（特別有一篇

文章是在談兩種自由的概念），你可以看到他是以觀念史的角度在寫，但裡面總有一些重要的哲學見解穿插其中。除了我剛剛講到的公共知識分子跟學者之外，他在學界裡對哲學跟觀念史都有重要的貢獻。

伯林曾經寫過一篇文章來討論托爾斯泰。[1]托爾斯泰是俄國的大文豪，伯林在談論托爾斯泰的時候，特別用了狐狸跟刺蝟（Hedgehog and Fox）的比喻。在西方談論政治哲學的時候，常常會談刺蝟跟狐狸的差別：狐狸懂很多東西，腦筋動得很快，刺蝟則只懂一個大的東西。這意思是說，學界裡有兩種不一樣才華的人，一種是他掌握一個很核心的觀念，然後用一個很有系統的方式貫穿下來，發展他的學術論述；另外一種人則是很靈光，這個懂，那個也懂，都能夠提出他的洞見，而且建立其中的關聯，這是狐狸的學問。伯林說托爾斯泰具有狐狸的學問，他的信仰則是刺蝟的信仰，有一個很大的觀念。不過在某個角度上，我覺得伯林像一隻狐狸，懂很多東西，因為他是一個公共知識分子，對很多事件、很多議題都有獨到的見解，然後他的觀念史，就史觀的層面而言，他也懂得很多。可是呢！回頭一想，他好像也有一點像刺蝟，他懂得一個大觀念，這個觀念從後見之明來看，是多元價值的觀念，他是在多元價值的觀念之下來闡述自由，還有其他的論述。不過還是跟刺蝟不一樣的是，那不是系統貫穿的關聯。

順帶一提，有一位剛剛過世不久，曾來過臺灣的學者德沃金（Ronald Dworkin），他最新的一本書《刺蝟的正義》（*Justice for Hedgehogs*, 2011）中有一個系統貫穿的大觀念。提這個是告訴各位，狐狸跟刺蝟本來是在希臘古典時期的一個故事，經過伯林寫了這篇文章之後，狐狸跟刺蝟成為價值論述裡很重要、有意思的象徵。

接著我們來看引自伯林的一段話，[2]我想從這段話開始來講。這句話

---

[1] Isaiah Berlin, *The Hedgehog and the Fox: An Essay on Tolstoy's View on History*, (London: Weidenfeld and Nicolson, 1953).

[2] 此處的原文翻譯為「如果就像我所相信那樣，人的目的是紛多的，而且原則上並非所有目的都能彼此相容，那麼無論是在個人或社會裡，衝突的可能性以及悲劇性的後果，都無法從人類生活裡全然被排

非常的簡潔，但是我個人覺得卻把他的多元價值的觀念，跟他背後的一些關懷，還有他爲什麼會強調消極自由的重要性，爲什麼會花很多篇幅去談積極自由可能帶來的悲劇性的後果，都隱含在這短短幾句話裡。請各位稍微注意一下這句話裡面提到「悲劇性的後果」、「個人跟社會、還有衝突無法全然被排除」。我用很簡化的方式來說明他的意思，比方說有人希望以後當老師、有人希望去從商、有人喜歡搖滾樂、有人喜歡古典音樂，每個人的目的、價值觀都很不一樣。在西方的傳統裡，大概從柏拉圖、亞里斯多德時代開始，中國大概也有很明顯的這個傾向，就是一直相信只要這些是良善的價值，都可以相容，並存在一起，成爲一個兼容並蓄的傳統。伯林這句話告訴我們，衝突不會只有善惡的衝突，不會只是好人跟壞人的衝突，人類文明越來越發達的時候，當我們把善惡衝突解決得差不多的時候，還有更深層的，一直被忽略的一種衝突，那就是良善價值之間的衝突，而這些衝突沒有辦法全然從人類的歷史中排除掉，且會有悲劇性的後果。

兩種不同的自由：積極自由與消極自由

在這個想法下，他提出多元價值的觀點跟他對自由的論述。以下我先從兩種自由的概念談起。伯林區分了消極的自由跟積極的自由，這二種自由不是他發明的，而是他從觀念史中對自由的論述裡提煉出來的。他在提這兩種自由的論述的背景是二十世紀，簡化來講，是以美國爲主導的自由世界或資本主義的世界，另一邊是社會主義或者共產國家共產集團，或者說專制社會的世界。這兩個世界的衝突跟競爭，是他在思考自由的一個很重要的背景關懷，在這樣的背景關懷之下，他去定義消極自由。看起來好像很淺顯易懂，不過背後是有些觀念上可以進一步論述的空間。消極自由重要的是不被別人干預，你要做什麼，別人沒有來干預你。比如說，你如果想現在走出教室，你就走出去吧，我不會干預你，那你就有走出去的

除。」引自Isaiah Berlin, "Two Concepts of Liberty," in *Liberty: Incorporating "Four Essays on Liberty"*, Henry Hardy (ed.) (Oxford, UK: Oxford University Press, 2002), p. 214。

自由，如果我干預你的話，你就被別人干預，你的消極自由就受到阻撓。如果你是去打網球時腳扭到受傷了，同學送你進來上課，你現在想走出去卻因為腳受傷走不出去，這時沒有人干預你，所以你的消極自由沒有被阻撓。在消極的自由裡，有一些正面的、負面的後果，等一下我們有機會再仔細來講。

積極的自由則是跟眞誠與自主的地位有關，我今天大部分會講自主的地位。眞誠是說，比如說那位同學就是有菸癮，常常在抽菸，可是他為了維護他跟女朋友的關係（他女朋友希望他戒菸），很眞心的想要戒菸，然而菸癮一上來，他還是趁女朋友不在的時候把菸掏出來開始抽，一面抽一面很後悔，一面又很害怕被女朋友發現。這時你選擇了抽菸，你有消極自由，但在這裡你沒有積極的自由，因為抽菸不是你要的。嚴格講起來，當你捫心自問，很眞誠的面對自己的時候，你是不想抽菸的。消極自由不管你這個，它只看你最後的選擇是什麼，也就是說，消極自由就是你很想這樣，然後最後做出這個選擇，沒有人來阻擋你，這樣你就有消極自由。積極自由則是看，在你想這樣做的背後，你的內部還有怎樣的故事。眞誠的自由可怕的地方是在於說，有時候老師會說，你眞正想要的不是這個，而是那個，你要聽我的，你才有積極的自由。在這個情況之下，老師介入干預你的消極自由，但是他的目的是建立你的積極自由。假如各位讀過《一九八四》（*Nineteen Eighty-Four: A Novel*, 1949），裡面就有一個老大哥告訴你，你眞正想要的是這個，你就去做這個。你眞正想要的是去當老師，你就去當老師；你眞正想要的是當泥水匠，你就去當泥水匠；你眞正想要的是當工程師，你就去當工程師，老大哥把大家分配好，這就是伯林認為積極自由之下有可能導致的後果。

另外一個是自主的地位，自主的地位是指你會給自己立下一套規矩，會按照這個規矩來做事。為什麼會強調這個？因為有一些人可能沒有自主的地位。比如說你早上醒來，想到圖書館好好念書，為了今天早上十點鐘的課，你想先預習這本伯林的兩種自由的概念；早上起來了，想到圖書館念書，結果走路到一半突然想到自己還沒有吃早餐，於是打算先去吃

早餐；走到一半，發現口袋沒有香菸，想說還是先抽根菸好，於是轉個彎要去買香菸；然後走到一半，有朋友過來約你今天一起出去玩，你說好好好就跟著走；走到一半又想到，不對啊自己十點要上課，結果又回來了。你一路上就這樣變來變去，然後一事無成。你就是沒有自主的地位，因為你沒有給自己立一個規矩，給自己立一個約束，所以外在有什麼事情影響你，你就改變，內在有什麼慾望或者有的沒的癮頭上來，你就受到影響，改變你原來想要做的事的想法，你沒有自主的地位。自主的地位大體是說，你要給自己立規矩，要給自己立下約束，自己給自己的一種規範。你如果讀過康德的話，就知道康德說這個規範叫作道德法則。以上簡單說明積極自由跟消極自由。

從兩種自由的區分來談政治上的自由

一、政治上的消極自由

伯林很強調的是，這些觀念在歷史上產生非常大的影響力，特別是在二十世紀造成一種非常悲劇性的、世界的政治格局。他要談的主要是自由主義跟社會主義的對峙，然後在這個對峙裡來談政治上的自由。我們剛剛談的自由，不一定是政治上的自由，伯林要談的重點則是放在政治上的自由。他有提到政治背後都有一種以武力為後盾、強制要求的力量在那邊。如果只是談一般的自由，有人可能只會說說幾句，說你胡來，但他不會用政治上以武力為後盾的強制要求來約束你或來限制你，或甚至把你抓起來，關到監牢裡邊。現在我們要講的自由是政治上的，而且背景是整個全球的政治格局，自由世界跟社會主義的政治集團之間對峙的格局。在這個格局之下，我們先來看消極的自由。伯林認為在政治上去要求自由，你只能夠最起碼要求給人、給一般的社會大眾、每一個人消極的自由。給每一個人消極自由意思是說，你不能干預他，他也不能干預你，在這個情況之下來建立法律的制度，建立政治的秩序。你不能說我要做什麼都可以，才

是保障我的消極自由，不可以這樣！你如果做什麼都可以，你胡作非為干預到別人的消極自由那也不行。所以在保障每個人消極自由之下，我們要做一些調整，讓你的消極自由可以跟別人的消極自由能夠相容，建立政治跟法律的秩序。要特別注意的是，這也是政治要求的上限，你不能要求更多，比如說要求積極自由，那就會有災難性的後果出來。比如說我看你思想有問題，需要勞改改造，才能夠發展你真正的自己，擁有積極的自由，於是我就把你送去勞改，送去北大荒。伯林會說，政治上消極的自由是最起碼的要求，也是政治要求的上限，你如果要求更多，就會走向像當年那種社會主義專制的格局，大體上是這樣，但他常常用的例子倒是納粹之類的。

二、政治上的積極自由：族群的地位

再來是積極的自由，我分成兩段來談。在談積極的自由的時候，他會說有時候你要求的不是自由，你要求的是一種地位。在二十世紀全球的政治格局裡，有很多所謂的殖民地，那時候的滿清政府算是半殖民地，印度則是殖民地，還有世界各地很多的地方都是在西方強權底下的殖民地。這些地區的人在爭取自由的時候，伯林發現他們要的是被認可的地位，希望自己所在的這個群體是被認可的，沒有另外一個群體可以對自己指指點點，壓迫自己，約束自己。如果以中國的歷史來看，中國獨立建國是件大事了，在世界強林之間站起來，去要到它要的地位了。在獨立建國的要求之下，很多人寧可犧牲個人的消極自由。伯林要我們注意，直到他還活著的1990年代，他看到很多人，特別是在一個國家內的少數族裔、弱勢族群，他們寧可被自己的族長壓迫，但是也要追求自己的族群被尊重、被認可的地位。

臺灣有沒有族群的問題？我們臺灣所謂的族群，有人說這是後來建構出來的，有人說這裡有自然的趨勢等。比如說現階段常談的有客家的族群、閩南的族群、原住民的族群，原住民裡邊又再區分，有時候為了爭取自己族群的政治地位，寧可犧牲個人消極的自由。伯林是講到一旦這種情況出現，我們要怎麼做呢？第一個作法就是要分清楚，當你在爭取所謂的

國家自由，你要知道你在爭取的不是自由，而是一種被認可的地位，特別是集體被認可的地位。在這種爭取當中，當你願意犧牲個人消極的自由，或者你要犧牲自己集團裡其他人的消極的自由，要他們都聽你的，不要亂來，這個時候至少觀念上你要分得很清楚，你到底是在爭取什麼，再來看要怎麼做。伯林這裡有一些難以處理的問題，重點是每個問題都要「具體情況、具體來處理」，他沒有說消極自由的價值壓過其他的價值，他從來沒有這個意思。他只是說當你在考慮兩種價值，就是說被認可的地位（比如集體的地位、團體的地位），還有個人消極的自由，當一群人在權衡這個事的時候，最重要的一件事是說避免苦難、避免悲劇，然後大家能夠在妥協中各讓一步。這個原則講起來容易，做起來不容易，這牽涉到具體問題怎麼具體解決，他的大方向大體是這樣。他看到悲劇性的後果，看到太多苦難，看到太多必須在恐懼中活下來的人，特別是他猶太人的經驗，所以提出這個原則。他一再強調這是不容易的事，他只是提醒說觀念要分清楚，原則方向是這樣。不容易的事正是我們所要面對的具體問題，然後具體處理，一步一步來做。

關於個人、階級、國家、歷史，我會特別提到個人與國家是因為當時候二十世紀全球的政治格局問題，包括現階段還有許多國家在戰亂當中，為自己的族群拋頭顱、灑熱血，或者屠殺對方。階級方面，因為伯林他也認真研究馬克思，也寫過有關馬克思的書，[3]我在這就不多談，等談到貧富差距的時候，再多少談一點。歷史方面，他在《自由四論》裡的第一篇文章就談到，[4]在當時候有一種歷史觀點是歷史的必然性，你把自己放到歷史中的一個位置，從這個歷史的必然去走向未來。他對這點有很多的批判，我只提其中一個，就是逃避責任，逃避觀念思考的責任。未來不是已經定下來了，總是要在具體問題具體解決當中。避免苦難、避免恐懼，然後好好的想辦法來解決問題，大體上是這樣。如果各位有興趣的話，這裡

---

3 例如Isaiah Berlin, *Karl Marx: His Life and Environment* (London: Thornton Butterworth, 1939)。

4 Isaiah Berlin, "Political Ideas in the Twentieth Century," in *Liberty: Incorporating "Four Essays on Liberty"*, Henry Hardy (ed.) (Oxford, UK: Oxford University Press, 2002), pp. 55-93.

大概會牽涉到馬克思、黑格爾的論述傳統，我在此先不多說。

三、政治上的積極自由：多元價值

　　再來就是多元價值。我把以上大略也都提到的再做一個總整理，就是有各種各樣的價值，在這些多元價值當中，不是只有善跟惡的衝突，還有良善價值之間的衝突，他提醒大家必須要正視。你如果不願意正視衝突，當你握有權力的時候，你常常看不到別人的價值好在哪裡，然後就要推展自己認為好的良善的事、價值觀點，建立起這樣的制度，此時你就開始在不知不覺中義正詞嚴的迫害別人。二十世紀很多這樣的事，就是去義正詞嚴的迫害別人，而且在迫害中還告訴別人說是在照顧你，在幫忙你，是為你好。活在民主社會裡，也許每個人都有這樣的經驗，就是說有些人就是這樣想，只是他沒有手握強大的權力。再者，這些價值在具體問題、具體情境中，其實沒有辦法相容，沒有辦法兩者兼得。這是很籠統地講，各位可以自己去想想實際的例子。除此之外，兩個價值之間誰比較好，誰比較差，也無法排序，沒有一個第三者的尺度來衡量說哪個比較有價值。這些人說這個比較有價值，那些人說那個比較有價值。但是伯林要提醒的是，大家反省一下，其實對方的價值並不比自己的差，因為根本沒有辦法比。不是說一樣好，也不是他比我差，也不是我比他差，就是沒有辦法比，也沒有辦法排一個順序。比方說你要經商，他要做工程師，經商不會就比工程師好，工程師也沒有比經商好；他要當老師，當老師也沒有比做生意好，在伯林的看法就是這個樣子，就是不同的價值，各有各的好。民主社會的好處就是包容性比較大，如果價值不相容無法排序，發生衝突的時候，最理想的情況下彼此容忍妥協。容忍跟妥協不是因為害怕退卻，而是剛才提到的，是要避免我們落入一種必須過著恐懼，或者帶來悲劇苦難的日子的基本原則，以這個為方針，大家彼此退讓、彼此容忍，然後再要具體問題、具體解決。每個社會能夠包容的價值都是有限的，像在美國的社會，你如果是體育健將，很會打籃球、打棒球，你就可以獲得榮華富貴，在臺灣呢？你如果很會打籃球，你大概很難獲得榮華富貴。在這個社

裡，打籃球的價值沒那麼高，打棒球好像還有一點的樣子。你如果像我隔壁村的阿妹那麼會唱歌，在現在的社會體制裡，你擁有這樣的價值，就可以換來榮華富貴。我的意思不是說只有榮華富貴才是重要的，我是指在我們這個社會裡，有很多人願意付出一筆錢，或者付出服務，或者付出心血，或者變成追星族，來聽阿妹的歌。阿妹在這個社會裡她可以換取到其他很多人換取不到的東西。社會裡不可能容納所有的良善的價值，但是在民主社會裡通常能夠包容很多的價值，而且會容許新的價值有機會來成長，這大致是伯林想要說的。

最後有一個弱勢中弱勢的問題，就是多元主義的問題。臺灣有一些教科書的爭議跟這個也有關，比如說有個住在臺灣的蒙古後裔就跟我說，我為什麼要讀四書？為什麼強迫我讀四書？我還沒有聽到過原住民說為什麼漢人的政權強迫我讀四書，不過可以猜想，可能有些人在想這個問題，為什麼要讀四書？但是我們四書現在是必選，一定要讀。如果沒有記錯的話，這就是幾年前的爭議，我為什麼要讀四書？你去告訴那些在臺灣的政治情勢裡相對弱勢的族裔，說這是教育的問題。對伯林而言，這裡面也是一種價值的衝突，這個價值的衝突怎麼解決？還是只能具體問題、具體解決，然後要容忍，避免走向壓迫別人、迫害別人，帶來苦難、恐懼的後果，朝這個方向來處理。以上林林總總提到的，從後見之明來看，伯林是在價值多元考量之下來談。他強調消極的自由是政治上起碼的要求，也是政治要求的上限。如果再過多要求，會走向非民主的、專制的，甚至集權的社會。

二十一世紀的多元價值問題

再來我要談一下二十一世紀，首先要談的是，不同的價值觀會導致彼此講理的方式會不太一樣，有些你認為重要的問題，對方認為不重要。比如說，你認為讀四書這個問題很重要，大家要認真來思考，但是在臺灣的蒙古後裔他說這一點都不重要。有時候你認為重要的事、重要的問題，有些人卻認為不重要，你認為重要的理由，有些人認為這根本不能算理由，

有些你很真心相信的事情，對方覺得你很離譜，大體上是這樣。

有一本書，[5]作者是心理學家，美國人，自由主義的學者，支持民主黨。他發現自由主義裡有一些基本的信念，共和黨的支持者卻不是看得很重要，這讓他開始覺得共和黨這些人怎麼那麼不講理、那麼不理性。這促使他去研究政治心理學和道德心理學的問題。後來他發現原來他以前的看法是不太對的。簡單來講，他認為我們在做道德判斷或政治價值取捨判斷的時候，常常是很直覺的判斷，等到你要訴諸道理，或別人來問你為什麼主張這樣的時候，理由才開始浮現出來。絕大多數的情況之下，你做了什麼道德判斷，做了什麼政治上或價值上的選擇，不是因為你有怎樣的理由，而是你在直覺上一看是這樣，先做了這樣的選擇，理由後來才出現，理由幾乎從來不是支持你判斷的根據。奇怪的地方在於，不管做什麼判斷或選擇，我們不是都要講道理嗎？這到底是怎麼回事呢？

很簡單的來講，他提出在道德直覺上有六個基本的維度。其中三個是關懷、自由、公平，這大概是自由主義者一直關心的問題：不要傷害別人，要求公平，要求自由。但是比較保守的人，或者說美國共和黨，他們不只要求這個，他們還要求忠誠、權威跟神聖性：你要對你的團體有一個忠誠之心。這個學者他也開玩笑的講，共和黨味覺有六個味蕾，民主黨只有三個味蕾，所以兩個講話都講不通。你之所以會做出一個判斷，就是要看在具體情境之下，你這六個維度，或者這六個味蕾品嘗到什麼，讓你做出怎樣的道德選擇、道德判斷、政治選擇、政治判斷、價值選擇、價值判斷？這個判斷就好像是你的直覺在這六個維度交互影響下，或者說融合之下產生出來的直覺。直覺就好比一頭大象，而講理的那個部分就像一個坐在大象上面的小孩。當大象品味到一個味道，開始往左轉的時候，小孩才開始作勢要指揮大象往左轉，他還沾沾自喜，以為大象聽他的話往左轉；走了一段時間之後，大象又在六個味蕾之下，品嘗到另一個味道，做出一

5　Jonathan Haidt, *The Righteous Mind: Why Good People are Divided by Politics and Religion* (New York: Pantheon Books, 2012).

個選擇開始往右轉，那小孩在上面又開始作勢指揮大象往右轉。如果我們平常在講道理的時候，就像那個小孩一樣，那我們做的政治選擇、道德選擇，講的是什麼道理呢？他說這些都是策略性的理由，是用來說服別人，或者讓自己更受歡迎等，我就不再多說，各位可以繼續演繹下去。

他還提出許多科學家的經驗證據來支持他這個論斷，假設他是真的，那包括我現在在這裡講道理，我也不曉得在幹什麼，講道理到底有什麼用？我們的價值選擇、道德選擇跟政治選擇，好像都只是後見之明，而不是你做選擇所依靠的根據，那我們的民主政治，本來就是要講道理的政治，到底要講什麼道理呢？也就是說，我要請各位想想，如果這六個味蕾之下，有各種不同的價值選擇跟價值衝突，伯林在一點上是對的，並不令人意外。但是伯林要求我們去講道理，這要怎麼講？這就是我提的多元問題，在此不多說。大體上來講，你認為重要的問題有人認為不重要；有人認為重要的理由，有人認為根本不算理由；你認為這是事實，對方認為這哪裡是事實，這時大家該怎麼講道理？

我另外一個要提到的是民主自毀的力量，就是說沒有辦法講道理的時候，我就一統天下，把價值觀一統起來，比方說罷黜百家，獨尊儒術，或主張只有共產主義才是真的，其他的都退到一邊去，你只有成為黨員，你才能夠擁有政治權力跟其他的東西，或者堅持就是要施行三民主義，那是一統天下的方式。一統天下的話，你就會開始走上不民主、走上專制的道路，你才能夠要求別人都用同一個價值觀來處理事情。如果我們要走民主的道路，良好的民主都會走上多元，多元的價值就會有我剛講的問題出來，有些時候就是沒有辦法講得通，我認為很重要的事，對方居然認為不重要，我認為事實是這樣，對方認為事實是那樣，那怎麼辦？雖說具體問題、具體解決，但很多時候都有時間的限制，想要好好解決問題的時候，因為時間限制就變得沒有辦法講理，於是就訴諸其他的手段，操弄對方或想辦法操弄多數，讓我擁有更多的票，由我來主導。一旦用上這樣的操弄手段，原則上就開始侵蝕民主社會中要彼此尊重的基本精神，那怎麼辦？

結語：如何面對二十一世紀的多元價值問題

因為時間關係，沒辦法深談，只能簡單略談一些我的看法。大體上，我認為論述跟講理還是很重要的。講理，大部分是用情理來調節，還有就是你要打底，而打底通常是靠經典論述，或者靠很重要的論述，來給自己打底。在這些彼此不一樣的論述裡面，大家怎麼可以互相進行有深度的對話，我把這樣的方向叫作公民哲學。簡單地說，經典論述是讓你能夠對各種問題、各種價值觀，有很深刻的理解，還有很深刻的感覺。你會知道當我主張這樣的時候，對方會主張那樣，你能知道其中的差別，也不會在當我認為事實是這樣，對方認為事實是那樣的時候，我不會覺得對方很離譜，而會試圖去了解。當你有這些重要的論述、經典論述幫忙打底，再加上情理的調節，你會比較能夠了解彼此的差異，也能夠知道對方為什麼要那樣主張。這樣的話就開始可以走向伯林所講的，大家還可以互相容忍或溝通，或者在必要的時候互相妥協，妥協的方向是最起碼要避免導致悲劇性的、苦難的、或大家恐懼的後果，理想上大概就是這樣。我個人在發展一個公民哲學，第一本書是《公民儒學》，[6]大概也是想辦法來處理這樣的問題。大體上我是希望要求大家站到公民論述的位置來談，今天就只舉兩個很簡單的例子，稍微談一下。先看這一個公益廣告，這是我講的情理調節的方式。它的上面是捲筒衛生紙，當你到公共廁所去抽取衛生紙的時候，不要因為這是公共衛生紙就隨便浪費，你要想一想，你的一捲，等於一棵樹木，一個活生生的生命，它的十年。這會讓你感受到這是值得尊敬的一件事，這棵樹是值得愛護關懷的一個生命體。在經典論述方面，各位在上這個課就是在培養經典論述的深度，這個我藉由這個影像來說明，說你怎麼樣用情理來彼此調節。

這些例子裡面，有些是動態影像，有些是其他的東西。我今天提這個，不是說只有這個，而是說藉著這個提醒各位，我們其實都有很好的一

6　鄧育仁，《公民儒學》（臺北：國立臺灣大學出版中心，2015）。

些影像，讓你一看你就可以抓住它那個情理調節的方向，這些都是公益廣告，我以這個例子來說明情理的調節。另外再舉一個例子，我的書《公民哲學》裡有談到這個德國的廣告，[7]它原來本是德語版，這裡是英文版。大家看到這個是五線譜，好多鳥在五線譜上，好像音符一樣在唱歌，鳥在唱歌，這就是很美好的一件事，覺得很美好的一件事。可是仔細一看，這個五線譜其實是網羅，那些鳥其實是在掙扎、在哀鳴。它利用這個初步一看，好像是五線譜，各種鳥雀在唱歌跳舞，然後仔細一看，其實是網羅，其實是鳥在垂死的哀鳴。它要告訴那些歐洲的朋友們，不要在山上設置一些網羅去捕鳥、去抓鳥。它做的這個訴求也是一種藉由影像跟文字，很快的調節出一個價值選擇的方向。

最後給大家看BBC對伯林往生的報導，它引了伯林的話，[8]這一段話體現了他對多元價值，良好價值之間衝突的悲劇性後果，還有他對自由的看法，做了簡短的一個總結。BBC報導他，很大的部分是因為他除了是一個重要的學者，也是一個很重要的公共知識分子，對英國的社會、公共議題，都有很大的貢獻。我就講到這裡，感謝大家。

7　鄧育仁，《公民儒學》（臺北：國立臺灣大學出版中心，2015），頁296。

8　原文翻譯為「不正義、貧窮、奴役、無知——這些都可能被改革或革命所解決。但是人並非生活在互相衝突的邪惡之中。人生活在積極的目標之中，無論是個人的或集體的，這些目標絕大多數都難以預測，有時也難以相容。」引自Isaiah Berlin, "Political Ideas in the Twentieth Century," *in Liberty: Incorporating "Four Essays on Liberty"*, Henry Hardy (ed.) (Oxford, UK: Oxford University Press, 2002), p. 93。

Note

Note

Note

Note

國家圖書館出版品預行編目資料

世界思潮經典導讀／劉滄龍主編、國立師範大
學文學院策畫. -- 初版. -- 臺北市：五
南, 2019.04
　　面；　公分
　ISBN 978-957-763-220-3（平裝）

1.世界文學　2.文學鑑賞

810.77　　　　　　　　107022651

1XFV 五南當代學術叢刊037

世界思潮經典導讀

主　　　編 ― 劉滄龍

策　　　畫 ― 國立師範大學文學院

作　　　者 ― 周樑楷　劉滄龍　沈志中　張旺山　陳惠馨
　　　　　　　單德興　王道還　吳叡人　鄧育仁

發 行 人 ― 楊榮川

總 經 理 ― 楊士清

副總編輯 ― 黃惠娟

責任編輯 ― 蔡佳伶

校　　對 ― 周雪伶

封面設計 ― 斐類設計

出 版 者 ― 五南圖書出版股份有限公司

地　　　址：106台北市大安區和平東路二段339號4樓

電　　　話：(02)2705-5066　　傳　　真：(02)2706-6100

網　　　址：http://www.wunan.com.tw

電子郵件：wunan@wunan.com.tw

劃撥帳號：01068953

戶　　　名：五南圖書出版股份有限公司

法律顧問　林勝安律師事務所　林勝安律師

出版日期　2019年4月初版一刷

定　　　價　新臺幣360元